Edmund Hoefer

Unter der Fremdherrschaft eine Geschichte von 1812 und 1813

Erster Band

Edmund Hoefer

Unter der Fremdherrschaft eine Geschichte von 1812 und 1813
Erster Band

ISBN/EAN: 9783743649866

Hergestellt in Europa, USA, Kanada, Australien, Japan

Cover: Foto ©Andreas Hilbeck / pixelio.de

Weitere Bücher finden Sie auf **www.hansebooks.com**

Unter
der Fremdherrschaft.

I.

Unter

der Fremdherrschaft.

Eine Geschichte von 1812 und 1813.

Von

Edmund Hoefer.

~~~~~~

Erster Band.

Stuttgart.

Verlag von Adolph Krabbe.

1863.

Druck von Emil Ebner in Stuttgart.

Inhalt.

		Seite
Erstes Kapitel.	Der Komet	1
Zweites Kapitel.	Ein Salon	29
Drittes Kapitel.	Nächtliches Treiben	67
Viertes Kapitel.	Einblicke	102
Fünftes Kapitel.	Sophie Magdalene	129
Sechstes Kapitel.	Ein voller Tag	155
Siebtes Kapitel.	In der Heide	186
Achtes Kapitel.	Zärtliche Herzen	220
Neuntes Kapitel.	In Hütte und Schloß	251
Zehntes Kapitel.	Land und Leute	286

Unter der Fremdherrschaft.

Erstes Kapitel.

Der Komet.

Ich bin hindurch geritten,
Es hat mich gefangen kein Franzosenheer,
Ich habe mich durchgestritten
Und bin geritten bis an das Meer.
F. Rückert.

Willkommen, Freund, am deutschen Strand!
Willkommen unter deutschen Eichen!
Willkommen! Laß uns Herz und Hand
Zum alten Bunde fröhlich reichen.
E. M. Arndt.

„Ich will Ihm was sagen — das ist alles übereins. Verstehn thu' ich Ihn nicht, und was ich capirt habe: daß ich Ihm Auskunft über die Herrschaft geben und Ihn zu ihr führen soll — das thu' ich auch nicht. Also ist das Schwatzen für nichts und sündhaft. Der Mensch hat seine Zunge nicht zum Mißbrauch." —

So redete der alte Mann in dem zwar herzlich klin= genden, für einen Fremden jedoch kaum verständlichen plattdeutschen Dialekt dieses Küstenstriches, stemmte den Krückstock dann wieder in den Boden, lehnte sich darauf, und, das Strickzeug unter dem Arme hervorlangend, ließ er Nadeln und Maschen des grauwollenen Strumpfes so

ruhig durch die rauhen Finger gleiten, als gäbe es auf
Meilen hinaus nichts weiter für ihn zu beachten, wie seine
Arbeit hier und die weidende Herde dort drüben.

Von dem Frembling da neben ihm schien er gar nichts
mehr zu sehen, die wasserblauen Augen streiften wenigstens
an demselben mit einem vollkommen gleichgültigen, um
nicht zu sagen: stumpfen Blicke vorüber, über die Fläche
hin und den weidenden Schafen nach. Erst nach einer
langen Pause wandte er dem weißzottigen Hunde, der mit
buschig erhobenem Schwanze und gesträubtem Rückenhaare
den Hühnerhund an der Leine des Fremden knurrend um-
kreiste, einen kaum lebensvolleren Blick und ein paar
unverständliche Laute zu, worauf das Thier, blitzschnell
auf- und nach der Herde sich umschauend, jäh davon fuhr,
um bei den Schafen die gewünschte Ordnung wieder her-
zustellen. Sein Herr bekümmerte sich nicht darum, sondern
strickte ruhig weiter.

Sein Gegenüber, ein reisender Jäger wie es schien,
hatte das Gewehr, einen zierlich, ja prächtig gearbeiteten
Doppellauf, dessen Schlösser mit einem schwarzseidenen
Tuche zum Schutze gegen Feuchtigkeit umwunden waren,
auf den Boden gleiten lassen, stützte den Arm auf den
Lauf und schaute nun seit den letzten Worten des Schäfers schon stumm bald auf diesen, bald auf die Gegend
umher. Ein paarmal regte sich in seinen Mienen etwas,
als wolle er vielleicht eine neue Frage versuchen; jedesmal
aber schlossen sich die halb geöffneten Lippen wieder, und
sein Blick wanderte von neuem mit einem noch nachdenk-
licheren, fast zweifelvollen Ausdrucke in die Weite hinaus,

obgleich dieselbe, man hätte sagen mögen, eben so still und theilnahmlos vor ihm war, wie der alte Mann da neben ihm mit dem starren, verwitterten Gesichte und den stumpfen, schier farblosen Augen.

Es war eine weite Fläche, auf der sich als einzige Erhebungen hier und da einer jener Grabhügel, die man Hünengräber heißt, und in einiger Entfernung nach vorn eine Reihe kahler Dünen bemerkbar machten, hinter denen die See ihre Wellen heranrollen ließ. Die ziemlich magere Brache, auf welcher die Schafe weideten, ging rechts in ein ödes Moor- und Heideland über, das dennoch durch die gerade üppig blühende Heide, durch Immortellen, Ginster- und Wachholderbüsche dem Blicke mehr Abwechslung bot, als die Haferstoppeln, welche sich links ausbreiteten. In einiger Entfernung zeigte sich rings umher Wald, rechts, hinter dem Heidelande, erschienen Kiefern, die, wie überall, auch hier mit dem schlechtesten Boden hatten fürlieb nehmen müssen; links, wo die Sand- und Heidegründe, wie hier zu Lande häufig, in den schwersten Marschboden übergehen mochten, waren ausgedehnte Laubwaldungen. Man sah es selbst in dieser Entfernung, daß das Grün des Laubes sich schon zu entfärben begonnen, und die Blätter der alten, rauhen Weiden, welche eine durchschleichende, sandige Landstraße einfaßten, waren zum Theil bereits gelb. Denn es war ein später Septembertag, und wie blau der Himmel sich auswölbte und wie strahlend die Sonne über die Fluren leuchtete, selbst zu dieser frühen Nachmittagsstunde war die Luft von einer besonderen Frische, die Sommerfäden hatten sich über Stoppeln und Brache

gespannt und wehten, leise schwebend, von den grauen
Weiden weit hinaus über die Straße und das Gefilde.

Ja, es war ein ödes Gelände, das sich hier vor dem
Fremden aufgethan hatte, und die heitere Höhe und ihr
voll und warm herabflutendes Licht brachten kein Leben
in die Gegend. Im Heidekraut summten noch Bienen,
Schmetterlinge schwebten vorüber oder sonnten sich an den
Weidenstämmen, die Schafe weideten weiter und weiter
über das Brachfeld hin gegen die weitläufigen Hürden zu,
die drüben sichtbar wurden. Der Hund war in ihrer Nähe
geblieben und ließ nichts von sich hören; der Schäfer lehnte
auf seinem Krückstocke und strickte. —

Es war alles still und lebenslos, kein Laut, auch nicht
einmal ein Vogelruf unterbrach das Schweigen, und so
weit man spähte, man sah kein Haus und kein Dach,
keinen Thurm, nichts, was an die Menschen und ihre
Behausungen erinnerte, es müßte denn die Schäferhütte
dort neben dem Pferch gewesen seyn, oder die Wohnungen
der Todten, die Grabhügel untergegangener Geschlechter.
Und dennoch lag in dieser Oede etwas Erhabenes, und
dennoch erhob es sich aus der unendlichen Einsamkeit rings
wie ein geheimnißvoller, bannender und verlockender Zauber, und die melancholische Stille dieser Gebiete umfing
Seele und Sinne mit einem ruhigen, träumerischen Frieden.

Seit der Schäfer den Hund fortgeschickt hatte, war
eine lange Weile vergangen, ohne daß zwischen den beiden
Menschen ein weiteres Wort oder auch nur ein Blick noch
ausgetauscht worden wäre. Der Alte strickte, der Jäger
schaute gegen den Laubwald hin, hinter dem er sein Reise-

ziel suchen mochte. Der Hund, der mit einer Leine am
schweren Ranzen befestigt war, hatte sich niedergestreckt,
den Kopf auf die gekreuzten Vorderläufe gelegt und blin=
zelte schläfrig in der Sonne.

Da streifte der Frembling seinen Nachbar plötzlich
mit einem prüfenden Blicke, richtete sich, wie zu einem
Entschlusse kommend, rasch auf, warf die Flinte leicht
über die Schulter, und mit einem Male Plattdeutsch re=
dend, was er vorhin kaum zu verstehen geschienen, sagte
er mit einer gewissen barschen Zutraulichkeit: „Ihr seid
doch der alte Steffen Schütze aus Dreiheiligen? Herr von
Rettfeld erzählte mir, daß Ihr wie ein Wahrzeichen stets
auf diesem Terrain zu finden und mir über alles Aus=
kunft geben könntet. Seid Ihr aber der Steffen nicht,
so weis't mir den richtigen nach, und ich will Euch nicht
weiter inkommodiren."

Der Schäfer hatte sich aufgerichtet und sogar das
Strickzeug in Ruhe gesetzt; durch das verwitterte Gesicht
ging wenigstens eine Art von Bewegung, seine Augen
ruhten auf dem Anderen fast mit einem prüfenden Blicke,
und endlich da der Fremde ausgeredet, sprach er mit hör=
barem Interesse: „Rettfeld, sagt Er? Herr Leo von Rett=
feld ist in der Fremde, wir wissen nicht, wo. Wo hätte
Er den getroffen? Er lügt mir da was vor, glaub' ich."

„Das thu' ich nicht, Alter," versetzte der Jäger leb=
haft. „Ich sah ihn noch vor vier Wochen — gewiß und
wahrhaftig!" — Und war es zufällig oder nur eine Be=
kräftigung der schwurartigen letzten Worte, er legte dabei

die zwei ersten Finger der Rechten kreuzweise über die
gleichen der linken Hand.

Durch das stumpfe Auge des Schäfers flog jetzt ein
wirkliches, wenn auch nur flüchtiges Leuchten; im nächsten
Momente redete er schon wieder mit dem alten, starren
Ausdrucke und in phlegmatischem Tone: „Das ist denn
was Anderes. Aber daß Er dem Leo begegnet, braucht
Er hierorts nicht zu erzählen. Drüben in Dreiheiligen
oder auch in Rhobenfelde, da mag es unter vier Augen
wohl gehen. — Aber was schwatz' ich da?" brach er ab.
„Er kann ja Deutsch reden, merk' ich, da werd' ich Ihn
vielleicht verstehen und Ihm helfen können. Nach Drei=
heiligen will Er also?"

„Ja, oder nach Rhobenfelde," lautete die Antwort.
„Wie Herr von Rettfeld mir die Herrschaften beschrieb,
wird's einerlei sein. Sie sollen ja Beide ein gut deutsches
Herz haben für einen armen Teufel, der sich nun einmal
mit diesem fränkischen Gezücht nicht vertragen lernt und
sich nach ein paar ruhigen Tagen sehnt, um seiner Pro=
fession nachzugehen. Herr von Rettfeld meinte, der Detlef
Reuter werde schon etwas für mich finden."

Der Schäfer schaute den Sprechenden immer prüfen=
der an, bei dem selbst ihm stets Mehreres auffallen mußte.
Seine Bewegungen, seine Ausdrucksweise, seine ganze Er=
scheinung — es war nicht so, wie man es von einem
schlichten Jägersmanne erwarten konnte. Er redete freilich
im Dialekt, allein er dachte hörbar genug nicht in dem=
selben, sondern übersetzte nur in ihn hinein. Hier zu
Lande hätte auch der Gebildetste wenn er einmal Platt=

deutsch sprach, sich durchaus anders ausgedrückt, und der Alte hatte daher wohl ein Recht zu seiner nächsten miß= trauischen Frage: „Wo ist Er denn eigentlich her?"

Der Fremde schien ihn auch zu verstehen, denn er antwortete mit Kopfschütteln: „Laßt das gut sein, Vater. Ich stamme freilich aus Mecklenburg, mußte mich aber längst schon in aller Herren Ländern umhertreiben. Genug davon. Ich merke, Ihr seid ein treuer Mann und habt mich verstanden. Darum, kann ich heute noch nach Drei= heiligen oder Rhodenfelde kommen, treffe ich sie daheim? Wie sieht es sonst hier bei euch aus? Ist in Nieder= Rhoda gar nichts zu machen?

Der Schäfer starrte eine geraume Weile leblosen Auges in die Heide hinein, bevor er, sich aufraffend, den Frembling mit einem gleichen, fast abwesenden Blicke streifte und, mit der Hand gegen die Laubwaldungen deu= tend, in murmelndem Tone sagte: „Da liegt Dreiheiligen. Geh' Er nur über die Stoppeln." — Und indem sich sein Auge wieder der Ferne zuwandte, fuhr er, leiser und lei= ser sprechend, so daß man seine Worte kaum noch aufzu= fassen vermochte, mit eigenthümlich zwischen Klage und Drohung schwankendem Tone fort: „Ihre Zeit ist gemes= sen und ihr Ziel ihnen gesetzt. Die Hand des Herrn ist über ihnen und läßt sie nicht. Ich sehe das Blut fließen und all ihren Hochmuth hingestreckt in Nacht und Noth, und die Waldhunde zerren an ihrem Gebein."

Die Stimme sank immer tiefer und zu einem nicht mehr verständlichen Murmeln hinab; die große, hagere Gestalt stand regungslos, leicht vornüber gebeugt, das in

zahllosen Runzeln und Falten wie erstarrte Gesicht dem
Dünenstriche zugewandt und die Augen mit glanzlosem,
todtem Blicke in's Leere hinein gerichtet — ein unheim-
liches Bild, fast als sei eine Gestalt aus einer der alten,
finsteren Sagen dieser Küstengegenden spukhaft wieder
emporgestiegen aus ihrer Ruhe und schreite erschreckend
durch das volle Licht des glänzenden Tages.

Der Fremdling beobachtete diese wundersame Erscheinung mit einem Interesse, das jedoch nicht ohne ein ge-
wisses Mißtrauen zu sein schien. Sein Auge ruhte fest
auf dem Alten, er berührte nach einer Weile sogar die
Schulter desselben nicht gerade leise und sagte laut: „Nun
weiter, Vater! Ich kann hier nicht ewig auf Eure Einfälle hören!" — Das Alles brachte auf den unheimlichen
Greis jedoch nicht die geringste sichtbare Wirkung hervor,
sein Körper zeigte nicht die leiseste Bewegung, seine Wim-
per zuckte nicht einmal. Und da schüttelte der Jäger endlich nur verwundert den Kopf, brachte den Hund durch
einen Ruck auf die Beine und ging, sich abwendend, über
das Feld hin der angedeuteten Richtung zu.

Nach einer kurzen Strecke machte er Halt und sah
sich um — der Alte stand unbeweglich auf demselben
Flecke; sein Gesicht konnte der Fremdling von hier aus
nicht mehr sehen. — „Kurios!" murmelte der Mann vor
sich hin. „Sollte das keine Komödie, sondern einer der
Anfälle sein, von denen Rettfeld sprach? Immerhin!
Möge es werden nach seinen Worten!" — Und er schritt
weiter.

Als er nach einer Viertelstunde das Ende der Stop-

peln vor sich und bis zum nahen Walde sumpfige Wiesen
ausgebreitet sah, blieb er nochmals stehen und schaute über
das durchschrittene Terrain zurück. Das Gefilde lag eben
und kahl wie eine Decke vor ihm hingestreckt; die Luft
war ohne die leiseste Spur eines Dunstes oder Duftes
und so durchsichtig, daß die Kiefern dahinten und die noch
entfernteren Dünen dem Schauenden jetzt fast näher gerückt erschienen als vorhin. Die Gestalt des Schäfers
war von dem früheren Platze verschwunden; nach einigem
Umherblicken sah der Jäger den Greis schon weit davon
mit langen Schritten über die Brache streichen, der Herde
nach, die sich inzwischen links gewandt. Gleich darauf
verschwand er hinter einem der dort in größerer Anzahl
sich erhebenden Hünengräber. — Da wandte sich der Jäger
und schritt eiliger dem Walde zu als bisher. Er fand
nun auch hinter den Wiesen einen fahrbaren Weg und
schloß daraus, daß der Schäfer trotz aller seiner Wunder-
lichkeit ihm die Wahrheit gesagt habe.

Je weiter er gelangte, desto ernstlicher erfreute er
sich des gefundenen Pfades, denn ohne einen solchen in
diese Waldungen einzubringen, schien ihm von Schritt zu
Schritt fast unthunlicher, so verwachsen zeigte sich der an-
fängliche Niederwald, wie der auf diesen folgende Mittel-
wald. Hierzu kam, daß von einer geordneten Waldwirth-
schaft nichts sich bemerken ließ; alles lag, stand und ging
so zu sagen, wie es eben wollte und konnte, dem Wilde
überlassen und den Vögeln, wohlverstanden, wenn die
letzteren da waren. Jetzt freilich ließen sie sich nirgends
mehr erblicken, an Wild dagegen war kein Mangel, denn

das geübte Auge des Wanderers stieß auf mehr als eine Fährte von starken Hirschen und Schweinen, und Rehe kreuzten ein paarmal nicht fern von ihm wenig scheu die Straße.

Nach und nach zeigten sich freilich einige Spuren der ordnenden Menschenhand; der Pfad führte jetzt in einem wirklichen und prachtvollen Hochwalde hin, dessen gewaltige Eichen und Buchen den Boden unter ihren weitschattenden Wipfeln verhältnißmäßig frei und wegsam erhielten. Von einem Ende des Forstes aber ließ sich trotzdem noch immer nichts entdecken, und da die Sonne schon tief stehen mußte, wurde der Jägersmann doch nachgerade wieder zweifelhaft, ob sein Weg der richtige. Er folgte demselben nunmehr bereits zwei Stunden lang, und jetzt wurde der Forst obendrein auf's neue dichter, das Unterholz zeigte sich häufiger und beschränkte, bis an die Straße herantretend, jede Aussicht und Umschau. Und der Frembling athmete ordentlich erleichtert auf, da er nach einer plötzlichen Biegung des Pfades mit einem Male in geringer Entfernung vor sich Menschen erblickte — einen Reiter und einen Fußgänger, den letzteren auf dem festen Grabenrande dahinschreitend, während der Erstere sein Pferd mitten auf der Straße gehen ließ. Er besann sich nicht lange, sondern stieß einen schallenden Hollah=Ruf aus.

Das Paar machte Halt, schaute sich nach ihm um, kam ihm sogar einige Schritte entgegen, und der Fußgänger, gleichfalls ein Jägersmann, musterte ihn mit ziemlich finsterem Blick und meinte dann nichts weniger

als freundlich. „Na, wen haben wir denn da? Was hat
Er mit Hund und Flinte im Revier zu thun, Gesell?"

Der Fremdling gab den Blick ruhig zurück. „Ich
bin ein Jäger, der eine Stelle sucht," versetzte er. „Der
Schäfer draußen hat mich auf diesen Weg gewiesen, der
mich nach Dreiheiligen führen würde. Ich habe Empfeh=
lungen von Herrn von Rettfeld an den Herrn Grafen,
und ein Anliegen an denselben."

Er hatte die letzten Worte, zumal den Namen, mit
leiserer Stimme gesprochen und sich, wie unwillkürlich, da=
bei auch umgesehen.

Der Reiter, der ein paar Schritte zurückhaltend bis=
her schweigend zugeschaut hatte, nahm jetzt die kurze Pfeife
aus dem Munde und sprach in eigenthümlich mildem,
gleichfalls gedämpftem Tone: „Leo Rettfeld, sagt Er?
Rede Er heraus, Freund; ich bin, den Er sucht. Oder
will Er's mir lieber erst daheim sagen, so komme Er nur.
Wir gehen nach Hause."

Der Fremde hatte sich überrascht dem Sprechenden
zugewendet, an dem nichts auf den hohen Stand hinzu=
deuten schien, zu dem er sich eben bekannt; er sah viel=
mehr etwa wie ein wohlhabender Pachter oder einer der
reichen Bauern dieser Gegend aus. Die Kleidung war
landesüblich, anständig zwar, doch keineswegs fein, und
einzig die durchgängig dunkle Farbe ihrer Stoffe mochte
auf eine höhere Stellung des Mannes hindeuten. Sein
Gesicht freilich, das der Fremde bisher nicht beachtet,
machte jedem Zweifel ein Ende. Es war ein kleiner Kopf
mit bereits ganz ergrautem Haar, ein Gesicht mit ernsten,

stillen Zügen, in denen man die tiefeingedrückten Spuren
von körperlichen und geistigen Leiden nicht verkennen
konnte. Und vor allen Dingen schauten unter leicht ge-
wölbten Brauen ein paar noch jetzt schöne, tief dunkel-
blaue Augen hervor, mit gleichfalls stillem, melancholi-
schem und dennoch wohlwollend freundlichem Blick, wie er
Kunde gab nicht nur von der Güte des Herzens, sondern
auch von einer reichen Bildung desselben. Ein Kundiger
liest viel aus solchem Augenpaar.

Jetzt sah der Fremdling dies alles auf den ersten
Blick und wunderte sich nur darüber, daß es ihm bisher
hatte entgehen können, so hell und unabweislich trat der
vornehme Mann aus der einfachen Erscheinung hervor.

„Herr Graf," versetzte er nun mit respectvollem Gruß
und Ton, „meine Mittheilungen sind allerdings von der
Art, daß ich sie vor dem Einzelnen lieber ausspreche als
vor Mehreren."

Und seltsam, so einfach die Worte und die begleitenden Bewegungen waren, auch hier offenbarte sich in ihnen
doch ein ganz anderer Mensch, als der einfache Jägersmann, so daß der Graf gleichfalls mit sichtbarer Ueberraschung auf den Fremdling blickte und in einem von
dem früheren ganz verschiedenen Tone erwiderte: „Ich
bin zu Ihren Diensten, obgleich Sie sich vor meinem Begleiter kaum zu geniren brauchten. Detlef," setzte er dem
Alten zunickend hinzu, „ist so eine Art von Alterego; so
viel haben wir gemeinsam durchgemacht."

Der Fremde antwortete nicht sogleich. Sein Auge
blickte vielmehr mit einer gewissen Schärfe an seinem Ge-

genüber vorbei den Weg entlang, und erst nach einer
Weile sagte er, wieder den Grafen anschauend, mit auf=
fälliger Raschheit: „Mein Auftraggeber hat mir auch den
wackeren Mann genannt. Jetzt aber muß ich schweigen,
Herr Graf. Wir bekommen Besuch, glaub' ich."

Er hatte seine Worte kaum beendet, und der Graf
und Detlef, darüber verwundert, hatten eben den Kopf
rückwärts gewendet, da traten zwei Douaniers um die
nächsten Waldbüsche hervor auf die Gruppe zu, und der
Aeltere, den Grafen nur mit flüchtigem Gruße beachtend,
sprach mit einem scharfen Blick auf den Jägersmann in
französischer Sprache die barsch betonten Worte: „Euren
Paß, mein Herr!" —

Es war in jener schmachvollsten aller schmachvollen
Zeiten, die über Deutschland dahingezogen sind, als die
Decrete des französischen Kaisers unsere Gesetze waren,
einen Strich unseres Vaterlandes nach dem anderen mit
dem großen Reiche verbanden und fremden Beamten un=
terwarfen. Eben so war es auch den Landestheilen er=
gangen, in welche wir unsere Leser führten. Ein Heer
von französischen, oder noch schlimmer, von aus deutschen
Landen gezogenen und herandressirten Gensb'armen und
Douaniers hielt das deutsche Land und zumal die Küsten=
striche besetzt, und da die Ersteren bei dem zunehmenden
ungeheuren Truppenbedarf zum Theil in die spanische
oder in die nach Rußland ziehende Armee eingereiht, oder
nach den alten französischen Provinzen zurückgerufen
waren, so blieben den Letzteren, den Douaniers, in ihren
Bezirken und bis weit in's Land hinein häufig auch die

Polizeidienste übertragen. Dies trug mehr als alles
Andere dazu bei, daß der Haß gegen die Fremdherrschaft
bis in die untersten Klassen hinein drang und daß bei
der endlichen Erhebung gerade in den Küstenstrichen der
Nord= und Ostsee, welche dem französischen Reiche ein=
verleibt waren, ein Enthusiasmus aufflammte, wie er
sogar drinnen in Preußen nicht grimmiger und nachhalti=
ger zu finden war.

Selbst jetzt sah es für die Fremden schon mißlich
genug aus. Man heuchelte nicht einmal mehr Freundlich=
keit gegen sie, von ruhig duldendem Gehorsam war bei
den Unterdrückten nur selten noch etwas zu finden. Trotzig
und die Drohung in den Augen, gaben sie bei Gelegen=
heit vielleicht dem Zwange und der Gewalt nach, allein
aus ihrem Haß machten sie nirgends mehr ein Geheimniß.
Daneben gab es bereits überall die schlimmsten Händel,
auf welche häufig freilich nur die Nacht herunterblickte
mit ihren schweigenden Sternen oder ihren dichtschattenden
Wolkenschleiern. Der Dienst der Douanen wurde von
Tag zu Tag gefährlicher und endlich kaum noch zu ver
sehen, und es ist begreiflich, daß die Beamten allmälig
den Haß und Grimm mit ähnlichen Gefühlen erwiderten
und alle Schonung immer mehr aufgaben. So ging das
hin und her, und wenn die Wogen reden könnten, die
jene Küsten umrollen, oder wenn die dunklen Waldungen
und öden Heiden erzählen wollten, welche die Gelände
dort bedecken — es möchten uns Mären zu Ohren kom=
men, wie sie aus keiner Zeit unserer Geschichte uns finste=
rer und blutiger berichtet werden. —

Der Frembling schaute den Douanier mit keineswegs freundlichen, geschweige denn mit demüthigen Blicken an. Finster maß er ihn von unten bis oben und wiederholte erst dann, halb gegen den schweigend darein schauenden Grafen gewendet: „Passeporto? Heißt das etwa, daß der Mann hier meinen Paß sehen will? Ich bin nicht französisch geschult. Das Vergnügen kann er jedoch haben." — Und damit fing er an, den Ranzen weiter nach vorn zu ziehen und in seinem Inhalt nach dem Papier zu suchen.

Den Beamten ging es damit nicht rasch genug, denn der Erste stieß immer ungebulbiger sein wiederholtes „vite, vite!" heraus, und der zweite Douanier sagte plötzlich — es schloß sich in dieser Scene freilich alles rasch genug an einander — im fließendsten Deutsch, mit dem brutalen Blick und Ton, mit dem diese Ehrvergessenen damals häufig genug gegen ihre Landsleute renommirten: „Na, wird's, Gesell, oder soll ich Ihm helfen? Das Stockhaus in S. wird das beste Quartier für Ihn sein, merk' ich." Damit riß er selber die Jagdtasche des Fremblings weiter vor und griff mit voller Hand hinein.

Eine ungestüme stolze Wendung des Jägers machte dieselbe aber noch schneller zurückfahren, als sie zugegriffen; ein drohender, blitzender Blick trieb dem Frechen das Blut in die Wangen und ließ ihn mechanisch nach dem Carabiner langen, den er über die Schulter gehängt trug. Aber auch der Fremde hatte sein Gewehr schon in der Hand, das Tuch war von den Schlössern, und indem er nun mit der Linken die verlangten Papiere hinbot, sagte

er mit einer halb spottenden, halb — nennen wir's ein=
mal: lustigen Unverzagtheit: „da sind die Papiere. Kann
der Herr Landsmann lesen, so lese er. Wo nicht, müssen
wir vielleicht mit Flintenschüssen reden, wozu ich auch
wieder bereit bin."

Das ganze Wesen des Fremden, das neben aller
Ruhe und Kaltblütigkeit etwas in sich hatte, das einem
Angreifer zur Vorsicht und zum Nachdenken zu rathen
schien; der ernst und schweigend beobachtende Graf; der
unverhohlene Grimm, der in Detlef's rauhem Gesicht aus=
geprägt war, — das alles mochte die Beamten daran er=
innern, daß sie, wenn auch Herren im Lande, doch nur
selten zugleich Herren der Situation und dem allgemeinen
Haß gegenüber in der ernstesten Stellung waren. Zu=
gleich mochte dem Franzosen das Auftreten seines Beglei=
ters auch nicht besonders gefallen haben. Während sie
zur Durchsicht der Papiere zurückgetreten waren, flüsterte
er wenigstens ziemlich lebhaft auf den Anderen ein, wo=
durch er freilich nichts erreichte. Denn der erbitterte
Mensch blieb in Mienen und Geberden bei einer beharr=
lichen Weigerung und gab endlich die Papiere mit den
Worten zurück: „Wenn der Wisch nicht gestohlen oder
gefälscht ist, mag er richtig sein. Jedenfalls dulden wir
aber keinen Landstreicher, wie Er einer ist, Bursche. Und
daher zuerst den Ranzen auf zum Visitiren, und dann
marsch fort zum Brigadier, der weiter entscheiden wird.
Wir wollen euch euren Hochmuth und Trotz schon legen,
ihr Lumpengesindel!" — Er griff dabei wieder nach der
Tasche.

In diesem Augenblick, bevor der Jäger sich der nunmehr fester zugreifenden Hand entziehen konnte, brachen plötzlich mehrere größere und kleinere Hunde, von denen man bisher nur zuweilen ein Gekläff vernommen, aus dem Walde heraus und umringten die Fremden mit wüthendem Bellen und Geheul.

Der deutsche Douanier stieß im gleichen Moment, da Detlef ein zorniges: „Zurück, Gesindel!" laut werden ließ, mit dem Fuß nach einem gar zu aufgeregten kleinen Dachshund und schleuderte das Thier mehrere Schritte weit zurück, so daß es in ein jammerndes Schmerzensgeschrei ausbrach. Seine Kameraden wurden dadurch alle auf den Thäter gezogen und zu einer Aufregung gebracht, die in der nächsten Sekunde zum ernsten Angriff führen konnte.

Detlef selber war mit einem einzigen Satze neben dem Beamten und schwang die herausgerissene schwere Hundepeitsche über seinem Haupt, mit einem grimmigen Ruf.

Das alles war das Werk weniger Sekunden, im nächsten Moment schien das bisherige Gezänk in den blutigsten Ernst übergehen zu müssen. Da trieb der Graf sein Pferd zwischen die Erbitterten, und sein drohendes „Zurück!" brachte wenigstens den eigenen Diener zur Besinnung und ließ ihn einen Schritt zurückweichen.

Es blieb auch sonst nicht ohne Wirkung. Die angeschlagenen Gewehre des Franzosen und des Fremblings senkten sich, die Hunde gaben sich zur Ruhe; der deutsche Douanier jedoch, dem das Blut flutend in die erbleichten

Züge zurückschoß, sprach knirschend: „Schon gut, wir werden uns revanchiren. Für jetzt kommt nicht nur der
Landstreicher hier, sondern auch der alte Strolch mit, der
sich an Beamten Sr. Majestät zu vergreifen wagt. Ihr
sollt eure Herren schon erkennen und respectiren lernen.
Allons, oder beim Teufel, ich brauche meine Waffe!“ —
Und er erhob in der That den Carabiner.

„Genug, genug, Monsieur, besinnt Euch!“ sagte der
Graf mit merkwürdig ruhigem Ton und Blick und ließ
sein Pferd noch einen Schritt weiter vorgehen, so daß er
hart neben dem Wüthenden hielt. — „Der Alte ist mein
langjähriger Diener, der Fremde hier an mich empfohlen,
für Beide hafte ich, Graf von Rhoba-Lipen auf Dreiheiligen — Ihr kennt mich so gut, wie Euer Kamerad und
Eure Vorgesetzten. Ich hafte für sie, wiederhole ich —“

„Ich frage den Teufel nach einem Fürwort!“ fiel
ihm der noch immer Grimmige in die Rede. „Mit müssen
und mit sollen sie. Ich kenne meine Pflicht und will
euch deutsches Lumpenpack schon Mores lehren.“

„Versucht’s, aber auf Eure Gefahr, Monsieur,‘ lautete die nochmals ruhig betonte Antwort, während sich im
Auge des Grafen jedoch etwas zeigte, was eine demnächst
bevorstehende Aenderung möglich erscheinen ließ. „Ich
glaube wenigstens nicht, daß Beide einem Angriff weichen,
der durch nichts gerechtfertigt wird, und dem gegenüber
auch meine Einmischung nutzlos sein dürfte; ich habe den
Leuten schließlich nur zu rathen, nicht zu befehlen. Ich
hoffe,‘ fuhr er fort, und wandte sich damit, französisch
redend, an den andern Douanier, „Sie, mein Herr,

werden Ihren Kameraden die Dinge nicht nutzlos auf die Spitze treiben lassen. Sie werden bezeugen, daß nicht meine Begleiter die Angreifenden gewesen. Und somit," schloß er, "können wir uns wohl trennen. Nochmals — der Fremde ist jedenfalls morgen noch in Dreiheiligen zu finden."

Der Franzose verbeugte sich höflich, langte grüßend an die Kopfbedeckung und wandte sich dann dem Kameraden zu, um alsbald leise und heftig auf ihn einzureden.

Der Graf hatte sein Pferd umgelenkt und ritt ruhigen Schrittes den Weg entlang, von Detlef und dem Fremdling schweigend gefolgt, bis der Erstere, nach einer Weile anhaltend, zu den noch immer sich streitenden Beamten zurückschaute und die Faust ballend vor sich hin murmelte: "Ich komme doch noch 'mal über euch, Canaillen!" —

"Das werden wir, so Gott will, alle noch einmal," bemerkte der Fremde ernst. "Und wie hier die Sachen zu stehen scheinen, halte ich die Zeit sogar für näher, als ich bisher gehofft." —

"Ja, es steht schlimm im Lande!" meinte hier der Graf, der sein Pferd so langsam hatte gehen lassen, daß alle Drei jetzt in einer Reihe waren. — "Wenn auch nicht alle Welt so wild und heftig ist, wie mein alter Detlef," setzte er hinzu, "der jetzige Zustand ist nicht lange mehr zu ertragen."

"Ich will dem Herrn ein neues Lied singen, wenn's endet!" warf Detlef hin. Der Scherz klang seltsam aus

dem kaum bezwungenen Grimm hervor, von dem die
grollende Stimme des Alten noch immer Kunde gab, und
während der Graf ungezwungen lachte, konnte selbst der
Jäger ein leichtes Lächeln nicht unterdrücken.

Gleich darauf waren seine Züge jedoch wieder voll=
kommen ernst und seine Augen überflogen mit aufmerk=
samem Blicke die Umgebung. Das Unterholz war wie=
der verschwunden, der Wald erhob sich rings in seiner
vollen Majestät mit prachtvollen Stämmen, zwischen denen
es jedoch nach vorn zu jetzt immer lichter und lichter wurde.
Nach wenigen, schweigend zurückgelegten Schritten hatten sie
in der That das Ende erreicht und traten auf ein augen=
scheinlich reiches und fruchtbares, wenn jetzt auch abge=
erntetes Gelände hinaus, über welches hin man in gerin=
ger Entfernung die Gebäude eines weitläufigen Wirth=
schaftshofes und zahlreiche Dächer eines großen, hinter
und neben demselben angebauten Dorfes erblicken konnte.
Ein Kirchthurm erhob sich aus ihrer Mitte, und schon von
hier aus sah man's, daß fast kein Dach ohne ein Nest
der in diesen Gegenden zahlreich hausenden Störche war.

Ueber das Gesicht des Jägers flog etwas wie ein
trübes Lächeln. „Das erinnert mich an längst vergan=
gene Zeiten," sagte er. „Wo immer ich neuerdings ge=
wesen, es war überall, als hätten auch die Vögel keine
Ruhe und keinen Frieden. So viel Nester habe ich lange
nicht mehr auf einer Stelle gesehen. Wollte Gott, sie
bezeichneten wirklich, was sie nach dem alten, treuen
Glauben bezeichnen sollen — daß hier bei Ihnen noch
der ungestörte Friede daheim, Herr Graf!"

Der Herr streifte den Sprecher, der die angenommene Rolle jetzt wirklich und gänzlich fallen ließ, mit einem gedankenvollen Blick. „Wo finden Sie noch Frieden in unserem armen Deutschland?" fragte er kopfschüttelnd. „Glauben Sie mir, wir sind hier nicht besser, sondern schlimmer daran, als überall anderwärts. Sie haben eben erst eine Probe erhalten. Die Natur aber weiß nichts von den Thorheiten der Menschen." — Sie sprachen nichts weiter.

Nach einer Weile gelangten sie an das erste, in einem hübschen Blumengärtchen freundlich gelegene Haus, das durch ein stattliches Hirschgeweih über der Thür als Jägerwohnung bezeichnet wurde. Detlef verließ sie hier mit kurzem Gruß. Der Alte schien noch immer nicht den im Walde hervorgerufenen Grimm überwinden zu können und schmetterte, eintretend, die Thür hart hinter sich in's Schloß.

Der Graf schüttelte gegen seinen Begleiter lächelnd den Kopf. „Dessen Blut machen die Jahre nicht kalt," bemerkte er. „Wehe den Fremden, wenn beim endlichen Kampfe viele Jüngere so auf sie eingehen, wie es mein Detlef thun wird!" —

Der Fremdling erwiderte nichts, und sie zogen stumm weiter, bis sie endlich auf den weiten Hof gelangten und sich rasch dem im Hintergrunde befindlichen einfachen und schmucklosen Herrenhause näherten, in dessen Fenster die untergehende Sonne ihre rothen Lichter streute. Der Graf saß ab und überließ sein Pferd einem herbeieilenden Stallknechte. In's Haus tretend, wies er einen Diener

kurz an, dem folgenden Jäger Flinte und Ranzen abzunehmen und ein Zimmer für denselben parat zu halten.
Dann ging er auf's neue schweigend voran durch ein paar
Gemächer, und erst nachdem er im dritten — wie es
schien, seinem Arbeits-Cabinte — Mütze und Reitpeitsche
auf den Tisch gelegt, wandte er sich dem Anderen wieder
mit den Worten zu: „Hier sind wir ungestört. Nun
wohlan also, wer sind Sie und was bringen Sie? Daß
Sie kein Jäger sind, der eine Stelle sucht, haben Sie
mich freilich — wohl mit Absicht — entdecken lassen.“

„Ich hielt die Maske Ihnen gegenüber nicht mehr für
nöthig, Herr Graf,“ versetzte der Fremde mit artiger Offen-
heit; „eben so wenig vor dem alten Detlef Reuter, von
dem mir Nettfeld als von der treuesten Seele mehrfach
erzählte. Zum Zeugen bei meinen besonderen Mittheilungen wünschte ich ihn dessen ungeachtet nicht. Mit meiner Legitimation wird es aber wunderlich aussehen,“ fuhr
er abbrechend fort. „Papiere habe ich nicht und muß mich
daher auf Nennung meines Namens und —“

„Lassen Sie's gut sein,“ fiel ihm der Graf in's
Wort. „Nettfeld's Name und Bekanntschaft ist in meinen Augen für Sie eine bessere Legitimation als allerlei
Papiere, Zeichen und Erkennungsworte, die am Ende
auch von Unberufenen nachgemacht werden könnten. Leo
Nettfeld verkehrt mit niemand, der nicht eben so entschlossen und entschieden wie er selbst. — Nehmen Sie Platz,
greifen Sie zu und lassen Sie uns auf den Freund anstoßen,“ redete er weiter, indem er aus der auf dem Tische
stehenden Karaffe mit rothem Weine zwei Gläser füllte

und das seine dem Fremdling entgegenstreckte. „Gott gebe uns viele Vaterlandsfreunde, wie Leo Rettfeld einer ist!"

Der Jäger stieß klingend an, leerte sein Glas mit einem Zuge und sagte, es niedersetzend: „Ich stimme mit Leo nicht überall überein, aber Ihren Toast spreche ich dennoch mit ganzem Herzen nach. Mein Name wird Ihnen schwerlich bekannt geworden sein — ich heiße Hoven —"

„Friedrich von Hoven, vordem Rittmeister bei Rudorff-Husaren?" unterbrach ihn der Graf ungewöhnlich lebhaft.

„Ja, der bin ich, Herr Graf. Rettfeld und ich standen beim gleichen Regimente."

„Und Sie glauben, daß ich Sie nicht kenne, mein Freund?" sprach der Graf fast heiter und bot dem Anderen herzlich die Hand hin. „Schlagen Sie ein, Herr von Hoven! Ich bin glücklich, die Hand des treuesten Patrioten fassen zu dürfen, von dessen Wirken, von dessen Zügen schon längst bewundernd unter uns die Rede. Seien Sie mir willkommen, tausendmal willkommen! Wen ich auch in dem kuriosen Jägersmanne gesucht haben mag, eine solche Entdeckung habe ich nicht vermuthet, nicht gehofft, daß „der Komet" seine Bahn auch einmal durch unsere ferne Gegend nehmen werde!"

Herr von Hoven lachte. „Also den Namen, den man mir anfänglich im Scherze, später ernstlich und vorsichtshalber zudictirt, kennen Sie hier auch schon?" fragte er. „Hätte ich übrigens geahnt, daß ich hier zu Lande

so bekannt, so würde ich mich etwas weniger leichtsinnig
auf diesen Zug begeben haben," redete er weiter. Wenn
mich die Feinde eben so gut kennen —"

„Und zweifeln Sie daran, mein Freund?" unter=
brach ihn der Graf ernst. „Der Treuen haben wir Gott=
lob viele, so viele, möchte ich sagen, wie das Land Be=
wohner zählt; der Handelnden sind weniger, weil der
Kreis des Handelns noch ein so sehr beschränkter, und da
kann es nicht ausbleiben, daß die Feinde alsbald auf=
merksam werden. Dennoch habe ich eigentlich keine Sorge
um Ihre Sicherheit. Bei uns gibt es keinen Verräther,
und zumal den Namen, bei dem gewöhnlich von Ihnen
die Rede — „der Komet", meine ich — kennen nur die
Eingeweihten. Mit Einem Worte, ich hafte für Ihren
sicheren Weg durch unsere Gegend."

Hoven verbeugte sich verbindlich. „Sie werden mich
hoffentlich nicht mißverstanden haben, Herr Graf," sagte
er dann. „Ich bin von jeher anderen Sinnes gewesen
als viele meiner alten Kameraden, die außer Landes gin=
gen, um dem Feinde mit der blanken Waffe entgegen=
treten zu können. Ich glaubte daheim eben so viel, wo
nicht mehr nützen zu können, als wenn ich auswärts den
Feinden ein paar Köpfe spaltete, und habe es getrieben,
wie ich es treiben konnte. An meine persönliche Sicher=
heit habe ich stets nur der Sache wegen gedacht, für die
ich handelte. So auch jetzt — ich bringe Nachrichten, die
nicht gleichgültig sind, die mit mir nicht verloren gehen
dürfen. Ueberdies freilich wäre mir jetzt auch der Ge=
danke ein trostloser, daß ich nun gerade dem Feinde in

die Hände fallen könnte, wo uns der offene, will's Gott
siegreiche Kampf so nahe bevorsteht, der Kampf, auf den
ich seit sechs Jahren wie auf meine Seligkeit hoffe!"

Der Graf hatte den Sprechenden mit Theilnahme
beobachtet und ließ nach den letzten Worten eine längere
Pause vergehen, bevor er fragte: „Und glauben Sie wirk=
lich an solche Nähe des Kampfes?"

„Ja, Herr Graf, daran glaube ich, darauf baue ich!"
lautete die feste, rasche Antwort.   „Wer die Zustände und
die Stimmung in Preußen, in dem größten Theile von
Nord= und Mittel=Deutschland kennt, kann darüber auch
ohne die Nachrichten, die ich in Rußland erhalten und die
unsere Hoffnungen bestätigen, nicht in Zweifel sein."

„Sie kommen aus Rußland? Dort trafen Sie mit
Rettfeld zusammen?" fragte der Graf rasch.

„Ja wohl, Herr Graf. Ich bin im Juni nach Pe=
tersburg gegangen, um die dortigen Verhältnisse genauer
kennen zu lernen, mit unseren alten Kameraden immer
intimere Verbindungen anzuknüpfen, mit Stein zu ver=
handeln, endlich die Kriegsereignisse schneller und unge=
schminkt zu erfahren.   Mit Rettfeld traf ich dort zufällig
und auch für mich überraschend zusammen; ich wußte noch
nicht, daß er die Halbinsel verlassen und jetzt Adjutant
des Generals Barclay de Tolly."

„Auch ich höre dies zuerst von Ihnen," meinte der
Andere gedankenvoll.   „Freilich dachten wir uns, daß er
nicht fern bleiben würde, wenn der Krieg sich wieder der
Heimat näherte.   Aber unsere Verbindung ist begreiflicher
Weise eine sehr sparsame und unsichere.   Doch fahren

Sie fort, Hoven," unterbrach er sich selbst. „Wie steht's
mit dem Kriege?"

„Gut, Herr Graf. Die Russen haben allerdings am
17. und 18. August bei Smolensk eine Schlacht und am
19. bei Walutina ein Gefecht verloren, sind dann jedoch
nur vorgeschriebener Maßen und vollkommen geordnet
zurückgewichen, und die Verluste des nachrückenden Feindes sind von der Art, daß man schon jetzt mit ziemlicher
Bestimmtheit darauf rechnen kann, in zwei bis drei Monaten werde die große Armee eine sehr ungefährliche sein,
wenn noch überhaupt etwas von ihr existirt, und mehr
an ihre eigene Rettung als an einen Angriff zu denken
haben. Leo, der am 28. August von der Armee als
Courier nach Petersburg kam, hat mir darüber höchst in-
structive Mittheilungen gemacht. Beiläufig gesagt, hat
fortan an Barclay's Stelle der alte Kutusow den Ober-
befehl, und davon hoffte man in unseren Kreisen noch
manches Weitere. Jetzt mag es schon eingetroffen sein.
Man erwartete auf dem Wege nach Moskau eine neue
Schlacht. Doch ich mußte bereits am 30. August abreisen und konnte auf keine neue Kunde warten." —

„Nun, Gott gebe seinen Segen dazu!" sprach der
Graf nach einer Pause. „Eröffnet sich uns nur die Möglichkeit eines Erfolges, so wird es an uns nicht fehlen —
die Nachricht nehmen Sie von uns mit, mein Freund.
Nun aber sollen Sie nichts weiter erzählen. Mein Neffe
Eugen — Leo wird ihn Ihnen genannt haben — würde
außer sich sein, wenn er erst durch mich und nicht auch
von Ihnen über diese Dinge unterrichtet würde. Und er

hätte ein Recht dazu, denn er ist der Mann der That, während bei mir nur noch von Wünschen und gutem Willen die Rede sein kann. Erlauben Sie, daß ich ihn rufe, in einer Stunde muß er da sein." —

Er ging zum Schreibtische, warf rasch ein paar Zeilen auf ein hervorgezogenes Blatt und bot es dann lächelnd Hoven zur Ansicht. Es standen nur die Worte darauf:

„Lieber Eugen! Der Komet ist wirklich da. Mein Fernrohr zeigt ihn Dir heut Abend. Komme zu

Deinem Onkel E. Rhoba."

„Sehen Sie, so dient uns Ihr Name und so müssen wir hier bei uns schreiben," sagte der Graf, das Blatt wieder an sich nehmend, siegelte, überschrieb und gab es an einen hereingerufenen Bedienten zur schnellsten Besorgung. Darauf kehrte er zu dem Gaste zurück und sprach: „Das müssen Sie mir aber jetzt schon sagen, welcher glückliche Zufall Sie in unsere Gegend geführt hat. Kommen Sie über Lübeck?"

Der Gast neigte bejahend das Haupt. „Allerdings," entgegnete er; „am Samstag den 19. bin ich dort nach mancherlei Umwegen angelangt und seitdem zu Ihnen unterwegs. Es ist längst mein Wunsch gewesen, einmal diese Gegenden kennen zu lernen, und ich war bereits zu dem Ausfluge entschlossen — die Rückkehr über Lübeck war immer die nächste und thunlichste — als mir Leo's Begegnung, seine genaue Auskunft über Land und Leute

und einige beſondere Aufträge an ſeine alten Freunde
noch weitere Veranlaſſung zu dieſem Zuge boten, ja,
mir denſelben wenigſtens zur Freundespflicht machten.
Leicht macht Ihr Land ſolchen Beſuch freilich nicht," ſetzte
er lächelnd hinzu. „Ihre Wege ſind ſchlecht zu verfol:
gen. Vor vielem Fragen hatte mich Rettfeld ganz be:
ſonders gewarnt. So lief ich denn ſeit heute Morgen
ſchon in der Irre umher, und wenn ich nicht glücklicher
Weiſe auf den alten, mir empfohlenen Schäfer geſtoßen
und von ihm endlich der Gnade einer Auskunft gewür:
bigt worden wäre, ſo möchte ich Gott weiß wohin gera:
then ſein oder gar dem Stockhauſe in S. zumarſchiren."

„Ja, ja," ſagte der Graf Rhoba gedankenvoll, „es
war ſchon ein Glück, daß wir jenen widerlichen Burſchen
zuſammen begegneten. Und, mein Freund, unſere Zu:
ſtände ſind von der Art, daß wir dieſes Begegniß nicht
gleichgültig nehmen, vielmehr doch ernſtlich auf Ihre Sicher:
heit bedacht ſein müſſen. Sobald Eugen da iſt, ſoll das
unſere erſte Aufgabe ſein. Jetzt kommen Sie zu Tiſche.
Sie werden mit der alten Landesgewohnheit, zeitig zu
Nacht zu eſſen, heute wohl zufrieden ſein, Herr von
Hoven."

Zweites Kapitel.

Ein Salon.

Sa taille estoit belle et mediocre, il est
vrai qu'elle avoit un pied plus court l'un que
l'autre le moins du monde; car on s'en apper
cevoit peu, et mal-aisement se connoissoit-on,
dont pour tout cela sa beauté n'en estoit point
gastée.

Brantome,
d. l. reyne Anne de Bretagne.

Vierundzwanzig Stunden später bot der kleine Sa=
lon, den man in Nieder=Rhoba, dem Wohnsitze oder viel=
mehr der Residenz des Burg= und Waldgrafen von Rhoba=
Lipen, vorzugsweise Abends während der Theestunde zu
benützen pflegte, ein glänzendes Bild vornehmer und den=
noch häuslicher Geselligkeit dar. Ein reiches, volles Licht,
wie man es vor fünfzig Jahren durch eine Fülle von
Kerzen nur immer zu schaffen vermochte, durchströmte den
nicht großen, aber anmuthig und geschmackvoll verzierten
Raum, strahlte leuchtend zurück aus den großen Spiegeln
und von den schweren Rahmen einiger Bilder, welche sich
hier und da von den rothseidenen Tapeten der Wände
abhoben, schimmerte an den Vergoldungen der kassettirten

Decke und blitzte an dem spiegelblanken, prachtvollen Sil-
berzeug, mit dem der Theetisch bedeckt war. Die hellen
Flammen, welche vom Kamine aus eine schon willkom-
mene Wärme verbreiteten, hatten gegen diese Flut der
Beleuchtung für das Auge etwas Mildes und Beruhigen-
des, so traten sie dagegen zurück; und nur wenn von
Zeit zu Zeit eine besonders hohe und glänzende Flamme
von dem dürren Holze emporschlug, vermochte sie in der
Nähe des Kamins für einen Augenblick das eigene Licht
vor dem der Kerzen zur Geltung zu bringen und die
Blumengewinde des dichten Bodenteppichs in ihren glühenden Farben deutlicher sichtbar werden zu lassen.

Der Raum war, wie gesagt, nicht groß, sondern nur
ein geräumiges Gemach, wie man es in solcher Ausdeh-
nung gern zum Versammlungsplatze für einen größeren
Familienkreis und ein paar gute Freunde benutzt, und so
prachtvoll es ausgestattet war — aus all dieser gediege-
nen und wir möchten sagen, anmuthigen Pracht sprach
ein solches Behagen hier, eine solche Ruhe da, daß ein
fremder Beobachter die zahlreichere Gesellschaft, welche die
glänzende Beleuchtung zu erheischen schien und die jetzt
dennoch fehlte, sicher auch nicht vermißt haben würde.
Denn so hell es war, zu hell wurde es darum nicht; die
Farbe der Tapeten, der herabgelassenen Vorhänge und
Portièren dämpfte das Licht wieder, so daß jeder Anschein von Prunk und Festlichkeit verloren ging, und da,
wie schon angedeutet, das Gemach auch in sich abgeschlos-
sen und nirgends eine Thür in ähnlich beleuchtete und
geschmückte Räume geöffnet war, so genügten die wenigen

Menschen, welche sich hier um den Sophatisch und dort
um den Kamin gruppirt hatten, vollkommen, den Salon
auf das behaglichste und angenehmste zu beleben. Ja,
es wurde dadurch nur um so behaglicher, hätte man an=
nehmen müssen, denn die beiden Partieen konnten sich in
ihrem Plaudern, Lachen und Scherzen jetzt unbekümmert
gehen lassen, ohne daß die eine die andere dadurch ge=
stört hätte. Und man unterhielt sich doch lebhaft.

In den Sesseln zur Seite und gerade vor der
Flamme des Kamins ruhten ein Herr und eine Dame,
während ein großer und schlanker Mann in voller Uni=
form und mit den Abzeichen der französischen Brigade=
Generale sich von seinem Lehnstuhle auf der linken Seite
erhoben hatte und sich mit dem Arme leicht auf das Mar=
morgesims lehnte. Sein stolzes und männlich schönes
Gesicht, die kühn blickenden, nußbraunen Augen waren
der Dame zugewandt und kehrten, wenn er sie einmal zu
der zweiten Gruppe beim Sopha hinüber oder durch das
Gemach streifen ließ, stets sogleich wieder zu ihr zurück,
als könne er sich nicht satt sehen an dieser seltsamen und
dennoch bezaubernden Erscheinung, die in ihrer jetzigen
Haltung und Ruhe weniger einem Menschen als einem
Bilde glich, das uns aus unserer Eltern oder Großeltern
Zeiten erhalten ist.

Die Dame war augenscheinlich nicht groß und saß
überdies so tief in die weichen Polster ihres Stuhles zu=
rückgesunken, daß sie noch kleiner erschien, als sie in Wirk=
lichkeit sein mochte, und man von ihrem Aeußern nur ein
höchst unvollkommenes Bild gewann. Aber was man

erblickte, war schon lohnend und wunderbar genug. Sie
trug ein prachtvolles Kleid von blau in blau brochirter
Seide, dessen durch Reifen aus einander gehaltener weiter und faltenreicher Rock sich rings um sie her hoch auf-
bauschte, so weit es vor den nicht hohen Lehnen ihres
Stuhles irgend möglich war; und dies geschah um so
mehr, da sie die Füße auf ein Bänkchen gestellt und den
einen, dessen weißseidener Schuh am unteren Rande ihrer
Robe ein wenig sichtbar wurde, augenscheinlich über den
anderen gelegt hatte. Von der neuen, knappen und kurz-
tailligen Mode der damaligen Zeit zeigte sich an ihr überhaupt keine Spur. Ein Schneppenleibchen schloß sich an
den weiten Rock und ließ aus einem Gewöll von dufti-
gen Spitzen, welche den tiefen Ausschnitt umgaben, Brust,
Schultern und Hals hervortreten, wie sie nicht voller und
weißer, weicher und schlanker gedacht werden konnten.

Der Kleidung entsprechend, war das braune Haar
aufgeschlagen und ein wenig gepudert: hinter jedem Ohre
sank eine lange Locke weich und zierlich auf die weißen
Schultern herab, Schmuck aber zeigte sich außer den blitzenden Ohrgehängen gar nicht. Die Dame bedurfte desselben jedoch auch weder zur Bezeichnung ihres Ranges und
ihrer Stellung — ihre ganze Erscheinung deutete darauf
hin, daß sie zu den Ersten im Lande gehöre und ihr Leben
lang nur in einer Umgebung und man möchte sagen
Kleidung, wie ihre heutige, daheim gewesen — noch, wie
man das barbarischer Weise in der Gesellschaft annimmt,
zur Hervorhebung ihrer Reize. Hände und Arme, so weit
man die letzteren vor den darüber hinfallenden reichen

Spitzen sehen konnte, waren von der gleichen Tabellosig-
keit wie die Büste, das Wunderbarste von allem jedoch
blieb das Gesicht.

Sie war ersichtlich über die eigentliche Jugend schon
hinaus und mochte die Dreißig erreicht haben, allein die
Jahre hatten ihr, wenn sie sie auch ein wenig voller gemacht, nicht einen der Reize genommen, welche über diese
wundervoll reinen und feinen Züge in verschwenderischer
Fülle gebreitet waren. Ein harmonischer gebildetes Gesicht ließ sich nicht denken, aber es blieb nicht bei dieser
reinen und stillen Schönheit, sondern aus den dunklen,
glänzenden Augen, aus den scharfen, feinen Brauen, aus
der klaren Stirn und dem frischen, zierlich geschnittenen
kleinen Munde brach auch eine Flut von Leben und Geist
hervor, durchblitzt von Munterkeit und Keckheit, durchflo-
gen zuweilen von einem Zuge von lustiger Bosheit oder
üppiger Koketterie. Kurz, es war das Gesicht einer Frau,
die, fern von aller Noth und Sorge des Lebens, keine
andere Stellung kannte, als die Erste jedes Kreises zu
sein, dem sie gelegentlich angehörte, und keine andere
Macht gelten ließ, als die ihrer Schönheit und ihrer
Laune; ein Gesicht, wie wir seines Gleichen jetzt nur selten noch anderwärts als auf einem der Bilder finden,
welche uns irgend eine anmuthige und ausgelassene Schönheit des vergangenen Jahrhunderts erhalten haben. Und
wie die Dame nun einmal erschien, wie sie blickte und
den Hals, die Schultern, die Arme und Hände bewegte,
mußte man einräumen, daß sie mit Recht der prächtigen
Tracht der entschwundenen Zeit treu geblieben war. Die

neue Mode der engen, durchsichtigen, taillenlosen Gewän=
der hätte sie nur entstellen können.

Die Gesellschaft hatte sich noch nicht lange zusammen
gefunden, denn am Sopha drüben nahm der eine der
Herren erst jetzt einen Stuhl, und der General, der einen
Blick auf jene Gruppe und besonders auf die dort be=
findliche jüngere Dame hinüber geworfen hatte, wandte
denselben jetzt zu seinem Nachbar zurück und fragte:
„Also eine Enkelin von Ihnen, mein theurer Graf? Diese
Mittheilung überraschte mich. Ich wußte nicht, daß Sie
noch andere Kinder hätten, als den Herrn Grafen drüben
in Dreiheiligen und unsere gegenwärtige schöne Bosheit.“
— Und er verbeugte sich lächelnd gegen seine reizende
Nachbarin.

Die Dame lächelte ein wenig spöttisch; der Graf aber,
ein hochbejahrter, jedoch noch starker Herr in einer, dem
Schnitte nach einigermaßen veralteten, im Uebrigen in=
dessen feinen und reichen, ja, fast koketten Hoftracht, ver=
setzte mit einer ein wenig zitternden Stimme: „Ach, ich
hatte deren sieben, mein Herr General; aber am Leben ist
außer denen, die Sie genannt, nur noch die Eine —
Mathilde, Wittwe des Reichsgrafen zu Hall und Mutter
des lieben Kindes dort hinter uns —“

„Eigentlich die Einzige, welche meinem armen Papa
geblieben,“ fiel ihm die Dame lustig in die Rede, ihr
Füßchen wiegte den Saum des Kleides, und die Finger
der Rechten spielten mit einer goldenen, emaillirten Bon=
bonnière, deren Deckel sie leicht auf= und zuknacken ließ.
— „Neben Madame Mathilde sind wir beiden Anderen

für den Herrn Papa so zu sagen gleichfalls todt oder
vielmehr gar nicht da gewesen. Begreifen Sie solche Ver-
geßlichkeit oder Härte, mein lieber General?"

Der alte Graf lachte und erhob seine kleine, starke
Gestalt nicht ohne Mühe aus den Polstern des Sessels.
„Lassen Sie sich von der Thörin nichts weis machen,
General," sagte er, während dieser, dessen Augen gleichfalls ein Lächeln umflog, gegen die scharfe Sprecherin den
erhobenen Finger schüttelte. „Hebe's Treiben ist nicht
von der Art, daß man sie leicht vergißt. Sie versteht es,
sich bemerklich zu machen, der Plagegeist! — Aber freilich, Mathilde ist allerdings keine boshafte Wespe, wie
diese hier, und kein Kopfhänger und Phantast, wie mein
Herr Sohn, obgleich das Leben ihr nicht milder mitge-
spielt, als ihm. Das stolze Blut ihrer Ahnen ließ sie
niemals zagen oder unterliegen —"

„Während ich Aermste die Zagendste der Sterblichen
bin," unterbrach ihn die unverbesserliche Tochter auf's
neue mit einem Zuge von man möchte sagen schmachten-
der Resignation, der ihrem Gesichte köstlich stand. —
„Ueberdies sehe ich nun," fügte sie mit weicher Stimme
hinzu, „daß ich richtig geahnt, wenn ich annahm, ich sei
am Ende gar nicht das Kind meiner Ahnen, sondern nur
das Pfand einer höchst leichtsinnigen Stunde meines sonst
so getreuen Herrn —"

„Hebe, Hebe!" rief der Graf mahnend, während sich
auf seinen ohnedies stark gerötheten Wangen ein paar
noch röthere Flecken zeigten.

„Was denn, mein hochgeborener Herr Papa?" sprach

sie jedoch unbekümmert und im früheren Tone weiter.
„Habe ich etwas Dummes gesagt? Das müssen Sie mir
verzeihen, mein lieber General; meine Erziehung ist nach
manchen Seiten hin vernachlässigt und meine Begabung
in Folge meiner einseitigen Abstammung eine höchst un-
bedeutende —"

Ein tiefer Athemzug des Vaters, der fast wie ein
Seufzer klang, ließ sie inne halten. Der alte Herr wiegte
den großen Kopf sehr gravitätisch hin und her. „Mein
Kind," sagte er dann, „was ist denn heut in der Luft,
daß du so ganz besonders geneigt bist zum Schwärmen?
Sie hätten für meine Tochter in Wahrheit gar keine
passendere Bezeichnung finden können, mein Herr General,
als die einer „boshaften Wespe". So hartnäckig summt
und sticht sie!"

„Nur, daß man diese Stiche gern duldet; sie schmer-
zen nicht, sondern erheitern uns nur," bemerkte der ga-
lante Franzose lächelnd.

Der Graf verdrehte ein wenig die großen, runden
Augen und zuckte die Achseln. „Sie sind eben nicht ihr
Vater und nicht darauf angewiesen, diese süßen Stiche
stets zu fühlen!" meinte er mit einem Versuche zu scherzen, der ihm jedoch nicht leicht werden mochte. Als in
diesem Augenblick eine Thür geöffnet wurde und ein
Diener sich dem alten Herrn mit einem silbernen Teller
nahte, auf dem mehrere Briefe lagen, nahm er dieselben
wenigstens mit einer Art von freudiger Hast entgegen
und redete zum General gewendet in einem Tone, der
förmlich erleichtert klang: „Sie haben erlaubt, daß wir

troß Ihrer Anwesenheit unsern Gewohnheiten folgen soll=
ten, mein Herr General!" — Und auf die artige Ant=
wort: „Bitte, bitte, Herr Graf! Ich erwarte das!" —
zog er sich mit seiner Correspondenz schleunig an den
Tisch zurück, der in der Mitte des Gemaches stand und
zur Bereitung des Thee's benutzt wurde. Dort nahm
er einen Stuhl, setzte sich und war bald in die Briefe
vertieft.

Der General rückte den Sessel, den der Graf vorhin
eingenommen, noch ein wenig näher an den der Dame
und ließ sich nieder. „Sie necken Ihren alten Herrn
Papa —," warf er hin und ließ seinen Blick mit leich=
tem Lächeln auf der schönen Nachbarin ruhen.

Sie hatte sich bisher nicht gerührt, sondern nur den
abgehenden Vater mit den Augen verfolgt. Nun wandte
sie diese dem Offizier zu, und indem ein leises, gleichsam
schelmisches Leuchten durch ihr Gesicht zuckte, erwiderte sie
anscheinend ruhig: „Langweile, lieber General, nichts als
Langweile und ein wenig Gewohnheit! Ich muß wie
mein theurer Herr Papa sagen: Sie sind nicht darauf
angewiesen, stets hier und mit uns zu leben! Was soll
ich denn um des Himmels Willen sonst anfangen, zumal,
wenn man mich, wie in diesem Jahr, auch um meine
Sommerreise bringt und der Winter mit seiner noch
größeren Einsamkeit vor der Thüre ist?"

„Sie waren allerdings während des Sommers gar
nicht fort," bemerkte er. „Warum das?"

„Meiner Nichte wegen, Herr General! Sie sollte
im Juni kommen und mit uns reisen. Dann soll sie

krank geworden sein und konnte nicht; es gab ein ewiges
Aufschieben, bis sie vor acht Tagen endlich eintraf, wo
es dann natürlich zu spät war."

„Und Ihre Frau Schwester — ist sie krank, daß
wir sie nicht bei uns sehen?" fragte er.

Comtesse Hebe lachte. „Meine Schwester ist gar nicht
da," versetzte sie. „Die sitzt drüben und hütet ihre Würde
dem Hofe gegenüber, den sie mit ihrer Nähe beehrt." —
Und da der General auf diese Worte hin sie fragend ansah, zuckte sie leicht die schönen Schultern und redete gedämpft weiter: „Mein lieber General, es ist eigentlich
unrecht, daß ich davon spreche, — die Gesellschaft findet
das wenigstens. Ich aber kann nichts dafür, daß ich das
Lächerliche an den Meinen so gut sehe, wie an Anderen,
und mich desselben erfreue. Und in diesen Zuständen
gibt es des Komischen und Lächerlichen so viel, daß ich
von jeher nur bedauert habe, keine Begabung für dergleichen zu besitzen — es ließe sich ein Lustspiel daraus
machen.

„Meine Schwester wurde durch meine Eltern und
durch ihr stolzes Blut, wie mein Herr Papa sagt, die
Gemahlin meines Schwagers, eines der ältesten Grafen
des heiligen römischen Reichs," fuhr sie fort. „Mathilde
war 16 Jahre alt und ihr Gemahl 40, allein das stolze
Blut half über dergleichen Kleinigkeiten fort, und meine
Schwester fühlte sich in ihrer Stellung sehr behaglich, war
eine souveraine Frau comme il faut und verkehrte mit
der regierenden Familie in D. wie mit ihres Gleichen.
Das ging auch alles ganz schön, bis mein werther Herr

Schwager sich eines Tages nicht nur mediatisirt, sondern auch obendrein dem Hause von D. unterworfen fand, vor Schreck darüber starb und alle Vermögens-Verhältnisse in der größtmöglichen Zerrüttung hinterließ. Mein lieber General," unterbrach sich die unbarmherzige Sprecherin, „ich kann über dies alles nicht trauern, geschweige denn weinen. Meinen Schwager habe ich nie für etwas Anderes als einen widerwärtigen Menschen halten können, und meine Schwester hat sich mit ihrem stolzen Blute seither wie eine Thörin benommen. Sie will weder die Unterstützung der Ihrigen annehmen, noch von ihren früheren Ansprüchen lassen oder aus ihrer alten Stellung scheiden. Statt zu uns zu kommen und behaglich und ganz nach ihrem Geschmack zu leben — mein Herr Papa hat auch seine guten Seiten, mein lieber General, und bot ihr ein Gut an, wo sie Hof halten konnte, so viel sie wollte, — hungert und barbt sie in D., als ebenbürtige Freundin der herzoglichen Familie, und weicht nicht vom Fleck, weil sie am Ende doch noch begreift, daß eine auch noch so kurze Abwesenheit sie den bisher behaupteten Platz verlieren lassen müßte. Da kommen unglaubliche Thorheiten vor, mein lieber General!"

Der Franzose lachte, denn nicht nur die Mittheilung selbst, sondern auch die Vortragsweise der Sprecherin, welche jener erst alles Herbe nahm, wirkten unwiderstehlich komisch auf ihn. „Ihre Nichte ist also zur Behauptung jenes Platzes nicht so nöthig?" fragte er endlich mit dem Blick zu der Gruppe am Sophatische hinüber.

Gräfin Hebe zuckte die Achseln. „Was weiß ich!"

versetzte sie. „Ich komme nicht leicht nach D. und kenne die dortigen Verhältnisse wenig. Vielleicht erscheint Stephanie ihrer Mutter zu gut für den kleinen Hof, an dem nur die herzogliche Familie ihr ebenbürtig ist. Vielleicht wirkt auch das stolze Blut von den Eltern in dem Kinde nach. Langweilig ist meine theure Nichte wenigstens schon genug und nicht minder gelangweilt, wie ich in diesen acht Tagen ihrer Anwesenheit bemerken konnte, — ganz der Graf, mein Schwager, so daß ich vor meiner Schwester Respect bekomme. Ich hatte bis dahin zuweilen meine eigenen Gedanken über ihre Neigung zu dem Gemahl. Allein dieses Kind spricht glänzend auch für ihre geistige Treue.“

„Von Langweile scheinen meine beiden jungen Schlecker dort neben Ihrer Nichte indessen nichts zu empfinden,“ bemerkte der Franzose mit einem neuen wohlwollenden Blick auf die andere Partie.

Die Dame zog noch einmal die Schultern in die Höhe und nahm eine Confiture aus der Bonbonnière. „Ach mein Gott,“ sagte sie im nachlässigsten Tone, „solche junge Leute sind so gute und reizbare Geschöpfe! Es bedarf für sie am wenigsten eines Aufwandes von Geist, um sie in uns gleich die reinen Engel erblicken zu lassen! Sie müssen das doch wissen, General, denn Sie schwärmten sicher auch einmal für schöne Augen?“

Die Antwort des Offiziers, die so zu sagen schon durch einen blitzenden Blick auf die reizenden Züge und in die glänzenden Augen der Sprecherin angekündigt wurde, schnitt der Graf ab, der eben, die Briefe und die

goldene Brille in die Tasche schiebend, vom Theetisch zum
Kamin zurückkehrte und seine frühere gedrückte Stimmung
verloren zu haben schien.

„Alle meine Correspondenten sind voll von Bewun=
derung über die unsterblichen Thaten unseres erhabenen
Kaisers," sprach er. „Dieser Zug nach Rußland ist, wie
die Menschheit seit Alexander's Marsche nach Indien nie
etwas Aehnliches gesehen. Haben Sie nähere Nachrichten,
Herr General?"

Das männlich schöne, offene Gesicht des Angeredeten
zeigte statt des bisherigen heiteren, ja unbekümmerten
Ausdrucks momentan einen fast finsteren Ernst.

„Die Armee besteht häufig Gefechte, siegreich natürlich,
aber ohne Bedeutung," erwiderte er. „Wir erwarten
demnächst die Nachricht vom Einmarsch in Moskau. Aber,"
redete er dann noch gedämpfter weiter, „hier unter uns
Dreien, die wir treue Anhänger Seiner Majestät sind
und einander nicht mißverstehen, darf ich es nicht verheh=
len, daß ich über die bisherigen Erfolge unserer Waffen
und über diesen ganzen Krieg anders denke, als die En=
thusiasten von Frankreich und Deutschland. Die Erfolge
entsprechen nicht dem Aufwande von Mitteln, und diese,
mag der Aufwand noch so ungeheuer sein, genügen in
den Augen unserer Besten und Bravsten dennoch nicht,
um unseren Zweck zu erreichen und Rußland niederzu=
werfen. Des Herzogs von Vicenza Träumereien offen=
baren sich täglich mehr als — Träumereien eines auf
das unglaublichste dupirten Menschen. Und günstigsten
Falls werden wir im nächsten Frühjahr alle Hände voll

zu thun haben, unsere halb vernichtete und demoralisirte
Armee wieder so weit zu bringen, daß wir den neuen
Kampf in Deutschland nicht von vorn herein verloren
geben müssen. — Sehen Sie, Gräfin," setzte er abbre=
chend hinzu und strich mit der Hand über die Stirn,
„wohin ich mich in Ihrer Nähe fortreißen lasse! Allein
ich weiß ja, daß Sie, anders als die meisten Damen,
auch ein Auge auf die Staats=Actionen werfen und
Sinn für die großen Ereignisse unserer Zeit haben; und
andererseits erkennen Sie daraus, wie uns zu Muth
ist, die wir Frankreichs Größe und Ruhm lieben."

Gräfin Hebe hatte den Mittheilungen des Generals
mit ungewöhnlicher Aufmerksamkeit zugehört, ja, sich wäh=
rend derselben nicht einmal geregt, und machte auch nach
seinen letzten Worten keine Miene, eine Erwiderung laut
werden zu lassen. Ihr bisher unruhiges, schönes Auge
haftete auf ihm jetzt mit einem schier nachdenklichen Blick,
und als sich darin eine Aenderung zeigte, war es wie
eine Art von Verdruß über die Störung ihres Gedanken=
ganges, welche durch das wiederholte Räuspern ihres
Vaters hervorgerufen wurde.

Der Graf, dessen runde, scharf blaue Augen bei den
Worten des Franzosen allmälig noch ein wenig weiter
hervorgetreten waren, als gewöhnlich, und der ein paar=
mal nur mit sichtbarer Mühe eine Unterbrechung zurück=
gehalten hatte, schüttelte jetzt majestätisch den großen Kopf,
so daß die Locken der blonden Perrücke in eine zitternde
Bewegung geriethen, und sagte, nachdem er seine Stimme
möglichst geklärt: „Mein Herr General, Sie sind ein

arger Ketzer und scheinen mir mit Träumen zu kämpfen,
die noch phantastischer als die des guten Herrn von Cou-
laincourt. Was um des Himmels willen reden Sie von
einem Kampfe in Deutschland? Wer wäre im Stande,
wer wahnsinnig genug, denselben zu versuchen? Es müßte
denn etwa ein zweiter Schill eine noch lächerlichere Don-
quixotiade unternehmen als die erste war!"

Das Auge des Officiers wandte sich langsam und
mit einem Blick, in dem etwas wie eine leise Verachtung
zu lesen war, zu seiner Nachbarin. "Glauben auch Sie
das, Gräfin?" fragte er, und da sie nur mit einem flüchtigen Achselzucken antwortete, sprach er, sich zu dem am
Kamin lehnenden alten Herrn zurückwendend, in sehr ent-
schiedenem Tone weiter: "ich und viele meiner Landsleute
denken über dieses alles anders, als Sie, Herr Graf.
Der Zug dieses Schill war eine Thorheit und aussichtslos; thörichter aber war noch die Weise, wie man von
unserer Seite gegen seine Anhänger verfuhr. Man stempelte jeden Einzelnen in den Augen der deutschen Patrioten zu einem Martyrer und machte jede Sympathie für
uns im preußischen Heer und Volke für immer unmöglich. Ueber das, was uns in Deutschland bevorsteht,
täuscht sich niemand von uns, der die Zustände hier zu
Lande auch nur eine kurze Weile beobachten durfte. Es
muß zum Bruche kommen, Menschen sind Menschen, mein
Herr Graf. Und Ihre Landsleute sind sicher nicht blind
genug, den günstigen Zeitpunkt, den der jetzige Krieg viel
näher rückt, thöricht zu übersehen. Wir gehen vielleicht
dem ernstesten Kampfe entgegen, den wir jemals zu be-

stehen gehabt, um so ernster, da unsere alten sieggewohn=
ten Schaaren jetzt in Rußland den Todesstoß erhalten —
es ist ohnehin schon aufgeräumt!" unterbrach er sich nicht
ohne Bitterkeit — „und unsere Führer immer müder
werden; um so ernster, da wir selber die Dinge so auf
die Spitze trieben und es verschuldeten, wenn wir dem=
nächst nicht ein paar Armeen — das wäre noch immer
eine Bagatelle! — sondern ein Volk in Waffen vor uns
haben.

„Sie kommen hier auf Ihrem Schloß, auf Ihren
Reisen, in Ihrem Hotel in der Stadt zu wenig mit dem
Treiben des Volkes in Berührung und hören schwerlich
etwas davon. Das ist mit Unsereinem anders. Wir
sehen und hören und erfahren mehr als uns lieb ist. Ich
bin ein offener, gerader Soldat und mag nichts mit der
Verwaltung und ihren Beamten zu thun haben, wenn
mich der Wille des Kaisers jetzt auch mit denselben in
Berührung gebracht hat. Es sind Blutsauger, Habgierige,
Canaillen zum Theil, die nicht an die Zukunft, sondern
nur an die Gegenwart, nicht an die wirklichen, sondern
an die nominellen Interessen des Staates, noch mehr
aber an ihre eigenen denken. Es sind Canaillen und
Dummköpfe, wiederhole ich, die das Schwere des neuen
Regiments und der Zeitverhältnisse dem Volke nicht mög=
lichst erleichtern, vielmehr den Druck bis zum Unerträg=
lichen steigern. Und es thut mir leid, Herr Graf, daß
ich es sagen muß, — aber gerade Ihre Landsleute unter
unseren Angestellten bringen uns den meisten Schaden,
und wie die Sachen stehen, können wir dieses Gezücht

trotzdem nicht einmal entbehren und zum Teufel jagen. Sie verderben in einer Stunde mehr, als wir Anderen nachher in Wochen und Monaten wieder gut zu machen vermögen. Es ist leider Gottes schon so weit, daß wir nicht e i n e n Freund mehr im Lande haben, und was das bei einem etwaigen Kriege heißen will, darf ich Ihnen nicht erst erklären."

„Sie sind ein Gespensterseher, mein Herr General, etwas, das ich in Ihnen am wenigsten gesucht hätte," warf der alte Herr kopfschüttelnd ein. „Keinen Freund im Lande, sagen Sie? — Sie deuten doch wohl nur auf den bösen Stand hin, den Ihre Douanen hier an der Gränze und der Küste haben, — da mag Ihre Ansicht zutreffen. Aber was kümmert Sie das Gesindel? — Im Lande, bei den besseren, besitzenden Klassen, bei meinen Standesgenossen kann von dergleichen gar keine —"

„Sie täuschen sich, Herr Graf!" fiel ihm der General ungeduldig in's Wort. „Es denken Wenige und immer Wenigere wie Sie. Das wissen wir sehr gut, und auch, daß man ihnen genug Veranlassung dazu gibt. Noch heute hat mir unterwegs der Brigadier, den ich traf, eine ganz verwünschte Albernheit erzählt, deren sich gestern ein Douanier, und zwar wiederum ein Deutscher, schuldig gemacht. Es betrifft auch Sie — denn Ihr Herr Sohn, der Graf auf Dreiheiligen, war zunächst dabei betheiligt und hat die Sache heute Morgen zur Anzeige gebracht."

„Mein Sohn? Das beruhigt mich und muß auch Sie beruhigen, mein lieber General," sagte der Graf in auffällig spöttischem, fast verächtlichem Tone. „Mein Sohn

ist ein Phantast und Kopfhänger und nichts weniger als
reizbar. Was Ihrem Brigadier aufgefallen ist, hat er
vermuthlich kaum bemerkt, und wenn er eine Anzeige
machte, so ist er dazu gedrängt worden. Seine Art ist's
sonst nicht."

Gräfin Hebe, die während des ganzen bisherigen Ge=
sprächs anscheinend ziemlich theilnahmlos im Sessel zurück=
gelehnt gesessen und ihre Blicke fast nur von der Glut im
Kamin zu der Bonbonnière gewandt hatte, mit der ihre
Finger wie mechanisch spielten, hatte bei der Erwähnung
ihres Bruders plötzlich das Auge erhoben und mit einem
durchbringenden, forschenden Blick auf dem Franzosen ruhen
lassen. Bei den Worten ihres Vaters ging der Aus=
druck dieses Blickes wieder in den ihr gewöhnlichen, halb
freundlichen, halb spöttischen oder boshaften über, und da
der alte Herr schwieg, meinte sie, dem General heiter zu=
lächelnd: „Ja, mein Gott! Mein armer Bruder hat eben
gar nichts von dem stolzen Blut der Mutter unserer
Reichsgräfin!"

„Aber so viel Blut, wie ein Mann von Herz!"
sagte der General mit ernstem Lächeln. „Die Sache, wie
er sie zur Anzeige gebracht und wie der französische Doua=
nier sie bestätigt, ist einfach genug," fuhr er fort. „Der
Graf ritt gestern mit seinem alten Jäger durch die For=
sten und traf dabei auf einen Menschen, seiner Tracht
und seinen Papieren nach einen Jäger, der eine Stelle
sucht und an den Grafen empfohlen war. Zwei Doua=
niers, die eine Patrouille machten, kamen dazu. Der
Franzose verlangte, wie vorgeschrieben, den Paß des

Fremden, — beiläufig, auch eine Albernheit, da solche
Leute unmöglich so viel Französisch verstehen können, um
etwa nöthig werdende Fragen verständlich zu beantworten. — Der Deutsche betrieb diese Forderung mit solcher
Brutalität, die sich auch auf den Begleiter des Grafen
und auf diesen selber ausgedehnt zu haben scheint, daß
die beiden Jäger zur Wuth gebracht wurden und auf's
Haar ein Conflict entstand, der nur zum Nachtheil der
Beamten ausschlagen konnte und allein durch die ener-
gische und doch polirte Einmischung Ihres Herrn Sohnes
vermieden ward. — Ich bin ihm dankbar dafür, ich werde
den taktlosen Douanier zur Strafe ziehen lassen. Aber
was nützt das?" schloß der General aufgeregt und stand
auf. „Die Folgen solcher Dummheiten sind unabsehbar,
denn gerade durch dergleichen werden uns auch die bisher
noch Gleichgültigen und Harmlosen verfeindet, und das
alles kann kein gutes Ende nehmen!"

„Ah bah! — Aufwallung — nichts mehr!" meinte
der Graf wegwerfend, indem er aus der kleinen Spaniol-
dose eine zierliche Prise nahm.

„Das wollen wir hoffen," erwiderte der General kurz
und ernst. „Im anderen Falle wäre das Ding auch außer
allem Spaß. Die Besitzungen Ihres Herrn Sohnes erstrecken sich über ein Terrain, das wir nur bei der freundlichen Gesinnung und dem guten Willen ihres Besitzers
unter Aufsicht behalten können. Man heißt ihn nicht
umsonst den „Grenzgrafen" hier zu Lande. Schon mit
einem bloßen Nachgeben, mit einem Gehenlassen könnte
er uns die ernstlichsten Schwierigkeiten bereiten. Gottlob,

daß er ein loyaler Mann, wenigstens ein ruhiger. Denn
so redet man bei uns von ihm, und er steht in hoher
Achtung. Ich werde ihm daher auch in diesen Tagen
einen Besuch machen und selber die geschehene Dummheit
entschuldigen," setzte er in leichterem Tone hinzu. — Und
indem er sein Auge mit einem lebhaften Blick zu dem
kleinen Kreise beim Sopha, wo man gerade rascher und
lauter redete, und dann zu Gräfin Hebe zurückwandte,
meinte er: „Aber was erregt denn unsere jungen Leute
so sehr? Gehen wir ein wenig zu ihnen hinüber und
lassen uns durch ihre Heiterkeit über all den Ernst fort:
bringen, der sich so unberufen in unsere Unterhaltung ge:
drängt. Darf ich Ihnen meinen Arm bieten, Gräfin?"

Comtesse Hebe nickte und erhob sich langsam aus
dem weichen Sitze, denn es zeigte sich jetzt, daß diese wun:
derbare Erscheinung leider nicht in allen Theilen so vollen:
det gebildet war, wie die Füßchen und der mit allen
Reizen geschmückte Oberkörper darauf hätten schließen las:
sen können. Selbst die weite und faltenreiche Gewan:
dung vermochte nicht völlig die Erhebung der einen Hüfte
zu verbergen, und als sie einen Schritt vortrat, hinkte sie
so schwer, daß der dargebotene und angenommene Arm
des Generals keine Höflichkeit, sondern eine Nothwendig:
keit für sie zu sein schien. Und auf einen unvorbereiteten
Zuschauer hätte es einen wahrhaft betrübenden Eindruck
machen müssen, dieses wundervolle Geschöpf in solcher Ge:
brechlichkeit neben dem stattlichen Manne dahinschleichen
zu sehen. Hier im Zimmer freilich achtete niemand be:
sonders darauf, und die Gräfin selber mochte wohl am

wenigsten an sich denken. Ihre Augen musterten bei den wenigen Schritten zum mindesten die Gruppe am Tische, welche sich bei ihrem Nahen erhoben hatte, mit einer gewissen spöttischen Neugierde, und das Gesicht zu ihrem viel größeren Begleiter erhebend, sagte sie im leichtesten Tone von der Welt: „Ich habe diese jungen Leute noch nicht bei Ihnen gesehen, General. Sie haben noch nie hübschere gehabt. Stellen Sie sie mir doch noch einmal vor; ich habe vorhin ihre Namen überhört."

Er neigte lächelnd das Haupt und half ihr, in der Sophaecke Platz zu nehmen, wo sie alsbald in der Ruhe wieder dieselbe tadellose oder berückende Erscheinung darbot, wie bisher im Lehnstuhle am Kamin. Dann winkte er die beiden Offiziere, denn zwei solche waren es, näher und sprach freundlich: „Die Gräfin hat vorhin Ihre Namen zu flüchtig gehört, meine Herren. Lassen Sie sich vorstellen! Vicomte Louis de Vial, Bataillons-Chef und Ordonnanz-Offizier Sr. Majestät des Kaisers," fuhr er fort, auf den Aelteren der Beiden deutend, der die himmelblaue, mit Silber verzierte Uniform des genannten bevorzugten Corps trug, und nachdem dieser sich anmuthig verbeugt, nannte er den zweiten, noch jüngeren Offizier, der, ein wenig zurückstehend, die weiße, feine Uniform eines westphälischen Regimentes zeigte — „Kapitän Karl Waldkirch." —

„Nehmen Sie wieder Platz, meine Herren," sagte der alte Graf, der inzwischen gleichfalls zum Tische getreten war. „Erlauben Sie, daß auch wir ein wenig von den Unterhaltungen der Jugend profitiren. Aber wie ich

sehe," unterbrach er sich, mit mehr Lebhaftigkeit redend —
man hat Ihnen nicht einmal ein Glas Wein angeboten,
während Sie doch den Thee, wie ich mir denken kann,
nur mit uns nicht verschmähen, die wir an ihn gewöhnt
sind. Amelie!"

Das junge, dunkel und bescheiden gekleidete Mädchen,
welches, mit einer Handarbeit beschäftigt, schweigend und
einsam am Theetische in der Mitte des Gemaches saß,
zuckte bei diesem Rufe zusammen und sprang auf. Der
General aber kam ihr mit einem: „Bitte, Mademoiselle!"
zuvor, und sich an den Grafen wendend, redete er lebhaft weiter: „Wo denken Sie hin, Herr Graf! Wir
Soldaten danken dem Himmel, wenn wir einmal das
Lager- und Kriegsleben mit allem Zubehör in einem Fa-
milienkreise vergessen dürfen, der wie der Ihre uns so
anmuthig mit Wärme, Glanz und Behagen aufnimmt. —
Sie waren hier in so lebhafter Unterhaltung, in einem
Streite, wie mir fast schien — ich hoffe doch, meine Herren, Sie werden Ihre schöne Gegnerin nicht erzürnt
haben?"

Die Dame, welche jetzt dem General gegenüber wieder ihren früheren Platz eingenommen hatte, verdiente
das Beiwort, mit dem sie eben genannt worden war,
denn auch ihr Gesicht war von solcher Schönheit, daß
man in Zweifel sein konnte, ob man ihr oder ihrer Tante
die Palme zuerkennen müßte, und ihre hohe, schlanke Gestalt, wie sie beim Herantreten der Uebrigen sich leicht
erhoben und wie sie jetzt in graziöser und doch ein wenig
nachlässiger Haltung im Sessel lehnte, war so vollendet,

daß ihre Anmuth selbst aus der unsinnigen französischen
Hoftracht jener Jahre siegreich hervortrat.

Aber es war dennoch eine ganz andere Schönheit
als diejenige der Gräfin Hebe; denn was ihr die Jahre
vor dieser vorausgaben — sie mochte vielleicht nicht mehr
als zwanzig zählen — verlor sie wieder durch die Kälte
und Gleichgültigkeit des Ausdrucks und die kühle Unbe-
weglichkeit ihrer Haltung. Es mochte sehr viel Stolz in
diesem jungen Wesen sein und ein sehr großes und sehr
ruhiges Selbstbewußtsein, eine große Sicherheit, Aufsehen
zu erregen, zu imponiren durch ihre Erscheinung, und
doch eine eben so große Gleichgültigkeit gegen den Eindruck, den diese Erscheinung gemacht hatte; allein von
dem vollen und frischen, lecken und heiteren oder über-
müthigen Geiste, von dem heißen und reichen Leben, die
aus jedem Blicke und jeder Bewegung der Tante her-
vorglänzten, zeigte sich bei der Nichte kaum eine Spur,
und wer sie vorhin in der Unterhaltung mit den beiden
Nachbarn näher beobachtet hätte und sie jetzt sah, wie
sie kalt und theilnahmlos in ihrem Sessel ruhte, hätte
die Aeußerung Gräfin Hebe's doch vielleicht nicht für un-
gerechtfertigt halten mögen: „langweilig, aber noch mehr
gelangweilt.“

Dennoch zeigte beim Herantritt der Gesellschaft ihre
Wange ein sichtbar erhöhtes Roth, wenn sich dasselbe auch
jetzt, ein paar Minuten später, schon größtentheils wieder
zu dem diesen Zügen gewöhnlichen rosigen Schimmer ge-
mäßigt hatte, und in dem blauen Auge, welches sie auf
die Bemerkung des Generals langsam zu diesem erhob,

erschien auch nun noch — man hätte sagen mögen: ein Rest von Erregung oder Interesse.

„Sie irren, mein Herr," sagte sie in kühlem Tone. „Wir stritten nicht. Die Herren erzählten nur` etwas, was mir nicht ganz wahrscheinlich, vielmehr wie eine Art Spott über meine Unkenntniß dieser Zustände erschien."

„Während wir dem Herrn General wohl nicht erst zu versichern brauchen, daß wir einer solchen Unartigkeit fern blieben," setzte der Ordonnanz-Offizier die abbrechende Rede des Mädchens lebhaft fort, indem er zugleich einen munteren Blick seiner blitzenden, fast schwarzen Augen zu seinem Kameraden hinüberstreifen ließ, welcher leise lächelnd den dunkelblonden Kopf schüttelte.

„Und dennoch können wir Sie von der ernsten An- klage erst freisprechen, wenn Sie uns .von dem Gegen- stande Ihrer Unterhaltung unterrichtet haben," meinte der alte Graf, der es sich in der anderen Sophaecke bequem gemacht. „Meine Enkelin ist eine kleine Zweiflerin, weiß ich freilich."

„Der Herr General erzählte vorhin von einem Be- richte, welchen er auf dem Herritte über ein Rencontre der Douaniers erhalten," sprach der junge Westphale, der sein Lächeln kaum unterdrücken zu können schien. „Die erlauchte Gräfin wünschte auf das Wort, welches davon zu uns herüberklang, darüber Auskunft zu erhalten, und mein Kamerad gab dieselbe mit dem Zusatze, daß die ganze Sache nicht der Rede werth sein würde, wenn man nicht in diesem wilden Lande und bei diesem rauhen Volke mit einer gewissen Vorsicht vorzugehen hätte. Die Gräfin

meinte darauf, daß man hier zu Lande ihrer Ansicht nach
doch ungefähr eben so lebe, wie überall, und daß ihr auch
die Menschen nicht anders als anderwärts erschienen wä=
ren, und als ich mir dann die Andeutung erlaubte, daß
das Land, außerhalb der Städte und der Parks bei den
Schlössern, Landstriche genug enthalte, die freilich für
Damen kaum zugänglich, aber das eigentliche Terrain für
uns Soldaten seien; daß außer der Gesellschaft, die eine
Dame kennen lernt, das ganze, große, rauhe Volk da sei,
mit dem wir uns herumzuplagen hätten, da erklärte die
Gräfin nur, nicht einzusehen, weßhalb wir dieses Volk
denn nicht lieber gehen und sich selbst überließen. Meine
Antwort war," setzte der Offizier auf's neue lächelnd
hinzu, „daß sie leider uns nicht ließen."

„Ja, und das war's, worin ich mich berechtigt fühlte,
eine Art von Spott über meine Unkenntniß solcher Zu=
stände zu suchen," unterbrach das junge Mädchen mit
höher sich röthenden Wangen und einem gewissen ärger=
lichen Tone den Sprecher. „Ich fragte dann, was die
Leute denn thäten —"

„Und ich versetzte: Sie thun nicht, was sie sollen,
Erlaucht!" warf der Kapitän ein.

„Aber wenn sie müssen, mein Herr, wiederhole
ich?"

„Sie wollen eben nicht müssen. Sie wehren sich
auf's äußerste und hassen und verabscheuen uns wie den
Bösen!"

„Und Sie bestehen darauf, mir einbilden zu wollen,
daß diese Leute, dieses Volk, diese Bauern, Schiffer und

Fischer und dergleichen, einen Willen haben und Wider=
stand gegen Ihre Beamten, Ihre Soldaten, Ihre Regie=
rung, mit Einem Wort —" rief das junge Mädchen fast
heftig, und mit einer Art von herausforderndem Blicke
auf den Westphalen setzte sie ein wenig spottend hinzu:
„Ich möchte doch wissen, wie sie das anfangen, mein
Herr!"

Der Kapitän schüttelte leise den Kopf, sein Gesicht
war ernst geworden. „Fragen Sie den Herrn General,
Erlaucht," sagte er, „fragen Sie meine Kameraden, jeden,
der mit den Zuständen dieser Landstriche irgend bekannt
ist. Jedermann wird Ihnen sagen: das Volk wehrt sich
und trotzt, wie es kann, es schlägt sogar die Beamten
und Soldaten bei Gelegenheit ein wenig todt, es wider=
steht den neuen Gesetzen oder umgeht sie auf jede mög=
liche Weise. Und wenn man den Widerstand eines Ein=
zelnen leicht bricht und bestraft, welche Mittel bleiben uns
dem ganzen Volke gegenüber, zumal einem so rauhen
und harten, innerlich kräftigen?"

„Aber was in des Himmels Namen wollen sie denn
endlich?" rief das schöne Kind fast ungestüm.

Und indem der Offizier die Achseln zuckte, erwiderte
er gedämpft und mit einem Ernst, der mit diesen noch
jugendlich weichen und augenscheinlich für gewöhnlich offe=
nen und heiteren Zügen in einen seltsamen Contrast trat:
„Sie wollen uns los sein, Erlaucht." —

Die Blicke des Mädchens gingen mit dem Ausdruck
eines fast naiven Erstaunens von dem Gesichte ihres Geg=
ners zu denen der anderen Zuhörer, aber mit Ausnahme

des alten Grafen, dessen Augen auf dem jungen Offizier mit einem leisen Hochmuth oder gar mit heimlichem Wider= willen ruhten, glaubte sie bei allen übrigen, selbst bei der Tante, eine Zustimmung zu dem Geäußerten annehmen zu müssen. Der General neigte gegen Comtesse Hebe so= gar das Haupt so bezeichnend, als wollte er sagen: „Was habe ich vorhin ausgesprochen?“ — und die Dame, nach= dem sie ihm zugenickt, wandte die leuchtenden Augen mit einem spottenden Blicke zu dem Kapitän und sprach mit ihrer silberhellen Stimme: „Sie müssen meine Nichte ent= schuldigen, mein Herr! Man weiß am Hofe wenig oder gar nichts davon, daß es hinter den Kammerdienern und Kammerfrauen noch andere Leute gibt, die nichts vom Hofe erfahren, wie der Hof nichts von ihnen erfährt.“

„O doch, meine Tante!“ sagte das junge Mädchen gereizt und zugleich hochmüthig. „Wir wissen sehr wohl, daß es außer unseren Kreisen noch andere Menschen genug gibt, die sogar der Masse nach die unendlich viel größere Mehrzahl bilden. Allein ich hörte allerdings noch nie= mals, daß sie etwas Anderes dürften oder gar erstreb= ten, als unter ihren Behörden und Herren ruhig hinzu= leben und gehorsam ihre Pflichten zu erfüllen. Soll ich nun nicht erstaunen, da ich das gerade Gegentheil erfahre, da ich unser Land und unser Volk noch als besonders hervorstechend im Ungehorsam und Trotz nennen höre? Ich appellire an Sie, Herr General! Nicht wahr, Ihr Herren Offiziere scherzen oder malen doch mit gar zu lebhaften Farben?“

Das bisher ernste Gesicht des hohen Offiziers ver=

zog sich zu einem freundlichen Lächeln; das Mädchen, wie es ihm, vom Sessel sich erhebend, gegenüber stand, war in diesem Augenblicke so wunderbar schön, daß man bei solchem Anblicke unmöglich kalt und ernst bleiben konnte. „Die Herren scherzen leider nicht," bemerkte er; „allein ich denke, wir lassen dieses traurige Gespräch und wenden uns anderen Gegenständen zu, damit die Damen uns nicht für entartet zu halten beginnen. Für uns Aeltere war ein solches Gespräch schon recht, aber hier — wie konnten Sie den Verdacht zu erregen wagen, meine Herren, daß die französische Galanterie im Absterben begriffen —"

„Nicht doch, nicht doch, Herr General!" unterbrach ihn die junge Gräfin lebhaft, und zum ersten Male erhellte ein wirklich freundliches Lächeln ihre kalten Züge. „Ich nehme die Herren in Schutz. Nicht sie, sondern ich habe diese Unterhaltung gewollt; es war mir so Vieles darin gänzlich neu. Und ich kann sie, mit Erlaubniß meines Großvaters, jetzt um so weniger fallen lassen, da auch Sie beizustimmen scheinen, daß das Land ein wildes und das Volk ein rauhes, ein eigenwilliges und trotziges gegen seine Herren! Ich mag Ihnen allen unwissend erscheinen, aber es ist nicht die Schuld meiner Gleichgültigkeit, sondern der Verhältnisse, in denen ich bisher gelebt. Es ist hier also, mit Ausnahme des Klima's, wirklich anders als anderwärts?"

Comtesse Hebe zuckte mit spöttischem Lächeln die Achseln; der General aber ließ seine Augen mit ungeheuchelter, bewundernder Theilnahme auf dem schönen

Geschöpfe haften, das so unbekümmert und offen das
ausssprach, was wir sonst selbst Bescheidene gern verber=
gen sehen, und dessen Züge durch die Lebhaftigkeit des
Interesses immer mehr an Reiz gewannen.

„Ob das Land ein rauhes und seine Bewohner ein
wildes und hartes Geschlecht sind!" beantwortete er jetzt
ihre Frage. „Ich begreife freilich, daß Sie in der Ge=
sellschaft wenig davon erfahren, denn man braucht andere
Füße als die Ihren, um diese Heiden und Küsten zu
durchstreifen, und andere Gewohnheiten, um mit den Be=
wohnern zu verkehren. Aber Sie haben Recht, das alles
kennen lernen zu wollen. Es ist nicht nur Interessantes,
sondern auch Seltsames im Ueberfluß da, und ich be=
daure nur, daß ich kein Einheimischer bin, der Ihrer
Wißbegierde zu genügen vermöchte. Da werden aber die
Ihrigen aushelfen können, denn gerade in diesen Gegen=
den, auf Ihren Besitzungen, mein Herr Graf, drängt sich
fast das Wunderlichste zusammen. Der Charakter des
Landes und seines Volkes ist nirgends schärfer aus=
geprägt.

„Da ist zum Beispiel gar nicht fern von hier ein
Platz auf den Heiden, die sich gegen die See und die
M.'sche Grenze hinziehen," fuhr er fort und ließ über
den alten Grafen hin, der einigermaßen gelangweilt, wie
es schien, und mit einem ziemlich mißlungenen Versuch,
eine besondere Haltung zu bewahren, in seiner Ecke lehnte,
einen langen und doch flüchtigen Blick gleiten, „ein Platz,
der nicht nur durch sich selbst bemerkenswerth und interes=
sant wird — es scheint eine Grabstätte der früheren Be=

wohner dieses Landes — sondern auch noch anziehender
durch denjenigen erscheint, der dort sein Wesen treibt."

„Aber Sie erzählen superbe, General!" unterbrach
ihn Comtesse Hebe mit einem freundlichen Lächeln.

„Ich thue, was ich kann. Es ist unsere Pflicht, die
Damen zu unterhalten," versetzte er eben so und sich leicht
gegen sie verneigend.

Die beiden Adjutanten tauschten unter sich einen
raschen Blick aus. Sie verstanden weder die Bemerkung
der Dame, noch die Antwort ihres Chefs. Ihnen selber
war seine Mittheilung ungewöhnlich gesucht und doch auch
wieder fast schleppend erschienen.

„Nun wohl," fuhr der General auf's neue fort, und
sein Auge flog wiederum zu dem Grafen hinüber, „der-
jenige, der dort sein Wesen treibt, soll ein alter, halb
wahnsinniger Schäfer sein, der sich mit Prophezeiungen
abgibt, auf welche das Volk horcht und wie auf das
Evangelium schwört. Er soll den Ausgang der Kämpfe
mit den Schmugglern häufig Tage lang, noch ehe man
überhaupt etwas von einem bevorstehenden Kampfe wußte,
mit untrüglicher Sicherheit angegeben, kürzlich auch den
Untergang unserer Armee in Rußland prophezeit haben
— er sieht den Kampf, behauptet man, leibhaftig vor
sich, er „sieht die Todten" — und, ich wiederhole es, das
Volk glaubt an ihn, ehrt ihn, fürchtet ihn wie einen
Fürsten, dessen Ausspruch untrüglich und unumstößlich.
Das thun nicht Weiber und Kinder allein — nein, auch
diese wetterharten Burschen hängen ihm an, diese Männer, die den Teufel in der Hölle nicht fürchten, denen

meine keckſten Douaniers ſcheu aus dem Wege gehen. Was bleibt uns einem ſolchen Menſchen und ſeinem Ein= fluſſe gegenüber für Macht? Er begeht nichts Ungeſet= liches, und mit dem Aberglauben kämpfen ſelbſt die Götter vergebens. — Aber Sie müſſen ihn hier doch kennen?" ſchloß er und wandte ſich jetzt direkt an den Grafen. „Er iſt weit und breit bekannt; alle Berichte bringen uns irgend eine Bemerkung über ihn. Ich geſteh's, meine Luſt, ihn einmal aufzuſuchen, iſt nicht gering. Von hier aus müßte das wohl leicht thunlich ſein?"

Der Graf hatte ſeit der Erwähnung des Schäfers eine Unruhe verrathen, die mit dem geſucht leichten oder impoſanten Weſen des alten Herrn auf das auffälligſte im Widerſpruch war. Bei den letzten Worten des Fran= zoſen hatte ſein breites und rothes Geſicht immer mehr den Ausdruck eines finſtern Haſſes gewonnen, und nun, da jener ſchwieg, begann er, von allen beobachtet, plötzlich mit einer vor Bewegung ſchwankenden Stimme: „Sie werden etwas thun, was wir alle Ihnen zu danken haben, mein Herr General. Ich ſetze voraus, daß Ihr Beſuch mit einer Verhaftung des Elenden ſchließt. Stef= fen Schütze — das iſt der barbariſche Name dieſes Un= geheuers — iſt ein ſchlechter, ein gefährlicher Menſch, längſt reif für Ihre Galeeren, wo nicht für eine noch ſchwerere Strafe. Er iſt uns hier zu Lande leider lange und gut genug bekannt und von je her eine wahre Plage für uns geweſen."

„Aber weßhalb zog man ihn denn nicht zur Strafe?" fragte der General mit einem forſchenden Blick auf den

Alten. „Geben Sie mir Beweise für irgend eine strafwürdige Handlung, und Sie sollen bald genug von ihm
befreit sein. Seine Herrschaft über das Volk, seine albernen Prophezeiungen inkommodiren uns."

„Beweise?" rief der alte Herr fast ungestüm auf-
fahrend. „Was bedarf es da noch der Beweise? Es ist
landkundig, daß der Elende bei allen gesetzlosen Streichen,
die hier vorkommen, seine Hand im Spiele hat, daß er
mit allem Gesindel der Küste hier, der Grenze drüben in
Verbindung und Verkehr, daß er die Leute zum Ungehorsam, zur Widersetzlichkeit fortreißt!" — Er hatte so
rasch und hastig gesprochen, daß ihn ein jäher Husten inne
zu halten zwang.

Durch die Stille und Aufmerksamkeit, welche seine
Worte und sein den meisten Anwesenden unverständlicher
Eifer bei diesen erregt hatten — nur die den Grafen
noch immer beobachtenden Blicke des Generals schienen
anzudeuten, daß für ihn diese Unterhaltung keine zufällige
und zwecklose war — drang plötzlich wieder scharf einfallend das Lachen der Gräfin Hebe.

„Und dennoch frei, und dennoch unbestraft!" rief sie.
„Ist es nicht unglaublich? Soll ich Ihnen aber den
Grund sagen, General? Mein theurer Herr Papa ist
eine Art Jugendfreund von diesem Ungeheuer und bewahrt ihm, trotz alles späteren Verdrusses, noch immer
einige kleine Reste der alten Zärtlichkeit —"

„Hebe! Mein Kind!" unterbrach sie heftig der
Vater.

„Was denn, Papa? Schämen Sie sich dieser Re-

gung nicht! Die Herren Franzosen haben ja das Sprich=
wort: Man kehrt stets zu seiner ersten Liebe zurück!"

„Ah — ich hasse ihn wie den Teufel!" stieß der Graf
hervor, und über das Gesicht zuckte ein finsterer, wilder
Grimm, und die schmalen Lippen des zahnlosen Mundes
preßten sich schier krampfhaft zusammen.

Die Zuhörer und Zuschauer dieser zum minbesten
überraschenden Scene blickten theils mit Bestürzung, theils
mit Verwunderung auf den zornigen alten Mann, dessen
halb hochmüthige, halb schlaffe Züge bis zur Unkenntlich=
keit entstellt waren. Und der General bemerkte kopf=
schüttelnd: „Gott behüte, mein Herr Graf, Sie thun dem
Burschen ja eine unendliche Ehre an! Ich werde wirk=
lich immer neugieriger."

Und wieder wurde die helle, freundliche Stimme
Hebe's laut.

„Mein lieber General," sagte sie, „die Sache wird
auch wirklich stets interessanter, je weiter wir eindringen.
Mein theurer Papa haßt diesen alten Vater Steffen, wie
man ihn wohl heißt, also wie den — Teufel, hat ihm
jedoch vernünftiger Weise jemals eben so wenig etwas zu
Leide gethan, wie diesem genannten Herrn Teufel selber,
trotzdem daß Vater Steffen bis vor wenigen Jahren mit
Haut und Haar sein gehörte, das heißt sein Leibeigener
war — oder war er es etwa nicht, Papa? — Aber ge=
stehen Sie es nur, Papa," fuhr sie mit unbarmherziger
Heiterkeit fort, „Sie wagen sich nicht an ihn, weil Sie
trotz alles Hasses gläubiger sind als alle Welt und mehr
als irgend Einer an seine Prophezeiungen, an seine ge=

heimnißvolle Kraft und Macht glauben. Es ist damit
auch kein Spaß, General! Ich spreche mich selber nicht
einmal frei!"

Der Franzose schüttelte lächelnd den Kopf. „Es ist
entschieden," sagte er, „ich muß dieses Geschöpf kennen
lernen! Wo trifft man den Gesellen? Denn der ange=
gebene Punkt scheint mir etwas unbestimmt zu sein. Meine
Karten sagen mir, daß jene Heideflächen sich Stunden
weit ausdehnen. Er muß doch eine Heimat, einen Wohn=
sitz haben?"

„Sicher, General!" versetzte sie — die Anderen horch=
ten aufmerksam, der Graf lehnte noch immer mit einge=
klemmten Lippen im Sopha. „Steffen Schütze ist nichts
weniger als ein Landstreicher, sondern ein angesessener
Mann und nur aus freien Stücken bei meinem Bruder
in Dreiheiligen im Dienste."

„Das trifft sich ja charmant!" rief der General leb=
haft. „Ich habe, wie Sie hörten, einen Besuch bei Ihrem
Herrn Bruder vor und werde ihn jetzt noch weniger un=
terlassen. Sie sollten uns begleiten, Gräfin!"

„Nach Dreiheiligen? Gern, General! Aber in Be=
zug auf unseren Propheten nützt Ihnen der Besuch
nichts. Der Alte ist in dieser Jahreszeit selten daheim,
fast immer vielmehr bei den Herden draußen auf der
Heide. Und dahin würden Sie allerdings eines Führers
bedürfen, der —"

In diesem Augenblicke schlug eine Uhr vernehmbar
Neun, und mit dem letzten Schlage nahm eine Art von
Kammerdiener oder Haushofmeister in dunkler Kleidung

und sauberer Frisur die Portièren der Thür zurück, welche in einen Nebensaal führte und geöffnet dort die reich besetzte und erleuchtete Abendtafel bemerken ließ. „Der Herr Graf ist bedient," sagte er mit respectvoller Verbeugung, und der Herr gab, sich rasch erhebend und mit einem erleichternden Seufzer, der Gesellschaft das Zeichen zum Aufbruch. Der General bot wiederum Gräfin Hebe seinen Arm, während Herr de Bial den der jungen Dame in den seinen zog. Der Westphale ging mit dem Grafen.

Als sie eingetreten waren, öffnete sich seitwärts eine andere Thür und ließ einen alten, großen und hageren Mann herein, der sich händereibend und Comtesse Hebe vertraulich zunickend mit einer tiefen Verbeugung dem Grafen präsentirte und ein: „Bon soir, mon cher Cousin!" herausschnarrte. Indem ging die Thür aber schon wieder auf, und der eintretende Diener meldete: „Der Herr Graf Eugen zu Rhoda." —

Ein junger Mann in kurzem Rocke und schweren Reiterstiefeln, eine bequeme Kappe in der Rechten haltend, folgte so unmittelbar auf diese Meldung, daß er fast un= zweifelhaft die von einem verdrießlichen Gesichtsausdrucke begleiteten Worte des alten Grafen vernommen haben mußte: „Eugen? Aber was will denn der noch?"

Jedenfalls nahm er aber keine Notiz davon, denn nach einer flüchtigen Verbeugung gegen die bei der Tafel stehende Gesellschaft trat er auf den alten Herrn zu, nahm und küßte flüchtig die kleine, runzelvolle Hand des= selben, sagte freundlich: „Guten Abend, Großvater!" und

wandte sich dann, sich für jetzt mit dem steifen Kopfnicken
des Alten begnügend, an Comtesse Hebe, indem er, auch
ihre Hand küssend, heiter sprach: „Ich komme eigentlich
noch um Ihretwillen allein, Tantchen, denn Onkel Eber=
hard und ich wissen, wie sehr Sie unsere Entdeckung in=
teressiren wird. Denken Sie — es ist richtig! Der Komet
zeigt sich wirklich. Wir haben ihn gestern Abend in Drei=
heiligen gesehen." —

Es waren, mit Ausnahme derjenigen des meldenden
Dieners, die ersten deutschen Worte, welche heute Abend
in diesen Räumen erklangen.

Eben so zum erstenmale an diesem Abend zeigte das
schöne Gesicht der kleinen Gräfin bei der Begrüßung des
Neffen und noch mehr bei seiner Nachricht keine Spur
von Spott, sondern nur eine sichtbar freudige Ueber=
raschung. Sie hielt seine Hand fest und sah ihn leuch=
tenden Blickes an. „Ist das wirklich wahr, Eugen?" rief sie.

„Sicher, Tantchen!" versetzte er. „Ich sah ihn zwar
heute Abend nicht, weil ich Dreiheiligen zu früh verließ;
allein, wie ich ihn gestern sah, und nach dem, was der
Onkel sagte, muß er noch mehrere Tage lang sichtbar
bleiben. Onkel Eberhard meinte daher auch, Sie —"

„Du bringst mir nie etwas, als Gutes!" sagte sie
heiter; „dich selbst, lieber Knabe, und nun solche Nach=
richt, zu solcher Stunde! — Mein Begleiter —" und sie
erhob das lächelnde Gesicht zum General, der gespannt
dem ihm vermuthlich nur theilweise verständlich werdenden
raschen Gespräch gefolgt war, — „der Baron des Reichs,
Brigade=General Armand Renaud, wünscht einen Besuch

in Dreiheiligen zu machen, um gegen Eberhard eine Un=
gezogenheit der Douaniers zu entschuldigen, und zugleich
den Vater Steffen auf seinem ächten Terrain kennen zu
lernen, der seine Neugierde erregt hat. Er bedarf natür=
lich eines Führers, und ich wollte ihm gerade dich vor=
schlagen — da trittst du ein!" Und sich zum General
wendend, setzte sie französisch hinzu: „Sehen Sie, mein
lieber General, wie sich das trifft! Einen besseren Füh=
rer finden Sie nicht, als hier meinen Neffen, den Sohn
meiner Stiefschwester, Graf Eugen Rhoda."

Die Herren verbeugten sich artig gegen einander.

„Ich denke, das alles können wir besser bei Tische
bereden," fiel der alte Graf hörbar ungeduldig ein.
„Nehmen Sie Platz, meine Herren, und Eugen, mein
Kind, suche auch du dir einen Stuhl. Du bleibst doch?"

Während die Sessel gerückt wurden, verließ der
Diener, welcher vorhin Eugen gemeldet und dann zu dem
beim Anrichtetisch harrenden Kammerdiener getreten war,
plötzlich mit lautlosen Schritten das Gemach. Statt sei=
ner erschien gleich darauf ein anderer, um bei Bedienung
der Gäste zu helfen. Er flüsterte dem Kammerdiener ein
paar Worte in's Ohr, zu denen dieser verdrießlich den
Kopf schüttelte. Von der Gesellschaft achtete natürlich
niemand darauf. Comtesse Hebe machte ihren Neffen eben
mit den übrigen Gliedern derselben bekannt.

Aber man sollte noch nicht zur Ruhe kommen, denn
eine allgemeine Unterhaltung hatte kaum sich zu entspin=
nen begonnen, als die Thür wiederum aufgerissen wurde
und ein Diener laut meldete: „Ein Courier mit Depe=

schen!" — Ein junger Offizier von den reitenden Jägern folgte ihm auf dem Fuße.

Der General war aufgesprungen und ihm entgegengetreten. „Endlich!" rief er. „Woher kommen Sie, Kamerad?"

„Vom Herrn Herzog von Treviso," lautete die kurze Antwort.

Der General riß die überreichte Depesche auf und sah sie hastig durch. — „Wohlan, meine Damen und Herren," sagte er nach einer Weile, das Papier sinken lassend, „die Nachrichten sind vortrefflich. Am 7. September hat der Kaiser bei Borodino eine große Schlacht gewonnen und ist am 14. in Moskau eingezogen!" —

Drittes Kapitel.

Nächtliches Treiben.

Der Mond ist aufgegangen,
Die goldnen Sternlein prangen
Am Himmel hell und klar;
Der Wald steht schwarz und schweiget,
Und aus den Wiesen steiget
Der weiße Nebel wunderbar.
M. Claudius.

Wenn man die hellen und warmen Räume des Schlosses verließ und in's Freie trat, erfuhr man erst, wie nothwendig die Glut im Kamine für die großen Gemächer sein mochte, denn es war braußen ungewöhnlich kühl, wenn auch eine prachtvolle Nacht. Kein Wölkchen, kein Duft und Dunst entzog dem Auge des Beschauers den weit ausgespannten lichtüberschimmerten Himmel mit seinen blitzenden Sternbildern und dem in ruhiger, friedensvoller Klarheit hinziehenden Mond, und eben so lag auch die ganze Gegend, wo nicht Bäume oder andere Gegenstände schatteten, durchaus übersehbar da. Der zu dieser Stunde gewöhnliche Landwind war gänzlich erstorben, es regte sich kein Blatt an den Bäumen der Gärtchen, welche sich hinter oder neben den Häusern von

Nieder-Rhoda ausbreiteten, und wenn nicht von dem nahen Seestrande und seinen Dünen her das einförmige Rauschen der Wellen herübergeklungen wäre oder einmal ein Hund angeschlagen hätte, dem von einer anderen Seite her vielleicht ein zweiter antwortete, so würde auch Dorf und Gegend so still gewesen sein, wie die Luft. In den Häusern sah man fast nirgends mehr den Schein einer Lampe. Die Bewohner waren oder schienen doch alle schon zur Ruhe gegangen nach ihrem Tagewerk.

Demjenigen, der jetzt durch das stille Dorf ging, mochte es freilich so am liebsten sein, denn er eilte, vom Schlosse kommend, so schnell wie möglich durch die weitläufig gehaltene und noch nicht alte und schattige Allee, mäßigte seinen Schritt erst im dichteren Schatten der Dorfstraße und sah überdies fortwährend mit hastigen, scharfen Blicken auf die dunklen Fenster umher und die Straße entlang. Allein es begegnete und störte ihn nichts, und als er an eine Ecke der Straße gelangt war, wo ein Seitenweg dem Strande zu sich abzweigte, schaute er sich noch einmal nach allen Richtungen hin um und sprang dann hastig über den mondhellen Raum hinüber auf die andere Seite und in den Schatten eines einzelstehenden kleinen Hauses. Da klopfte er an den geschlossenen Fensterladen und wiederholte dies, wie sich nicht sogleich jemand zeigte, noch zwei Mal. Dann lauschte er und erschrak dennoch, als plötzlich der Laden ein wenig geöffnet wurde und eine Frauenstimme leise fragte: „Bist du es, Karl?"

„Freilich bin ich's, Muhme!" erwiderte er noch ge-

dämpfter. Ich habe mich mit Hängen und Würgen vom
Dienst frei gemacht und aus dem Schlosse fortgestohlen.
Laßt mich ein, ich muß den Ohm sprechen.“

„Der ist nicht zu Hause,“ sagte die Frau, „es litt
ihn nicht daheim und er ist schon seit dem Nachtessen nach
den Dünen hinaus.“

Der Mann murmelte etwas wie einen Fluch. „Ist
denn etwas im Gange?“ fragte er.

„Ich glaube nicht, Junge, weiß wenigstens von
nichts,“ gab sie zur Antwort. „Du weißt ja, mein alter
Karsten kann's nur nicht in der Stube aushalten. Das
wird's sein. Du kannst ihn immerhin aufsuchen, wenn
es einmal so pressirt.“

Der Mann scheuerte sich am Kopf. „Das thut es
freilich,“ meinte er nach einer Weile. „Ich hab' von
Comtesse Hebe was aufgeschnappt — 's ist verdammt selt=
sam, sag' ich Euch, Muhme! — Aber da durch den Mond=
schein zu laufen und so weit — wenn sie's im Schloß
merken, daß ich statt krank in der Kammer, auf und da=
von — na prost! — Aber 's hilft nicht!“ fügte er ab=
brechend hinzu. „Gute Nacht, Muhme!“ — Und die
derbe graue Jacke, in die er gekleidet war, fest zuknöpfend,
eilte er mit hastigen Sprüngen in die Straße zurück und
den Dünen zu, die von hier aus schon ganz nahe sicht=
bar waren. Sich umzuschauen versäumte er noch weni=
ger, als vorhin im Dorfe. Die Gegend war aber gänz=
lich einsam.

Beim ersten Hügel hielt er an und schaute sich von
neuem und auf das sorgfältigste um, besonders die Dü=

nenreihe entlang spähend. Als er aber auch hier nichts
Verdächtiges wahrnahm, kniete er auf den Boden nieder
und ließ, zwei Finger an die Lippen legend, einen nicht
gerade lauten, langhinschrillenden Ton vernehmen, den
man immerhin für den Schrei eines aus dem Schlafe
gestörten Seevogels halten konnte. Nach einigen Sekun=
den klang aus den Dünen heraus ein ähnlicher, aber noch
gedämpfterer Laut zurück, und der Diener — wir erfuh=
ren schon, daß es ein solcher war, — warf sich jetzt vol=
lends auf den Sand nieder und kroch so rasch wie mög=
lich vorwärts.

Er hatte noch keine große Strecke zurückgelegt, als
er plötzlich nahe vor sich in der Höhlung zwischen zwei
der kleinen Sandhügel eine menschliche Gestalt wahrnahm,
die aber nur ein scharfes Auge selbst in dieser kurzen
Entfernung von dem schattigen Grunde zu unterscheiden
vermochte. — Seine leisen Bewegungen mußten dennoch
wohl eine Art von besonderem Geräusch hervorgebracht
haben, das man trotz des Wellenrauschens drunten ver=
nehmen konnte. Kaum hatte er wenigstens Halt gemacht,
so drang die leise Frage an sein Ohr: „Halt! Wer
ist da?"

„Karl Rhode," versetzte der Diener. „Seid Ihr's,
Ohm?"

„Alles recht! — Komm heran!" klang es zurück,
und indem er sich wieder auf's Kriechen legte, war der
Diener in einigen Augenblicken bei dem Anderen, der, in
einen grauen Schanzläufer gehüllt, ruhig auf seinem
Platze blieb und das Gesicht nicht von der See verwen=

bete, die er von hier aus weit überblicken konnte. Seine
kurze Pfeife lag erloschen bei ihm auf dem Sande.

Als er den Ankömmling neben sich fühlte — denn
nach ihm um schaute er sich, wie gesagt, nicht — streckte
er den Arm ein wenig aus, packte die Jacke des Dieners
und zog ihn vollends neben sich platt auf den Sand nie=
der. „Still — keinen Laut und keinen Ruck!" flüsterte
er dann. „Alles Andere hat Zeit — dies muß ich erst
abwarten. — Sieh!" —

„Das sieht kurios aus!" flüsterte Karl Rhobe zurück,
und kurios und, um ein gut deutsches Wort zu gebrau=
chen, halb seltsam und halb wunderbar genug war es
auch, was sich den beiden Lauschern zeigte. —

Vor ihnen sanken die Dünen vollends zum Strande
hinab, von dem aber jetzt, da der Wind seit mehreren
Tagen auf das Land zugeweht, wenig zu bemerken war.
Die Wellen rollten vielmehr fast bis an den Fuß der
Hügel heran und legten ein glitzerndes Band von Schaum
in die dürren Gräser hinein, welche dem Sande entsproßt
waren. Große, fast klippenartige Steine, die das Meer
nach und nach aus seiner Tiefe emporgewälzt, lagen wei=
terhin und ließen die heranziehenden Wogen sich brausend
an ihren glatt aufragenden Wänden brechen und wieder
zurückprallen und, zertheilt, geschmeidig durch die Zwischen=
räume schießen. Darüber hinaus war alles eine Fläche,
so weit das Auge zu bringen vermochte, und nur links
erhoben sich in nicht großer Entfernung dunkle Massen,
als sei dort eine besonders hohe waldbebeckte Düne, die
vorgebirgartig in die See hinaus zu springen schien.

Ueber das alles hin breitete sich aber der Mondschein in langen, glänzenden Streifen, während sich nebenan ein eigenthümlicher Dämmer zeigte, der dunkler und dunkler werdend die ganze übrige See gleichsam in Nacht hüllte und fast dem Auge entzog. In dem breiten Strahlenkegel sah man jedoch so zu sagen jede Welle aufrauschen und vorübergleiten, denn es war dort alles in Bewegung, so wenig auch hier am Lande vom Winde zu spüren sein mochte, und wenn man diese Lichtstraße verfolgte, meinte man fast, wie im Tage bis an den Horizont hinausschauen zu können. Aber je weiter der Blick vordrang, desto mehr verschwamm auch hier alles in einem wunderbaren flimmernden Duft, der sich fast wie ein halbburchsichtiger, glänzender Schleier erhob und die Ferne geheimnißvoll vor den Augen der Neugierigen verschloß.

Dort hinten, melden wohl alte Schiffersagen, treiben zu solcher Stunde und in solcher Nacht dann die Meerfrauen und Meergeister ihr Wesen, die sich vor dem Unglauben der Menschen immer weiter und weiter flüchten und sich immer scheuer verborgen halten in ihrem krystallenen Reich. Der alte graue Meerkönig steigt herauf mit seiner ewig jungen, reizenden Königin, und sie freuen sich des Himmelslichtes und der Himmelsluft und sehen ihren Unterthanen zu, wie sie spielen und scherzen, und lauschen den alten ewigen Gesängen, die vordem die wilden und rauhen, aber treuen und gläubigen Seefahrer berauschten und berückten und sie verlockten in das tiefe Reich. Die lebten dann da drunten in Glück und Freude am Herzen eines holdseligen Wellenkindes, das aus ihrer

Seele seine Seele, aus ihrem Leben sein Leben, aus ihrem
Himmel den seinen gewann. — Aber das alles ist nun
schon lange vorbei. Die Menschen glauben nicht mehr
und hören nicht mehr; der Meerkönig trauert mit den
Seinen, und die aus Mondenglanz und Meeresduft
gewebten Schleier entziehen ihn und sein Reich allen
Blicken.

Es war eine wundervolle Nacht und ein wunder=
bares Bild, die sich hier aufgethan, und sie würden auch
selbst auf die Beiden, die jetzt hineinschauten, ihres Zau=
bers nicht verfehlt haben, wäre nicht gegenwärtig noch
etwas Anderes in Sicht gewesen, was die Träume nicht
aufkommen ließ. Gerade wie der Diener seinen Platz
neben dem Alten einnahm und auf das „Sieh!“ dessel=
ben angestrengt hinausblickte, glitt durch den hell bestrahl=
ten Raum ein kleines dunkles Fahrzeug, wie ein Gedanke
so schnell und wie ein Gedanke so lautlos, hätte man
sagen mögen. Und kaum war es mit den beiden dunklen
Segeln, die es führte — denn es schien ein sogenanntes
Nordlandsboot — in den dämmernden Raum jenseits
getreten und fast augenblicklich verschwunden, so folgte
ihm ein größeres Boot, das nicht nur durch ein großes,
für den leichten Wind aber viel zu schweres Segel, son=
dern auch durch mehrere Riemen (Ruder) hastig nach vorn
getrieben wurde. Man sah die Riemen, wie mit rieseln=
dem Silber bedeckt, taktvoll sich heben und wieder ein=
schlagen; ja das Boot schoß so nahe vorüber und der
Mondschein machte hier alles so hell, daß die beiden Spä=
her sogar die Gestalten von einigen Ruderern und zwei

im Vordertheil Stehende erkennen konnten, — so nahe,
daß der von dem Ankömmling „Ohm“ genannte Alte
murmelte: „Courage haben die Canaillen! Nur ein einziger Stoß auf ihr Segeltuch, und die ganze Bagage sitzt
auf dem Sande!“

„Wer ist's?“ flüsterte der Diener, ohne seine Augen
von der Scene vor ihnen wegzuwenden.

„Dummkopf — wer denn sonst als diese verdammten
französischen Douaniers?“ lautete die barsche, eben so leise
Antwort. „Sie kreuzen jetzt jeden Abend hier herum,
und deßwegen bin ich auf der Lauer, um ihre Stunden
und Schläge kennen zu lernen. Man wird's nützen können. Vorhin trieben sie das kleine Ding dort auf —“

„Danach frage ich. Wer ist's? Ist denn etwas im
Gange?“ fragte Karl.

„Ja, wer ist's! Weiß es selber nicht, obgleich ich
doch drei Meilen weit auf und ab jeden Trog zu kennen
meinte, der Wasser halten kann! — Wer ist's! — 's ist
ein Nordlandsboot, ein ächtes, wie ich droben in den
Scheeren nie ein besseres gesehen. Ich kenne hier nur
eins, das Graf Eberhard drüben bei Lewesand liegen hat.
Wüßte aber nicht, was der zu solcher Stunde hier zu —
— hst, bei Gott! Da ist er schon wieder!“ unterbrach
er sich jäh und gab dem Neffen einen Puff, daß derselbe
zusammenzuckte, und deutete mit der ein wenig erhobenen
Hand hinaus, wo in der Entfernung von vielleicht einer
Viertelstunde die beiden Segel des Unbekannten allerdings wieder sichtbar wurden. Auch jetzt währte das freilich nur einen Moment, dann trat der Fremdling drüben

parl..

wieder in den Dämmer und war gleich darauf verschwunden.

„Er spielt mit den Canaillen," bemerkte der Alte
hörbar schmunzelnd, „und es ist 'ne Freude! Aber er
soll sich immerhin in Acht nehmen. Wäre das Douanenboot das meine und ich jagte den Anderen —"

Und als hätte man bei den Franzosen von diesen
Worten etwas vernommen, so klang fast im selben Augenblicke aus dem Dämmer links, wo zugleich auch das große,
schwerfällige Segel sichtbar wurde, ein lauter Anruf hervor. Dann trat das Boot in den Mondschein und glitt
wie eine Möve vorüber. Im nächsten Moment zuckten
von seinem Schnabel ein paar Leuchtkugeln auf, die weithin ein taghelles Licht verbreiteten und den Fremdling
bemerken ließen, wie er ganz in der Nähe wieder mit
kurzem Schlage wendete. Gleich darauf leuchtete es vom
Douanenboote wiederum grell auf, und zwei Schüsse
rollten knallend über die Wellen hin und brachen sich wie-
derhallend an den Dünen.

Karl Rhode zuckte erschrocken empor, aber die Faust
des Oheims zog ihn fast augenblicklich wieder zurück auf
den Sand. „Lieg' still oder sei verdammt!" murrte er
dabei. „Hast du Angst, du Sandhase, oder was treibt
dich? — Ich habe nicht Lust, den Canaillen sichtbar zu
werden — der Posten ist zu gut und — hst, bei Gott!
Nun wird's Ernst!" unterbrach er sich. „Hab' ich's mir
doch gedacht, daß er noch kommen würde!" —

Der alte Seemann verstand unter dem „er" wie gewöhnlich nur den Wind, den er aus einigen schmalen und

nichts weniger als dunkeln Wolkenstreifen gefolgert hatte,
welche schon längst am nordöstlichen Himmel sichtbar gewesen und inzwischen dem Lande bedeutend näher gerückt
waren, indem sie zugleich einen Lufthauch mitzubringen
schienen, der nun, stärker und stärker anschwellend, als
eine, wenn auch immer noch leichte Brise über die See
fuhr und eben das große Segel des Douanenbootes an-
schwellte. Im nächsten Moment ging dort auch der Klü-
ver in die Höhe und das Fahrzeug schoß jetzt mit ver-
dreifachter Geschwindigkeit seinem kleinen Gegner nach,
während von Zeit zu Zeit das glänzende Licht eines
neuen Schusses die Gestalten an seinem Bord auf eine
Sekunde scharf hervortreten ließ. Die Riemen waren
eingezogen worden.

Der Fremdling schien die Sache aber noch immer
leicht zu nehmen. Wieder ging er, diesesmal sogar noch
näher, am Strande vorüber, so daß der Alte ein von
einem schweren Fluche begleitetes: „Das ist Tollmanns-
werk!" vor sich hin murrte. Er trat in die Dämmerung
links, und als von dem rasch folgenden großen Boote
jetzt wieder ein paar Leuchtkugeln momentan ein blenden-
des Licht verbreiteten, sah man die beiden Segel hart an
jener oben erwähnten dunkeln Masse, die man nun in
der That als eine Waldkuppe erkannte, entlang schweben.

„Bei dem Winde gewinnt er die Spitze nicht!" murmelte der Alte wieder. „Er ist verloren, sie packen ihn
oder jagen ihn auf den Strand. Armer Kerl!"

Allein aus dieser Prophezeiung ward nichts. Das
Douanenboot war in das Dunkel gefolgt und ließ nach

einiger Zeit noch einmal Leuchtkugeln steigen. Sie nützten
indessen nichts, denn so weit das Licht reichte, war von
dem Fremdling nichts mehr zu entdecken, und Augen wie
die des Seemannes, der von der Düne aus beobachtete,
sind bei solcher Gelegenheit untrüglich. Die Franzosen
schienen jedoch eben so gute an Bord zu haben. Ihr
Boot legte wenigstens fast unmittelbar darauf um, schoß
zurück, an den beiden Spähern vorüber und wiederholte
dieses Mannöver, sich weiter und weiter von der Küste
entfernend, noch ein paarmal, bis es gleichfalls nicht
mehr sichtbar war. —

Die beiden Zuschauer hatten sich nicht mehr geregt,
so angestrengt waren sie dem Treiben des Douanenbootes
gefolgt. Nun aber erhob der Alte sich auf dem Ellbo-
gen, und seine Pfeife aufnehmend und in die Brusttasche
seines Schanzläufers steckend, sagte er lauter als bisher:
„Das ist ein lecker Bursche, an dem man seine Freude
haben möchte, wenn er uns nur nicht das Fahrwasser
noch unsicherer machte durch seine Narrethei! Jetzt werden wir das Gesindel hier allabendlich auf dem Halse
haben. Hatten ohnedies schon genug davon — verdammt
seien sie!" Und abbrechend fügte er hinzu: „Und nun,
Junge, heraus! Was bringt dich zu solcher Stunde
hieher?"

Der Diener hatte sich gleichfalls ein wenig aufgerichtet. „Geht Ihr noch nicht nach Hause, Ohm?" fragte
er. „Ich habe mich aus dem Schlosse fortgestohlen und
möchte nicht gern, daß das entdeckt würde."

„So schwatz' doch zu, was säumst du noch?" versetzte

der Andere barſch, der jetzt, wo ihn der Mondſchein traf, das wetterzerſchlagene und gefurchte, rothbraune Geſicht eines Seemannes zeigte, während ſich unter der Tuch=kappe hervor einzelne, wie es ſchien, ſtark ergraute Locken drängten. Ein kurzer, armdicker Zopf ſtand über den Kragen ſeines Gewandes bolzgerade hinaus.

„Aber hier, Ohm?“ warf der Diener zögernd ein und ſah ſich gewiſſermaßen mißtrauiſch nach allen Seiten um. „Ich habe da glücklicherweiſe etwas gehört, was keinen Aufſchub leidet und von dem niemand hören darf, daß ich's Euch ſage —“

„Aber Dummkopf, ſo ſchwatze doch zu!“ grollte der Andere ungeduldig. „Wer ſoll dich denn hier hören? Wenn ſich wirklich noch eine Patrouille her verlöre, was ich aber nicht glaube — habe ich doch dich Schleichkatze kommen hören, wie viel eher jene mit ihren Klötzen von Füßen! Alſo heraus!“

„Ich hatte mit dem Kammerdiener die Aufwartung bei Tiſch, denn es iſt heute Nachmittag ſo ein franzöſi=ſcher General angelangt mit einigen Adjutanten und Or=donnanzen. Ich meine gehört zu haben, es ſei nur ein freundſchaftlicher Abſtecher zu uns — ſie kennen unſere Herrſchaften vom vorigen Winter her aus S. — ſie wol=len demnächſt nach G. zurück. Nun gut, als ſie eben zu Tiſche gehen wollten, kam Graf Eugen an, und ich trat, ihn meldend, ein. Comteſſe Hebe hatte ihre große Freude an ſeinem Kommen —“

„Was wollte er ſo ſpät noch, Junge?“ unterbrach der Alte den Bericht, dem er aufmerkſam gefolgt war.

„Ich hörte ihn zu Comtesse Hebe sagen, daß sie in Dreiheiligen drüben den großen Kometen wieder gesehen —"

„Den großen Kometen von vor'm Jahr? Unsinn!" sagte der alte Schiffer, der aber trotzdem und unwillkürlich die Augen über das Himmelsgewölbe gleiten ließ. „Und der Eugen sagte das und kam extra dazu noch in der Nacht herüber?"

„Comtesse Hebe guckt, glaub' ich, gern nach dergleichen," meinte der Diener. „Sie freute sich wenigstens sehr über die Nachricht."

„Und Eugen brachte sie?" murmelte der Alte wieder gedankenvoll. — „Donnerwetter, was fällt mir ein!" fuhr er plötzlich auf, und die Augen funkelten brennend unter den dicken Brauen hervor. „Wär's das? — In Dreiheiligen beim Eberhard? Muß mich doch —"

„Aber was habt Ihr, Ohm Karsten?" fragte der Diener erstaunt, da der Alte stockte.

„Was geht's dich an?" war aber die barsche Entgegnung. „Kümmere dich um deine Affairen und laß mir die meinen! — Und nun weiter, Junge!"

„Na, Comtesse Hebe hatte also ihre Freude und redete Deutsch mit ihm und sagte, er käme gerade zu Schick. Der General — sie nannte ihn Renaud, glaub' ich —"

„Ja, ein solcher hat das Kommando in S. — Weiter!"

„Der General wolle nach Dreiheiligen, um gegen den Grafen eine Unartigkeit der Douaniers zu entschul-

bigen — ich habe genau aufgepaßt, Ohm Karsten — und
den Vater Steffen kennen zu lernen —"

„Was sagst du? Steffen Schütze?" unterbrach ihn
der Oheim ungestüm und sprang auf. „Der General,
der Franzose, will ihn kennen lernen?"

„So sagte sie, Ohm. Und zwar in der Heide selber,
bei seiner Herde, und der Graf Eugen müsse dabei der
Führer sein. Dann stellte sie die Herren einander vor,
und sie sprachen wieder Französisch. Ich ging rasch
hinaus, schützte Leibschmerzen vor, schickte einen Kamera=
den statt meiner hinein und machte mich fort. Denn ich
meinte, Ohm Karsten, das sei etwas für Euch und Ihr
müßtet Vater Steffen warnen. Denn daß der Franzos
ihn bloß kennen lernen will —"

Der Alte antwortete nicht sogleich, sondern schüttelte
den Staub aus der langen Jacke und sagte erst dann,
während er zugleich die Pfeife vorlangte und mit Stahl
und Stein Feuer schlug: „Komm' Junge! Wir wollen
machen, daß du heim kommst. Es muß nahe an elf Uhr
sein, und sie brauchen freilich von deinem Gange nichts
zu erfahren. Du bist ein braver Junge, sage ich. Gib
nur Acht und spitz' die Ohren!"

„Wenn sie nur nicht immer dieses sackermentsche
Französisch sprächen!" grollte Karl kopfschüttelnd. „Da
weiß ein Christenmensch nie vor oder zurück. — Was
wollt Ihr aber thun, Ohm?" brach er ab. „Scheint's
Euch nöthig, mit Vater Steffen zu reden?"

„Ich weiß selber nicht recht," klang die bedächtige
Antwort. „Hören sollte der Alte freilich davon, obschon

ich, je länger ich darüber nachdenke, nicht viel Arges dabei zu sehen vermag. Wenn die Comtesse und der Eugen
davon wissen und dabei sind, hat's am Ende nicht viel
zu sagen. Und wenn's bloß so was von Neugierde ist
— der Steffen ist just der Mann, der zehn französischen
Generalen die Wahrheit zu sagen versteht. — Genug!
Da sind wir, Junge," redete er weiter, denn sie waren
inzwischen seinem Hause nahe gekommen. „Mache dich
da durch die Gärten — du bist schneller daheim und es
sieht dich niemand! — Gute Nacht! — Aufgepaßt! Und
wenn du mich nicht daheim treffen solltest, sag' es nur
meiner Schwester."

„Recht!" versetzte der Diener, schwang sich über den
niedrigen Zaun des nächsten Gartens und eilte einen
Steig entlang.

Der Oheim sah ihm noch einen Augenblick gedankenvoll nach, dann wandte er sich seinem Hause zu und öffnete und schloß gleich darauf die Thür desselben, während
er bei dem letzten Geschäfte vor sich hin murmelte: „Das
Nordlandsboot, der Komet und nun der Besuch beim
Steffen — soll mir der Donner alle Stängen zerschlagen,
wenn ich's capire! Aber 'raus muß es, und sollte ich
noch heute Nacht hinaus auf die Heide!"

Ob Karsten etwas herausbekommen, wie er gewollt,
blieb fraglich, daß er aber einen und zwar in seinen
Augen nicht leichten Entschluß gefaßt, zeigte sich, als der
alte, rauhe Gesell später wieder in der Thür erschien und
nach einem Aufblicke zu dem jetzt mit langen Wolkenstreifen durchzogenen Himmel zu der hinter ihm stehenden

Schwester murrte: „Gott verdamme diese fremdländischen Hunde, muß ich wieder sagen! Ohne die Canaillen setzte ich mich jetzt in's Boot und wäre in einer Stunde in Unterwiek. Die Brise ist fix. Nun muß ich statt dessen meine alten Beine strapaziren! — Na, Gott verdamme sie! — Sperr' gut zu, und Gott behüte dich, Alte!" — Und er trat auf die Straße hinaus.

„Gott behüte auch dich, Karsten!" lautete ihre Mahnung. „Nimm dich in Acht, und wenn dir wer von dem Volk begegnet, nimm's nicht zu hitzig!"

Er schwang statt aller Antwort nur den schweren Knotenstock empor, den seine Rechte führte, nickte noch einmal zurück und schritt die Straße entlang durch das schweigende Dorf und gleich darauf in's Freie und in die Nacht hinaus. Vom Schloß herüber schlug es gerade ein Uhr nach Mitternacht.

Er war indessen noch nicht weit gelangt, als er, sich besinnend und überlegend, Halt machte und sich gegen das Dorf zurückwandte. „'s ist ein Unsinn!" murmelte er vor sich hin. „Wenn's gut geht, bin ich um Sonnenaufgang beim Steffen, und zwar hundsmarode. Und drunten liegt das alte Boot ganz behaglich und wartet auf mich, und die Brise jagt mich in einer Stunde nach Unterwiek. Seh' doch weiß Gott nicht ein, weßhalb ich mich da abstrapaziren sollte! — Thu's auch nicht!" murrte er nach einer kleinen Pause. „Frage den Teufel nach euren verdammten Narrenjacken!" —

Und sich aufraffend eilte er hastig in's Dorf zurück bis zu seinem Hause, wo er von der Seitenwand des

Stalles zwei Riemen und den Bootshaken herablangte, die dort friedlich neben der Feuerleiter auf Gabeln zu liegen pflegten. Dann holte er aus dem Stalle selber eine Leine, Beil und Fischergeräth, warf bei seiner Rück= kehr in den Hof die Riemen und den Bootshaken über die Schulter und trabte fünf Minuten nach seiner Ankunft schon wieder durch's Dorf dem Strande zu.

Dort lagen in einer kleinen Bucht zwei Boote ange= schlossen, von denen er das eine lös'te und es, hinein= springend, zugleich vom Lande abschob. Der Bootshaken half nach. Darauf sah der Alte nach den Tauen, legte sich die Riemen handgerecht und das Beil daneben! dann hißte er das große Segel auf, setzte sich endlich an's Steuer, während er die Schooten lose in der Rechten hielt und mit aufmerksamem Blicke Himmel und Seegang, Wind und Segel beobachtete, und dann kam Leben, in das kleine Fahrzeug und es schnitt, sich leicht seitwärts legend, in den Meerbusen hinaus, wo vor zwei Stunden das Douanenboot den Fremdling gejagt hatte. Das ging alles wie ein Blitz, und doch in ruhigster, sicherster Ord= nung, und doch so leise, daß das Geräusch des Abschie= bens vom feuchten Sande und das Knarren des sich stel= lenden Segels schier die einzigen Töne gewesen waren, die einem zufällig Lauschenden zu Ohren gekommen sein möchten. Man spürte es wohl, daß der Alte hier in sei= nem Element, und wer seine Abfahrt und das Weiter= gehen des Bootes beobachtet hätte, würde seine Freude am Fahrzeuge wie an seinem Führer gehabt haben; sie gehörten zu einander wie Reiter und Roß. Der Vergleich

ift nicht zu weit hergeholt, denn ein rechtes Boot, gehand=
habt von einer kundigen Hand, ift wie ein lebendig Me=
fen, folgfam, gehorfam und lenkfam, es zu führen ift ein
Spiel, und fich von ihm hintragen zu laffen eine Luft.

Es war, wie der Alte fich gedacht — die Brife war
fix und feiner Fahrt günftig; das Boot fchoß wie ein
Pfeil am Ufer entlang, leicht feitwärts geneigt und mit
dem fcharfen Schnabel die Wellen aus einander werfend,
daß fie hoch emporftäubten. Von Nord=Often herauf hatte
fich der Himmel allgemach mit immer näher einander fol=
genden Wolkenftreifen bedeckt, die weiter drunten, dem
Horizont zu, von einer großen, feften Maffe gefolgt zu
fein fchienen. Der Wind kam ftärker und ftärker über
die unruhige See, die Sterne ließen fich nur noch einzeln
fehen und der Mond hatte fich fchon fo tief gegen das
Land zugefenkt, daß er zwifchen den Wolken durch nur
noch zuweilen ein fchräges, ungewiffes Licht über die weite,
wallende Fläche verbreitete. Dem alten Schiffer war das
freilich fehr gleichgültig, kannte er doch diefe Küften wie
feine Tafche, und überdies blieb die Nacht, welche auf
den Waffern ruhte, immer noch durchfichtig genug, um
ihn feinen Weg an dem rechts fich erhebenden, dem Bo=
den nach bald dunkler, bald heller erfcheinenden Lande
auch fehen zu laffen.

Jetzt wurde in ziemlicher Höhe über dem Strande
ein Licht fichtbar, das von einer einfamen Douanenftation
einen zitternden Strahl herüberwarf. Karften bekümmerte
fich indeffen nicht weiter darum, als daß er unter den
Rock langte, wo er ein paar Piftolen parat hielt, dann

einen Blick auf das Beil und das Segel warf, die Schooten noch lockerer zwischen die, Finger nahm und das Ruder noch fester führte. So glitt er unhörbar vorüber und
schien nicht bemerkt zu werden, denn es blieb drüben am
Lande wie auf dem Wasser alles still und einsam. Ja,
es war dem Alten, als könne er am Fuße der Düne,
welche die Baracke trug, mit seinem 'scharfen Auge den
Mast des Zollbootes entdecken, das dort geruhig vor An-
ker lag. —

„Schlafmützen, verdammte!" murrte der Schiffer vor
sich hin. „Hätt' ich jetzt nur einen recht dickbauchigen
„Engelländer" hier — ich wollte euren Schlaf schon
nützen!" — Dann stützte er den rechten Arm auf das
Knie und legte den alten, grauen Kopf in die Hand.
Seine Augen waren finster und nachdenklich der See zugewendet, dem Lande schenkte er keinen Blick mehr. Und
so fuhr er weiter und weiter und rauchte stumm vor
sich hin.

Am Lande war freilich auch nichts Besonderes zu
sehen. So viel man bemerken konnte — das Boot schoß
häufig so nahe dahin, wie es das Vorland irgend erlauben mochte — zog sich dort hinter ziemlich hohen, hier
und da unterbrochenen Dünen ein ödes und einsames
Gebiet hin, von dem kein Laut, kein Gebell eines Hun-
des, kein Krähen eines Hahns zu dem Schiffer herüber-
drang. Denn es war später geworden, als der Alte san-
guinischer Weise vorausgerechnet, weil ihn der Wind,
zumal seit er die erste Douanenstation passirt hatte, zu
immer häufigerem Umlegen und Laviren zwang. Die

gedachte Stunde mußte schon jetzt vorüber sein, wo ihm
eine zweite Station der Zollwächter am Strande in Sicht
kam, die doch noch eine ziemliche Strecke von seinem Reise=
ziel entfernt war. Aber die Rechnung war nicht leicht,
denn von den Sternen war nichts mehr zu sehen, der
Mond untergegangen und die Nacht von oben und unten
so dunkel, daß nur ein so seekundiger Mann wie Karsten,
seinen Weg noch unbekümmert und fast ohne aufzublicken
verfolgen konnte. Doch hatte auch er seinen Platz ge=
wechselt und schaute jetzt zum Lande hinüber.

Zu der Station blickte er nun lange und finster hin=
auf und gab, wie denn das bei so alten, einsam lebenden
Burschen gar nicht so selten ist, seinen Gedanken noch
einmal auch Worte. „Schlafmützen!" murmelte er wie=
der — „nun, Gott gebe euch einen eben so gesunden
Schlaf, wenn die Zeit einmal reif ist und wir über euch
kommen! Dreißig ehrliche Jungen und eine Nacht und
ein Schlaf wie heute — und wir haben die ganze Bagage
im Sack!"

In diesem Augenblicke zuckte er zusammen und fuhr
herum, ein Ton wie das Knarren eines Segels hatte sein
scharfes Ohr getroffen. Und sein Auge hatte sich kaum
der See zugewendet, als er nahe hinter sich die beiden
Segel des Fremdlings entdeckte, der am Abend das Zoll=
boot geneckt. Das kleine Fahrzeug kam so schnell heran,
daß es schon in der nächsten Minute neben Karsten's
Boot war, und indem klang eine gedämpfte, tiefe Stimme
herüber: „Hollah das Boot! Wer seid Ihr?"

Der Alte besann sich nicht lange. Ein Feind war

das nicht! „Karsten Herbart von Nieder-Rhoda," ant:
wortete er eben so leise.

„Alles recht, Herr!" hörte er die Stimme wie zu
einer anderen Person sagen. — Darauf folgte ein: „Ad:
jes, Karsten!" und das kleine Boot schoß nach vorn, so
daß im nächsten Augenblicke schon beinahe dreißig Schritte
Wasser zwischen beiden Fahrzeugen lagen.

Der alte Schiffer unterbrückte daher auch die Frage,
die er auf den Lippen gehabt und die nun doch unnütz
gewesen, und sah dem Frembling kopfschüttelnd und zu:
gleich mit einer Art von Neid nach. Er begriff jetzt noch
besser als vorhin, ein wie leichtes Spiel das kleine Ding
mit dem verhältnißmäßig schwerfälligen Zollboote gehabt,
da es selbst sein treffliches Fahrzeug ohne die geringste
Anstrengung eingeholt und geschlagen hatte. Jetzt schon
war dort vorn keine Spur mehr von dem Fremden zu
entbecken, und selbst die Segel waren in dem rings herr:
schenden tiefen Dunkel verschwunden.

„Hexerei ist's nicht!" murmelte Karsten kopfschüttelnd
vor sich hin. „Es muß eben doch der Peter von Lewesand
sein, seine Stimme, mein' ich, war's, und er ist auch der
Einzige hier, der das Ding so zu handhaben versteht.
Aber was in des drei Teufels Namen hat er hier zu
kreuzen, und wen hat er an Bord? — Hm, geh' ich doch
zuerst zum Detlef?"

Einen Augenblick schaute er gleichsam überlegend in
die Nacht hinaus, dann gab er dem Ruder einen leichten
Ruck, das Boot wandte sich, und zehn Minuten darauf
schoß es zwischen eine ganze Menge ähnlicher Fahrzeuge,

welche hier am Strande, nahe den sichtbar werdenden Bäumen und Gebäuden eines großen Dorfes, bei einander lagen. Das Krähen eines Hahns begrüßte den Alten, der jetzt sein Boot schnell neben den anderen befestigte und Riemen, Beil und Bootshaken aufnahm.

Sein Geschäft ging jedoch nicht ohne ein Geräusch vor sich, und auch sein Kommen war bereits beobachtet worden. Da er eben über ein anderes Fahrzeug hin an Land klettern wollte, erhob sich neben ihm aus dem dunklen Bauche des kleinen Boots jählings eine dunkle Gestalt, eine Hand faßte seinen Arm und eine rauhe Stimme fragte ungenirt genug: „Wer zum Teufel ist denn das?"

Nur einen Augenblick war Karsten überrascht; im nächsten hatte er die Hand abgeschüttelt und fügte, seinen Namen vorausschickend, leise hinzu: „Mache keinen Lärm, Rolof, mein Junge! Ich kenne dich schon. Wie kommt's, daß du schon daheim bist?"

„Ich bin gar nicht hinaus gewesen, Vater Karsten," lautete die jetzt gleichfalls gedämpfte Antwort. „Es war eine unruhige Nacht. Die Spürhunde müssen auf etwas ausgewesen sein. Ihre Boote haben zweimal bei uns angelegt, und zu Lande sind die Canaillen auch lebendig gewesen und haben sich umhergetummelt wie die Braunfische. Ich bin Euch nicht gut dafür, daß nicht jetzt noch irgendwo in der Nähe solch ein Bursche steckt. Was aber in des Teufels Namen bringt Euch —"

Die Hand Karsten's legte sich leicht auf den Mund des Anderen und ließ ihn seine hastigen Mittheilungen

beenden. „Nimm dich des Geräths an und guck einmal
nach dem Boot,“ sagte er. „Heut' Abend bin ich wieder
da und fahre zurück. Jetzt muß ich zum Steffen hinüber.
Ich glaube, sie möchten ihm zu Leibe.“

„Dem Steffen? Diese wälschen Canaillen? Da soll
ja kein Gebein von allen heil bleiben, wenn —“

„Still! Ich gehe zu ihm, um ihn zu warnen. Halt
reinen Mund, mein Junge! 's ist nicht nöthig, daß man
von meinem Gehen und Kommen erfährt. Du und deine
Mutter, das ist genug, und wenn du Detlef sehen solltest,
dem magst du's sagen. Abjes!“ — Und der Alte sprang
vollends an Land und wanderte rasch, abseits von den
Häusern, am Strande entlang weiter, bis er nach kaum
hundert Schritten die ersten Waldbäume erreicht hatte.

Fortan blieb er eine geraume Zeit im tiefen Schatten desselben Waldes, den wir am vorigen Tage den
Grafen Eberhard mit seinen Begleitern ein paar Stunden weiter in's Land hinein durchkreuzen sahen. Auch
hier war alles einsam, und wie auf der See die Wellen,
brachten hier die im Winde sich wiegenden Kronen der
alten Bäume das einzige vernehmbare Geräusch hervor.
Der Alte ließ in seiner Aufmerksamkeit trotzdem aber
keinen Augenblick nach, seine Augen und Ohren waren
so wach wie je, und sein Fuß glitt mit einer Schnelligkeit
und Ausdauer über das den Weg bedeckende dürre Laub,
die ein oberflächlicher Beobachter dem alten Burschen
schwerlich zugetraut haben würde. Und auch hier schien
er so gut daheim zu sein, wie draußen auf der See; denn
trotz der Dunkelheit verfolgte er seinen Pfad ohne das

geringste Stocken, schlug endlich sogar einen Fußpfad ein,
der sich südlich in den tiefen Wald hinein abzweigte, und
stand eine starke Stunde nach seinem Aufbruch am Saum
des Forstes, vor der weithin sich ausdehnenden Heide.
War es nur die freie Weite oder das Dämmerlicht des
nicht mehr fernen Morgens, oder endlich der graue Nebel,
der, man wußte nicht woher, sich leise auszubreiten begann, — es war hier verhältnißmäßig hell, und Karsten
Herbart schritt nach einem flüchtigen Umblick in unver-
minderter Eile weiter.

Wieder mochte eine starke Viertelstunde vergangen
sein, da schallte ihm das laute Bellen einiger Hunde entgegen und gleich darauf umsprangen ihn zwei solche weiß-
zottige Bursche, deren Zorn sich jedoch, da sie den Ankömmling erkannten, alsobald in ein freudiges Winseln
und Kläffen verwandelte, während zugleich von der durch
den Nebel sichtbar werdenden Schäferhütte und dem neben
derselben brennenden kleinen Feuer aus eine heisere
Stimme laut wurde und dem Ankömmling entgegenrief:
„Nur heran, Karsten! — Ich habe dich schon erwartet,
und dein Frühstück ist gleich fertig.“

Eine Minute darauf stand der Schiffer neben dem
Schäfer, der auf einem Stein bei seinem Feuer saß und
an demselben eben einen Topf mit Milch zum Sieden
gebracht hatte. — „Lange in die Hütte hinein,“ sprach er,
„gleich links findest du das Brod, Karsten, und noch einen
Topf. Gib her, du wirst frostig sein, und da thut solch
Getränke gut, besser als der beste Genever.“

Er sprach das ruhig, fast eintönig hin, nicht freund-

lich oder angeregt, wie zu einem, den man gern und doch
selten sieht, ganz im gewöhnlichen Ton seiner heiseren und
ein wenig schleppenden Stimme. Jetzt schwieg er sogar
ganz, und da Karsten den Auftrag ausgeführt und mit
Brod und Topf vollends zum Feuer trat, goß er die
Milch zum Theil in das zweite Gefäß, schnitt mit dem
langsam hervorgelangten und aufgeschlagenen Messer ein
paar Stücke Brod ab, und dann erst schlug er die kalten
Augen zu dem Ankömmling auf und sprach wieder, diesesmal in herzlicherem Tone: „Nimm Platz und sei willkommen in der Heide. Greife zu, Karsten. Nachher kannst
du mir erzählen."

Der Schiffer ließ sich das nicht zweimal sagen, da
ihn der für seine Beine ungewohnte Marsch nach der
durchwachten Nacht doch angegriffen und hungrig gemacht
haben mochte, und erst, als Beide schon eine geraume
Weile fertig waren und der alte Schäfer gleichmüthig die
beiden Hunde fütterte, hatte er nicht nur die Strapazen,
sondern auch und mehr noch die Bestürzung über den ihm
gewordenen Empfang überwunden. Er kannte den greisen
Mann da vor ihm schon seit vielen, vielen Jahren, und
wie er die zusammengekauerte hagere Gestalt vom Feuer
beleuchtet sah, die alte Decke, die sie über dem weißen
Schäferrock einhüllte, den alten dreispitzigen Hut über dem
langen, eisgrauen, spärlichen Haar, und darunter das
Gesicht mit den verwitterten Zügen, den starren Runzeln,
den auch jetzt fast farblosen, starr auf die Glut gerichte-
ten Augen — es war nichts da, was ihm noch auffiel,
was er nicht oft und oft eben so erblickt. Und eben so

war auch in dem Empfange eigentlich nichts neues für ihn
gewesen. Mehr als einmal schon hatte er an sich selbst
und Anderen die Gabe des Schäfers erprobt, mit geistigen Augen gewissermaßen die Ferne zu durchdringen und
von dem Nahen eines Menschen lange vor der körperlichen
Erscheinung desselben unterrichtet zu sein. Es war das
bei weitem nicht einmal das Eigenthümlichste, was man
von dem Alten wußte oder ihm doch nachrühmte, und
Karsten Herbart war ein grauköpfiger, eisenharter, in
Wind und Wetter, in tausenderlei Gefahren erprobter
Mann, der nach seinem eigenen Ausdruck „vor nichts zu
Wasser und zu Lande" zurückwich. Dennoch aber hatte
er, wenn er so, wie angedeutet, mit seinem alten Freunde
zusammentraf, jedesmal einige Zeit bedurft, bis er sich
ihm wieder unbefangen gegenüber fühlte.

So war es auch jetzt, ja, es war noch nie überraschender über ihn gekommen, und nachdem er seine Pfeife
neu gefüllt und in Brand gesetzt, meinte er in einem gewissen bedenklichen Tone: „Nun sag' mir aber, Alter,
wie in des drei Teufels Namen kannst du von meinem
Kommen gewußt und mich erwartet haben, da ich keiner
Menschenseele davon geredet — meiner alten Schwester
nicht einmal; die glaubt, ich sei zu Detlef! — und keiner
Menschenseele begegnet bin, als dem Rolof Bohn in Unterwiek?"

„Ich weiß, ich weiß," versetzte der Schäfer eintönig
und warf den Hunden das letzte Stück Brod hin. „Deine
drei Teufel aber laß aus, die haben keinen Theil an mir.
Uebrigens hab' dich nicht so; du kennst mich länger und

besser als hundert Andere, und weißt meine Art. —
Es muß aber was vorgehen, Karsten, der Herr mag wissen, was. Ich habe mein Leben hoch gebracht und manches Böse geschaut und manches Gute, aber so häufig,
wie nun, ist's noch nie über mich gekommen. Und so
sah ich denn auch dich gestern Abend, wie du auf den
Dünen saßest, und es war Einer bei dir, den ich nicht
kannte, und redete mit dir. Das sah ich, und mit dem
Anderen war es kurios, — bald sah ich ihn in der grauen
Jacke und dann wieder wie in dem rothen Rock, den
seine Dienerschaft trägt —"

„Bei der Allmacht!" fiel ihm Karsten in's Wort, und
seine hellblauen, scharfen Augen hafteten mit einem Ausdruck der Bestürzung auf dem kalten Gesicht des Schäfers.
„Es war ja mein Schwesterkind, der Karl Rhode, der im
Schlosse dient, und er hatte von Comtesse Hebe erfahren,
daß —"

„Ja, das hört' ich nicht und will's erst von dir erfahren," sprach der Greis wieder ruhig dazwischen. „Ich
merkte nur, daß euer Reden mir galt und daß du zu mir
kommen würdest. Und das ist gut," setzte er wie zu sich
selbst redend hinzu. „Ich hätte dich sonst heut oder morgen rufen lassen."

„Du mich, Alter? Was gibt's?" fragte der Schiffer
lebhaft.

„Geduld!" erwiderte der Andere, „das wirst du,
wenn's nöthig ist, auch noch hören. Ich glaube aber
fast, du kommst mir selber damit. — Was bringst du,
Karsten?"

„Auf dem Schloß drüben sind seit gestern Nachmittag ein paar Franzosen, voraus der Renaud, von dem
du wohl gehört hast, daß er das Volk in S. kommandirt
— es soll sonst ein humaner Herr sein, und wo er was
von Unrecht und Unterschleif der Beamten merkt, ist er
scharf hinterher und kennt keine Schonung. Ich habe
davon in G. drüben ein Exempel erlebt. Aber human
hin und her, ein Wälscher ist er einmal doch und muß
seiner Zeit mit dran glauben," setzte der Seemann hinzu,
dem Anderen finster zunickend, der jedoch regungslos am
Feuer saß, die runzeligen Hände über die schon niedrigen Flammen gebreitet und die Augen starr auf die Glut
gerichtet.

Karsten Herbart beobachtete dies ein paar Sekunden
lang schweigend, ohne daß dem Greise jedoch sein Innehalten aufzufallen schien. Dann beugte er das Haupt
ein wenig näher und sagte gedämpft: „Nun gut, Steffen,
der General will also nach Dreiheiligen zum Grafen, und
dann auch zu dir. Er möchte dich kennen lernen, hat die
Hebe gesagt, und der Eugen solle sein Führer sein."

Der Schäfer hatte bei den letzten Worten seine Augen
dem Seemanne zugewandt und ihn mit einer Art Verwunderung angesehen. Als Karsten schwieg, blickte er
jedoch wieder mit dem alten starren Ausdruck in die Glut
zurück und sagte nichts Anderes als: „Bah, dummes
Zeug!"

„Aber mein Schwestersohn, der Karl, hat es mit
eigenen Ohren gehört, und er ist kein Faselhans, sondern
ehrlich und „allart," beides, und ein treues Blut."

„Glaub's schon," versetzte der Schäfer phlegmatisch. „Und daß der Herr herüber kommen will — 's ist möglich. Er mag von mir gehört haben und neugierig sein. Wer weiß, was ihm das Volk, die Douanen, alles vorgeredet. Sie laufen zuweilen da bei mir herum wie Ohrwürmer, und sitzen hinter jedem Busch und lauern, kröchen mir am liebsten, glaub' ich, in die Tasche und das Herz, um was Heimliches zu erfahren. — Na, laß sie und laß ihn," brach er im gleichen Tone weiter redend ab. — „Wollen sie an mich — ich kann's ihnen nicht verwehren, aber zu holen ist bei mir auch nichts, ich bin schon 'was alt und ein zäher Bissen, an dem sich schon mehr als Einer die Zähne verbissen hat. Und alles in allem — was können sie mir am Ende viel thun?"

Karsten schüttelte den Kopf. „So habe auch ich gedacht," meinte er, „und vollends wenn der Eberhard davon weiß, die Hebe es anstiftet und der Eugen sie führt, so sollte nach meinem Verstande gleichfalls nicht viel dabei zu fürchten sein. Aber wer kennt diese Wälschen aus, und was sie im Sinn haben und was sie riskiren? Daß sie ein Aug' auf dich haben, sagst du selber, und daß ihnen deine Weise und deine Worte, und wie man Land ein und aus zu dir hält und auf dich sieht, nicht gerade angenehm ist, das merkt ein Kind. Du hast ja öfters Scherereien mit dem Schreiberpack gehabt. Und wenn ich nun daran denke, daß die saubere Gesellschaft bei ihm sitzt und daß er dahinter steckt und daß er und du —"

„Was?" unterbrach ihn die phlegmatische Frage des alten Freundes.

„Nun, daß ihr aus Herzensgrunde einander gram
seid und daß er — ich schwöre darauf, Steffen! — noch
heutigen Tages seine halbe Grafschaft darum geben würde,
wenn er dich einmal fassen könnte!" —

„Schon recht!" sagte der Schäfer, und wie neulich,
dem wandernden Jäger gegenüber, trat auch jetzt einer
jener kurzen Momente ein, wo das starre Auge und die
kalten Züge des Greises ein flüchtiges Leben gewannen und
dieses Mal eine Art von grimmiger Verachtung sichtbar
werden ließen. „Schon recht, Karsten. Er gäbe vielleicht gar die ganze darum, wenn er mich aus dem Wege
hätte, allein auch die ganze hilft ihm nicht dazu. Denn
er hat nicht Gewalt über mich, wohl aber habe ich sie
über ihn, das weiß er. Und daß er das weiß," setzte der
Greis mit einem kurzen, heiseren Lachen hinzu, „das ist
kein weiches Kissen für sein Haupt. Ich schlafe da sanf-
ter auf meinem Stroh in der Hütte, als Graf Hartmuth
in seinem Schloß unter seinen Seidendecken."

Karsten schaute den Alten, dessen Auge und Gesichts-
züge längst wieder zur Ruhe gekommen waren, eine ganze
Weile stumm und nachdenklich an, bevor er gedämpft
sprach: „Du denkst an deinen Alten?" —

„Ich denke an Vieles," versetzte der Greis kalt. „Es
ist mancherlei dabei, was du nicht wissen kannst, denn
theils war es vor deiner Zeit, theils später, als du schon
davon gelaufen warst, damals, da des Grafen Eugen
Großvater starb. Davon weiß jetzt schwerlich noch Einer
außer ihm und mir und vielleicht der kleinen Schiefen,
denn die ist wie eine Katze und spürt alle Ecken und

Winkel aus. Und daß es mit den Wissenden so zu Ende
geht, ist im Grunde nicht gut, denn er braucht einen
Daumen auf's Auge, und wenn mich der Herrgott ab=
ruft, wär' er frei. Wenn du's wüßtest, Karsten —" der
Greis warf seinem Nachbar einen langen Blick zu, bevor
er hinzusetzte: „Du liebst ihn auch gerade nicht." —

„Wie Nuß und Galle steckt er mir im Halse!" er=
widerte der Schiffer grimmig dareinschauend und die Faust
ballend. „Ich wäre lange schon nach Unterwiek gezogen,
aber gerade ihm zum Possen bleibe ich drüben. Wie er
von mir denkt — na, 's ist egal," brach er ab. „Es geht
uns, wie euch — wir kennen einander. Allein weil ich
ihn kenne und weiß, wie er in seinem Hochmuth weder
Gott noch den Teufel fürchtet, bin ich auf meiner Hut
und möchte auch dir rathen, Steffen — sei nicht zu breist!
Geh' lieber für ein paar Tage auf die Seite."

„Laß das gehen, sag' ich," antwortete der Alte gleich=
gültig. „Mit mir hat's keine Noth, meine Zeit ist noch
nicht da, weiß ich, und wir zwei Beide werden ohne dich
mit einander fertig. Mir geht was Anderes durch den
Kopf," redete er eintönig weiter. „Du sagtest — Graf
Eugen hörte von diesem Besuch in Dreiheiligen? Das ist
gut. Dem Eberhard und — noch Einem wird mehr dar=
um zu thun sein, glaub' ich, als mir, daß man recht=
zeitig davon erfährt."

„Noch Einem, Steffen?" Der Seemann beobachtete
den Anderen scharf. —

„Ja, noch Einem. Der Eberhard hat Besuch erhal=
ten," lautete die trockene Antwort. Der Greis schob die

letzten Bränbe zusammen, baß sie noch einmal auf=
flammten.

„Besuch?" wieberholte Karsten gebankenvoll. „Was
geht eigentlich in Dreiheiligen vor? Gestern Abend soll
ber Eugen an Comtesse Hebe bie Nachricht gebracht
haben, baß ber Eberhard unb er selber ben großen Kome=
ten wieber gesehen hätten, unb bas ist mir kurios vorge=
kommen. Ich bin Nachts mehr braußen, als bie Beiben,
aber meine Augen haben bavon nichts gesehen, unb ba ist
mir eingefallen —"

„Das stimmt, bei Gott!" sagte ber Schäfer plötzlich
in einem ungewöhnlich lebhaften Tone, unb er saß babei
aufrecht unb sein Auge blickte erregt. „Ich habe mir so
etwas gebacht, als vorgestern ber Jägersmann bei mir
nach Dreiheiligen fragte unb von Leo Nettfelb erzählte.
Es ist richtig, Karsten. Er machte mir bas Zeichen, als
ich nicht heraus wollte. Das ist er!" —

Karsten schaute ben Geis eine ganze Weile schweigenb,
aber mit einem Gesicht an, bas von Sekunbe zu Sekunbe
ben Ausbruck einer immer grimmigeren Freube annahm.
„Nun," murmelte er enblich, benn er bämpfte seine rauhe
Stimme, baß sie kaum noch vernehmbar blieb, „wenn bas
wirklich ist, bann wirb's Zeit, baß wir uns parat halten,
ober lieber gleich losschlagen. Die beiben Posten ber
Canaillen hab' ich heute Nacht im Vorbeifahren recognos=
cirt. Wir haben sie im Hanbumbrehen. Unb — ich habe
schon unterwegs baran gebacht — wenn ber General ein=
mal in bie Heibe kommt — was meinst bu, Steffen, wir

könnten der ganzen Herrlichkeit mit Einem Schlage ein Ende machen?"

Der Greis schüttelte langsam den Kopf; die Erregung von vorhin war längst wieder fort und seine Züge zeigten die alte, starre Ruhe. „Es kommt alles, wie es bestimmt ist," sagte er fast feierlich und erhob sich von seinem Sitz und ließ die Decke fallen, die ihn bisher umhüllt hatte. „Dies aber ist noch nicht bestimmt; ihre Zeit ist noch nicht gekommen. Aber sie kommt, Karsten, sie kommt! — Ich habe sie gesehen, wie sie dahingestreckt liegen in Schnee und Eis, aber jetzt prahlen sie noch und sind gewaltig über alles Land. Haben wir so lange Geduld gehabt, Karsten Herbart, so können wir auch noch die paar Monde weiter warten und sie vollends reif werden lassen zur Ernte. — Dem Detlef sollten wir's aber sagen, was ihnen bevorsteht." — Er wandte sich kurz ab und ging der Hürde zu.

Es war mittlerweile Tag geworden, wenn man das bleiche Licht, das der dichte Nebel aufkommen ließ, dafür gelten lassen wollte. Die Sonne mußte am Himmel stehen, denn es war jetzt wenigstens 6 Uhr. Zu sehen war von ihr jedoch nichts, und auch auf der Erde war jede Umschau auf die knappsten Grenzen beschränkt, so schwer und dicht breitete der Nebel seine Schleier über die ganze Heide; Karsten erkannte von seinem Platze aus nicht einmal mehr die äußersten Theile des Pferchs, und das nächste Hünengrab erschien nur in dämmernden Umrissen. Der Schiffer gab sich aber auch nicht viel mit Schauen ab. Stumm und finster saß er neben der kleinen

Grube mit den allmälig verlöschenden Kohlen und brütete vor sich hin.

Es war eine ziemliche Zeit vergangen, als der alte Schäfer plötzlich wieder neben ihm stand; auf dem sandigen Boden war sein Schritt nicht hörbar geworden. Unter der Hütte, wo er einen kleinen Vorrath davon gegen gelegentliche Regenschauer schützte, langte er ein paar Scheiter trockenen Holzes hervor und warf sie auf die Kohlen; darauf nahm er seinen Platz dem Gaste gegenüber wieder ein und stopfte aus einem mageren Beutelchen sich jetzt gleichfalls eine Pfeife.

„Man darf's wohl riskiren," meinte er dabei mit einer Art von Schmunzeln, das seltsam genug zu den herben Zügen des alten Gesichtes stand; „es ist ja so was wie Feiertag. Denn wie sich's anläßt, weicht der Nebel vor halbem Mittag nicht, und bis dahin kann ich nicht austreiben und haben wir freie Zeit. So wollen wir Eins plaudern. Du bist an den Posten der Wälschen vorüber gekommen und nicht molestirt worden? Wenn's also einmal losginge, glaubst du — ?"

„Daß ich sie haben könnte, wie und wann ich's wollte; sie sollten es selber nicht merken," lautete die Antwort Karsten's.

„Komm ein bischen weiter herum und setz' dich hieher," sagte der Greis nach einer Pause und deutete auf einen Stein, der neben seinem eigenen Sitze lag. „Wir haben uns lange nicht recht gesehen und noch mancherlei zu reden, und das Schreien dabei thut nicht gut. Man weiß ja in dieser Zeit niemals, ob der Busch nur ein Busch ist oder auch Augen und Ohren hat."

Und als Karsten alsbald seinem Wunsche gefolgt und neben ihm war, da schürte der Schäfer die Flammen, daß sie an dem kühlen Morgen behaglich wärmten, und dann redeten sie mit einander und erwogen, treuen Her=zens, die Noth und Rettung ihres Landes.

Viertes Kapitel.

Einblicke.

Die Zeit ist schlimm, die Welt ist karg,
Die Besten weggerafft;
Die Erde wird ein großer Sarg
Der Freiheit und der Kraft.
Doch Muth! — Wenn auch die Tyrannei
Die deutsche Flur zertrat —
In vielen Herzen, still und treu,
Keimt noch des Guten Saat.
                            Th. Körner.

„Lieber Onkel! General Armand Renaud wünscht Dir seinen Besuch und von Dreiheiligen aus einen Ausflug in die Heide zu machen, um Deinen alten Schäfer kennen zu lernen. Tante Hebe hat mich ihm als Führer vorgeschlagen und wird ihn zu Dir begleiten. Sie läßt Dich grüßen und war über meine Botschaft entzückt.

„Das Wann kann ich Dir noch nicht sagen und wird Dir auch gleichgültig sein, da Ihr in Dreiheiligen stets in bester Ordnung. Gut, daß Rhodenfelde nicht auf ihrem Wege liegt; es sieht hier bei uns kunterbunt genug aus, und Sophie Magdalene ist ruschliger als je. Wir werden wohl zu

Mittag bei Dir sein, wenn Du nicht am Ende bei uns frühstücken willst. In Eile. — Abieu!

„Rhodenfelde, 5 Uhr.

„Dein gehorsamer
„Eugen.“

Graf Eberhard, der trotz der frühen Tagesstunde — denn es war sechs Uhr Morgens und der Nebel dämpfte auch auf dieser Seite des Waldes das Tageslicht und hatte die Gebäude des Hofes zu Dreiheiligen mit seinem Schleier verhangen — bereits in seiner vollständigen Tages=kleidung und, wie es schien, schon draußen gewesen war, reichte das Billet an den alten Detlef, der es ihm vor Kurzem gebracht, und schaute, während der Jäger mit hochgezogenen Brauen die kleinen Schriftzüge studirte, ge=dankenvoll aus dem Fenster auf den Hof hinaus. Nach einer Weile drehte er sich wieder dem Alten zu und fragte: „Was meinst du, Detlef? Avertiren müßte man ihn wohl?“

Der Jäger hatte das erste Blatt umgeschlagen und las noch. Dann erhob er die Augen mit einem finstern Ausdrucke zu seinem Herrn und meinte: „Na, dieses wälsche Gesindel ist doch nicht todt zu machen! Also wie=der ein Sieg und — Moskau — das ist, glaub' ich, die Hauptstadt von den Russen?“

Graf Eberhard schaute überrascht auf. „Wie kommst du darauf?“ rief er.

„Na, hier steht's ja, Herr. Habt Ihr's übersehen? Und es ist noch kurios ausgedrückt von Herrn Eugen:

„Großer Sieg des Kaisers bei — Borobino am 7., Ein-
zug in Moskau am 14. hujus. Es lebe der Kaiser!" —
Kurios das, sage ich! Was ist's mit dem jungen Herrn?"

Der Graf nahm ihm das Papier aus der Hand und
las nun auch selbst die anfänglich von ihm übersehene
Nachschrift auf der zweiten Seite. — „In der That,"
sprach er dann, „die Nachrichten sind wichtig genug und
sie müssen ganz neu sein. Es ist am besten, du weckst
unseren Gast und sagst ihm gleich, daß wir in einer
Stunde zu meinem Neffen reiten. Kommst du mit,
Detlef?"

Der Jäger schüttelte mit einem halben Lächeln den
Kopf. „Wo denkt Ihr hin, Herr!" versetzte er. „Ihr
wißt doch, daß ich meine eigenen Beine immer für sicherer gehalten, als die von irgend einem Gaul. Und überdies sollte ich auch in die Heide hinüber, denn Ihr wißt
wohl, daß sie schon längst auf den Steffen hacken, und
meintet ja eben noch selber, daß man ihn avertiren
müßte."

„So meinte und meine ich freilich," sagte der Herr
nachdenklich, „denn von Nieder-Rhoda kommt Steffen
nichts Gutes, und Gott mag wissen, was man dem General in den Kopf gesetzt hat. Und doch kann ich's mir
nicht wohl denken, daß ihm auf diese Weise Gefahr drohe.
Renaud ist nach allem, was ich von ihm weiß, ein Ehrenmann, und es sähe besser für die Fremden und übler für
uns aus, wenn die Befehlshaber alle von seiner Art
wären. Ich weiß nur nicht, wer sonst noch in seiner Begleitung, und ob es nicht geboten ist, zuerst für unseren

Gaſt zu ſorgen, dem dieſer Beſuch gleichfalls gelten wird.
— Weck' ihn, Detlef. Es thut mir ſchier leid, denn ich
hörte ihn erſt gegen halb vier Uhr. Aber — es hilft
nicht."

In dieſem Augenblicke wurde die Thür des anſtoßen-
den Schlafzimmers geöffnet, und der Erwähnte erſchien
auf der Schwelle, gleichfalls im vollſtändigen Anzuge, wie
er ihn zuerſt getragen, da wir ihn kennen lernten. —
„Ich hörte Sie reden, Herr Graf," ſagte er, dem Herrn
die Hand zum Morgengruße hinbietend; „und da ich, wie
Sie ſchon von geſtern wiſſen, ein Frühaufſteher bin und
nicht mehr ſchlafen konnte, ſo dachte ich, Sie aufſuchen zu
dürfen."

„Ich wollte Sie wecken laſſen — Eugen ſchickte mir
intereſſante Nachrichten. Da, leſen Sie ſelber, Hoven,"
entgegnete der Hausherr. „Er ritt, da er Sie nicht fand,
noch zu meinem Vater hinüber. Hier iſt der Brief —
ſehen Sie auch die zweite Seite an." — Und er reichte
dem Gaſte das Billet.

Hoven gab es ſchon nach flüchtigem Ueberblicke zurück
und ſchaute einen Augenblick gedankenvoll und finſter aus
dem Fenſter, bevor er ſich mit der Hand über die Stirn
und die kurz gehaltenen Haare fuhr und entgegnete:
„Nun, es ſieht noch nicht danach aus, als ob die Prophezeiung, die ich neulich von dem Schäfer draußen ver-
nahm, ſo bald in Erfüllung gehen ſollte. Und dennoch
hoffe ich, es werde die letzte dem Feinde günſtige Nachricht ſein, die wir erhalten."

„Und wenn die Russen sich einschüchtern lassen und Frieden schließen?" warf Graf Eberhard hin.

Hoven schüttelte den Kopf. „Das thun sie nicht," sagte er. „Auf die Entschlossenheit der eigentlichen Führer, der Bestimmenden, baue ich freilich nicht; allein sie können selbst nicht mehr zurück, der Fanatismus ist zu groß, und im Uebrigen halten Stein und die Seinen fest. Jetzt beginnt der Rückzug, denn in Moskau kann sich der Feind nicht halten; seine Ausrüstung für den Winter ist schlecht, wie wir wissen, das Land ist eine Wüste, und endlich muß die Armee schon jetzt durch furchtbare Verluste außerordentlich geschwächt sein. Leo wußte davon zu sagen, was er bei Smolensk und Walutina erlebt, und ich selber weiß aus Erfahrung, wie die Russen stehen und was mit ihnen zu leisten, wenn sie die rechten Führer haben. — Ich glaube, wir können den Feind jetzt immer sein Te-Deum singen und die Siege feiern lassen, ohne uns dadurch niederdrücken zu lassen. Unsere Zeit kommt schneller vielleicht, als jetzt noch die Gläubigsten hoffen."

„Sei es so, sie soll uns parat finden," erwiderte der Graf und setzte dann nach einer Pause hinzu: „Wenn Sie nicht zu müde sind, brechen wir gleich nach dem Frühstück auf. Es ist mir darum zu thun, Eugen zu sprechen, bevor uns die Gesellschaft vielleicht über den Hals kommt, und für Sie dürfte ein Ausflug gleichfalls besser sein. — Detlef, laß uns den Kaffee besorgen und die Pferde parat halten; nachher mache auch du dich auf den Weg." —

„Sie kommen meinen Wünschen zuvor," sprach der
ernste Gast. „Ich möchte doch meine Aufträge erfüllen
und alle Rhodenfelder kennen lernen, bevor ich wieder
aufbreche. Der Aufbruch wird aber nach diesen Nach=
richten noch schneller erfolgen müssen als ich bisher ge=
rechnet. Es dürfte auch für Ihre An= und Aussichten
nothwendig sein, daß ich so schnell wie möglich nach Ber=
lin komme."

Graf Eberhard hatte den Redenden während dieser
Worte schweigend und nachdenklich angeschaut und ließ
auch nun, da er inne hielt, noch eine ganze Weile ver=
streichen, bis er mit einem leise aufsteigenden Lächeln ver=
setzte: „nun gut, mein Freund, Sie müssen dies am besten
beurtheilen können, und wenn es nöthig ist, reisen. Wir
sind ja im Ganzen auch mit einander fertig, denn was
noch übrig, sind Privatangelegenheiten, die zurück stehen
können. Was Eugen und — die Seinen noch haben
dürften, das weiß ich nicht; es wird aber heut Morgen
wohl zur Sprache kommen, und ich meine, Sie warten
mit Ihrer Entschließung wenigstens, bis wir drüben ge=
wesen." —

Als sie eine halbe Stunde später wirklich vom Hofe
ritten und die Pferde langsamen Schrittes den wohl un=
terhaltenen Weg entlang gehen ließen, fragte Hoven, nach=
dem er vergeblich versucht hatte, durch den dichten Nebel
einen Blick in die Ferne zu gewinnen: „Nicht wahr, Herr
Graf, Leo Rettfeld ist in dieser Gegend gleichfalls be=
gütert?"

„Das ist, oder, wie ich sagen muß, war er freilich,"

erwiderte der Angeredete. „Ohne den Nebel würden Sie dort hinten, von Westen, die alten Tannen herüberwinken sehen, die im Garten zu Kettenhof stehen. Das war sein Gut."

„Und Sie sagen, es sei nicht mehr das seine? Hat er denn verkauft?"

„Nein, wenigstens nichts dafür erhalten. — Aber ich wundere mich, daß Sie von all diesen Dingen nichts wissen," fügte er mit gedankenvollem Lächeln hinzu. „Seid ihr in Petersburg durch Anderes zu sehr abgezogen gewesen, oder war Leo nur zu discret, um davon zu reden? Denn, mein Freund, Rettfeld's Leben und Verhältnisse sind so genau mit den unseren verflochten, daß man von den einen nicht reden kann, ohne auch der anderen zu gedenken, und viel Angenehmes ist nicht dabei. Ein Freund, wie Sie einer sind, lieber Hoven, darf aber schon davon erfahren, muß es wohl sogar. Denn in unserer gänzlich unsicheren Zeit ist es gut, fast nothwendig, daß so verwickelte Zustände auch noch einem Dritten, Unparteiischen, bekannt sind, um etwaigen Mißverständnissen vorzubeugen. Und das sind die Privatangelegenheiten, auf die ich hindeutete. Nun mögen sie jetzt doch noch zur Sprache kommen. Ich muß Ihnen zuerst aber ein wenig von den Meinigen sagen.

„Dort rechts gegen Westen und hinter uns an der Küste liegen die Besitzungen meiner Familie fast ununterbrochen, und als mein Großvater in den vierziger Jahren des vergangenen Jahrhunderts Dreiheiligen und Unterwiek von ihrem letzten Besitzer, dem Obersten Steinheim,

kaufte, war alles bis zur Grenze unſer. Er gab aber
nicht viel darauf. Da ſein zweiter Sohn, Eugen's Groß=
vater, ſich mit ſeinem Bruder — das iſt mein Vater,
Hoven — nicht gut ſtand, ſo baute er ihm das Schloß
in Rhodenfelde und machte ihn ſo zum Gründer einer
Nebenlinie, während früher unſere jüngeren Söhne ſich
durchgeſchlagen, wie ſie konnten, und mit einem ſehr ge=
ringen Erbtheile abgefunden wurden. Dann heirathete
mein Vater die Tochter jenes Oberſten Steinheim und
lebte mit ihr ſelbſtſtändig genug auf dem Gute Lohnshof,
welches ihm mein Großvater ſchon früher überlaſſen hatte,
während er die Steinheim'ſchen Güter, auf die jener ge=
hofft haben mochte, unter ſeiner Verwaltung behielt. Als
meine Mutter nach einigen Jahren ſtarb und mein Vater
ſich ſpäter wieder verlobte, ſetzte der alte Herr kurz vor
ſeinem Tode ſogar teſtamentariſch feſt, daß die beiden
Güter Steinheim's mir abgetreten würden, ſobald ich
großjährig geworden, und ſpäter, wenn ich die Erbſchaft
meines Vaters antreten würde, oder ſchon vorher unbe=
erbt ſtürbe, an die Rhodenfelder Linie fallen ſollten.

„Ich brauche Ihnen wohl kaum erſt zu ſagen, Ho=
ven,“ redete der Graf weiter, „daß dieſe Beſtimmungen
meiner Stellung zum Vater um ſo weniger günſtig waren,
da ich ohnedies niemals ſein Liebling geweſen und da er
außerordentlich viel auf einen zuſammenhängenden Beſitz
gab und gibt. Er hat den Rhodenfeldern ihre Beſitzung
nie recht gegönnt und ſie immer wie eine Art Raub an
ſeinem Eigenthum betrachtet. Um wenigſtens einigen Er=
ſatz dafür zu haben, fing er gleich nach ſeines Vaters

Tode an, mit den Rettfeld's um den Verkauf ihres Ket=
tenhofs zu verhandeln — das Gut liegt zwischen den
Besitzungen Eugen's und denen meines Vaters — und
wurde ihnen, da sie nicht darauf eingingen, noch abge=
neigter als bisher. Was es zwischen ihnen gegeben, ver=
muthe ich nur; es gehört aber auch nicht hieher. Genug,
wie mein Vater einmal ist — lebhaft, ja, heftig und reiz=
bar. gingen seine Feindschaft und seine Anfeindungen sehr
weit und vermehrten sich mit jedem fehlgeschlagenen Ver=
suche, das Gut zu erhalten. Denn er ließ nicht nach, es
war bei ihm zu einer Art von fixer Idee geworden, daß
er Kettenhof sein nennen müßte. Und als Leo's Eltern
noch jung und kurz nach einander starben und Eugen's
Vater — er war mit meiner einzigen Schwester verhei=
rathet, mein Freund — die Vormundschaft des jungen
Erben übernahm und die Rechte desselben gegen meinen
Vater wahrte, wurde dieser auch dem eigenen Schwieger=
sohne verfeindet. Mir selber erging es nicht viel besser,
da er mir nicht vergeben konnte, daß meine selige Frau
eine nahe Verwandte der Rettfeld's war, ich mich auch
nicht zu einem Abbruche des freundlichen Verkehrs mit
den wackeren Leuten verstehen wollte und endlich meinem
Schwager, der 1806 bei Auerstädt fiel, in der Vormund=
schaft und in der Vertretung der Rechte meines Mündels
folgte.

„So schleppte sich das alles fort. Leo ging, wie Sie
wissen, schon 1808 nach England und von dort nach der
Halbinsel und ließ mich als Verwalter zurück, der unter
den derzeitigen Verhältnissen — wir lebten schon damals

eigentlich unter französischer Herrschaft und Leo's Feind=
schaft gegen dieselbe war allerdings durch sein Handeln
ausgesprochen genug — einen nichts weniger als leichten
Stand hatte. Mein Vater hetzte noch obendrein, muß ich
leider sagen, und so kam es endlich so weit, daß das
Vermögen Nettfeld's eingezogen und das Gut von der
nunmehr französischen Regierung zum Verkauf ausgesetzt
wurde. Daß mein Vater Himmel und Erde in Bewe=
gung setzte, um es zu erwerben, können Sie sich vorstel=
len, und eben so, daß auch Eugen und ich das Mögliche
thaten, dem Freunde das Seine unter der Hand wenig=
stens zu erhalten. Gleichviel, wie uns das gelungen ist
— sobald diese unseligen Zustände ihr Ende erreicht haben,
tritt Leo seinen Besitz unverkürzt wieder an, und es ist
auch, so weit das möglich, dafür gesorgt, daß ihm bei
Gelegenheit seine früheren Einkünfte zufließen. Von all
diesen Dingen weiß er indessen begreiflicher Weise nur
das Allgemeine, Genaues gar nicht, und Ihre Bekannt=
schaft ist mir auch um dessentwillen unschätzbar. Ihre
Nachrichten von ihm beweisen mir, daß er keinen Zweifel
an uns hegt, und Sie haben jedenfalls mehr Gelegenheit
als wir, ihm hierüber eine Mittheilung zukommen zu las=
sen. Was Sie mir vorgestern von seinen Klagen über
unbeantwortet gebliebene Briefe und dergleichen gemeldet,
hab' ich schon mit Aehnlichem beantwortet. Auch wir er=
fuhren stets nur selten von ihm. Und von den Briefen,
die wir mit jeder anscheinend sicheren Gelegenheit an ihn
abgehen ließen, haben sehr wenige ihn erreicht, wenigstens
sehr wenige eine Antwort erhalten."

Hoven ließ eine ziemliche Zeit vergehen, bevor er eine Antwort gab. „Ich weiß dennoch nicht, wie Sie an solche Zweifel glauben konnten," bemerkte er. „Wie Leo von jeher zu Ihnen gestanden, wie er Sie von jeher kennt, wie er auch zu dem Grafen Eugen zu stehen scheint, und endlich, wie er selber ist — ein Hitzkopf freilich, aber ein Mann von Ehre — erscheint mir eine solche Be= sorgniß von Ihrer Seite fast wie ein Unrecht an dem Freunde."

Der Graf schüttelte leise den Kopf. „Lieber Hoven," sagte er, „in einer Zeit, wie die jetzige ist, die alle Ver= hältnisse ausrenkt und alle Leidenschaften in Bewegung setzt, ist alles möglich, kann man auf niemand mehr schwö= ren. Sie meinen, Leo kenne uns. Nun, mein Freund, hier im Lande, wo man alle Zustände sieht, wie sie sind, sollte man uns doch noch besser kennen und hat uns den= noch, gerade bei dieser Affaire, verkannt, nicht nur bei einigen unserer Standesgenossen, sondern auch in den Volkskreisen. Und ich brauche Ihnen wohl nicht erst zu sagen, daß Letzteres jetzt bei der Stimmung unseres Vol= kes einerseits, und andererseits bei der Abhängigkeit alles dessen, was wir hoffen und treiben, von diesen Volks= kreisen, mir bei weitem als das Mißlichste erschien. Ja, ich spreche es offen aus — wären mein alter Detlef und vor allen Anderen der Schäfer drüben in der Heide, der einen ganz unberechenbaren Einfluß hat, mir nicht unwan= delbar und blind ergeben, so dürfte Eugen's und mein Einfluß hier zu Lande gänzlich vernichtet und jede Mög= lichkeit einer Wirksamkeit für die gute Sache aufgehoben

sein. Schon Leo's Eltern waren überall verehrt und ge=
liebt; bei dem Sohne kommt nun zu dieser Erbschaft noch
das politische Martyrerthum, das ihn unter den jetzigen
Umständen bei Hoch und Gering mit einer Art von Hei=
ligenschein umgibt und seine Gegner mit Haß und Ver=
achtung verfolgen läßt." —

„Ich habe gar nicht erwartet, das Volk hier so zu=
gänglich, so erregbar zu finden," sprach Hoven, nachdem
er auch dieses Mal wieder eine ziemlich lange Pause hatte
vergehen lassen, während der sie, ihre Pferde zum leichten
Trabe antreibend, rascher als bisher weiter zogen. „Ich
schloß nach anderen Küstengegenden, wo ich die Leute zum
Theil kalt und gleichgültig bis zur Stumpfheit fand. Und
was ich hier in den vergangenen Tagen sah und hörte,
machte mir kaum einen anderen Eindruck. Der alte
Schäfer nun gar, dessen Sie als einflußreich gedachten,
entsprach dieser meiner Vorstellung nur zu sehr, so daß
er mir fast wie ein halb Wahnsinniger erschien."

„Sie haben doppelt Unrecht in Bezug auf unser
Volk und noch mehr in Betreff des Schäfers," entgeg=
nete der Graf ernst und ließ sein Pferd wieder langsam
gehen. „Was andere Küstenbewohner angeht, gebe ich
Ihnen zum Theil Recht; ich habe die Leute während
meiner Dienstzeit in Ihrer Armee kennen gelernt und
meine Plage mit ihnen gehabt. Hier, bei uns, trifft Ihre
Ansicht nicht zu. Unser Volk ist ein rauhes, derbes und
kaltes, ja, aber nur bis auf einen gewissen Punkt. In=
nerlich sind sie heiß genug, und kommen sie einmal in
Gang, so ist kein Halten mehr, es müßte sie denn

einer so in der Gewalt haben, wie eben wieder unser
Vater Steffen. Dem gehorchen sie, wenn auch knirschend
vor Ungeduld; aber selbst trotzdem, daß sie seine Herr=
schaft unweigerlich anerkennen und gewissermaßen seinen
Weisungen blind gehorchen, macht sich das innere Feuer
bald so, bald so einmal Luft, sie verbergen weder ihre
Sympathieen noch Antipathieen, und wehe den wirklichen
Feinden nicht nur, sondern auch allen, die sie dafür hal=
ten, wenn es einmal zum vollen Ausbruch kommt! Die
Franzosen wissen das auch sehr wohl und haben sich, zu=
mal seit General Renaub in S. ist, merklich menagirt.
Wo es zu Conflicten kommt, wie Sie neulich einen erlebt,
kann man ziemlich sicher darauf rechnen, daß irgend einer
jener Elenden denselben veranlaßt, deren sich ihr deutsches
Vaterland schämen muß."

    „Sie redeten schon neulich ähnlich," sagte Hoven ge=
dankenvoll. „Aber da die Sachen so stehen und den
Franzosen bekannt sind, verstehe ich nur nicht, wie sie den
Alten drüben in der Heide so lange unbelästigt lassen,
von dem sie doch gleichfalls wissen müssen. Sie sind sonst
nicht nachlässig oder schonungsvoll bei solchen Gelegen=
heiten, wie wir häufig genug erfuhren."

    Der Graf schüttelte wieder den Kopf. „Sie kennen
eben weder die Zustände, noch die Menschen hier zu Lande,
lieber Hoven," sprach er. „Steffen Schütze ist freilich eine
Macht, aber er ist es auf eine Weise, daß die Fremden
ihm dennoch wenig oder nichts anhaben können, und über=
dies ist der Alte viel zu schlau, um sich eine gefährliche
Blöße zu geben. Dennoch beunruhigt mich, wie ich ge=

stehe, die Absicht des Generals Renaud, den Alten kennen zu lernen. Wie Sie hörten, ließ ich ihn durch Detlef warnen. — Wenn Sie von diesen Dingen mehr hören wollen," brach er ab, „so wird sich dazu selbst heut noch Gelegenheit finden. Denn wir reden hier zu Lande viel von dem Schäfer. Jetzt aber genug davon — da ist Rhodenfelde. Es soll mich wundern, wie Eugen hier in seinem Hause Ihr Incognito aufrecht erhalten wird. Er wird uns wohl auf die Jagd bringen."

„Wenn Ihr Herr Neffe mich nicht erwartet hat —," bemerkte Hoven zögernd, — „es sollte mir leid thun!"

„Er muß Sie erwartet haben," unterbrach ihn der Andere ruhig, „denn er weiß, daß ich ohne Sie nicht von Dreiheiligen fortgehen werde, und überdies hofft auch, wie er mich gestern merken ließ, Sophie Magdalene, meine Nichte, auf Ihr Erscheinen. Ich beantworte, wie Sie sehen, hier auch noch Ihre eigenen Andeutungen von heut Morgen. Also unbesorgt," brach er lächelnd ab, und seine stillen Augen warfen seinem Begleiter wieder einen jener mild freundlichen Blicke zu, die Hoven bei der ersten Begegnung schon bemerkbar geworden. „Eugen ist ein kluger und kecker Gesell, manchmal mir fast nur ein wenig zu keck."

Der junge Mann hielt sein Pferd ein wenig an, um dem Grafen in einiger Entfernung zu folgen, wie es einem Untergebenen zukam, und musterte dann das Schloß, welches sich, schon länger durch den etwas dünner gewordenen Nebel sichtbar, jetzt mit seinen Nebengebäuden nahe vor ihnen erhob, ein großer Bau in jenem wunderlichen

und barocken und doch nichts weniger als häßlichen soge=
nannten Commodenstil, den wir an manchen größeren
Bauwerken aus der Mitte des vorigen Jahrhunderts noch
heute erhalten finden. Der große, saubere Hof, der eine
vollkommene Uebersicht des Schloßbaues erlaubte, war in
der Mitte mit einem Blumenstücke geschmückt, dessen Ecken
durch prachtvolle alte, zur Form von Kegeln verschnittene
Taxusbäume bezeichnet wurden, und auch in dem Theile
des Parks, der neben dem Schlosse sichtbar wurde, schie=
nen noch Anlagen im französischen Geschmacke vorhanden
zu sein.

Zugleich mit einem Reitknechte, der bei dem Erschei=
nen der Reiter von einem der Ställe herbeieilte, zeigte
sich in der hohen, reichverzierten Thür auch der Schloß=
herr selber, kam die Stufen herab ihnen entgegen und
schüttelte mit heiterem Gruß und Blick erst dem Onkel,
dann dem Fremdling die Hand.

„Das war ein guter Einfall meines Onkels, Sie mit=
zubringen, Herr Müller," sagte der junge Mann unge=
zwungen. „Ohne Compliment, Sie gefallen mir mächtig,
und was Sie vorgestern von Ihren Jagdabenteuern er=
zählten, hat nicht nur mir selbst, sondern auch meiner
Schwester den Mund danach wässern gemacht, einmal mit
Ihnen hinauszukommen. Meine Schwester ist nämlich,
mit Respect zu melden, auch so eine Art Jägersmann,"
setzte er lachend hinzu und fuhr dann fort: „Und da ihr
die Flinten bei euch habt, so denke ich, wir frühstücken
und gehen dann gleich hinaus. Hinein also!"

Er sprach das alles rasch, laut und lebhaft, denn in

der Thür wartete ein Diener, wie es schien, auf das
Näherkommen Graf Eberhard's, um demselben Ueberrock,
Flinte und Jagdtasche abzunehmen, und musterte anscheinend gleichgültig während der mitgetheilten Worte seines
Herrn den ihm unbekannten Hoven. Und nun, da die
Herren in's Haus traten, der Diener wirklich dem Grafen mit großer Raschheit und einer gewissen Geschmeidig-
keit behülflich war und Hoven ein wenig zurückstand, fuhr
Eugen freundlich fort: „Legen Sie ab, Herr Müller.
Mein Onkel hat nichts dagegen, wenn Sie mit uns frühstücken. Ein Jagdfrühstück ist bei uns stets ein gemein-
sames, und wie gesagt, meine Schwester, die sich hoffentlich bald zeigen wird, will Sie auch kennen lernen. —
Hier herein!" — Und er stieß die Thüre zu einem prachtvoll mit Stuccatur-Arbeit verzierten Gemache auf, wo ein
kleiner Tisch mit vier Couverts belegt und auf das
lockendste mit Wein und kalten Speisen zugerichtet war.

„Ungenirt, Freund Müller," ermunterte Graf Eberhard seinen Begleiter, und sie traten ein. Der Diener
blieb auf die lakonische Weisung seines Herrn: „Wenn
geklingelt wird!" zurück. —

„Was ist denn das?" fragte der Onkel und warf
dem Neffen einen ernsten Blick zu. „Steht es nicht gut
mit dem Menschen, Eugen?"

Dieser zuckte die Achseln. „Ich weiß es nicht," versetzte er gleichgültig, „nur habe ich erfahren, daß der
Bursche neuerdings mehrmals mit den Douaniers im
Gespräch gesehen wurde — dein alter Detlef hat mich
erst gestern wieder darauf aufmerksam gemacht — und

überdies habe ich sein Schleichen, seine sanften Bewegungen, sein gelegentliches Horchen längst nicht mehr leiden können."

„Und wie nimmt er diese Zurücksetzung auf?" fragte der Onkel nachdenklich, indem er zum Tische trat. „Es scheint mir eine Art von Ehrgeiz in ihm zu stecken — oder nenne es Ehrbegierde."

„Nehmen Sie Platz, lieber — Müller, und greift zu, ihr Herren," sprach Eugen, der die That den Worten folgen ließ und die Gläser der anderen Beiden füllte. „Meine Schwester ist in ihrem Gehen und Kommen nicht wohl berechenbar und liebt es nicht, daß man auf sie wartet. — Wie er es nimmt, fragst du?" fuhr er gegen Graf Eberhard gewendet munter fort. „Nun, wie er Lust hat, Onkel. Ich bin nicht Aristokrat im schlimmen Sinne, aber wo meine Neigungen und Gewohnheiten sich mit denen meiner Diener kreuzen, erlaube ich mir, mich selber vorgehen zu lassen. Besonders kann er übrigens nicht verletzt sein, denn ich habe niemals viel Bedienung gebraucht und dieselbe zumal bei Frühstück und Abend-essen, wo man immer gewissermaßen häuslich zusammen ist, stets auf das allerknappste Maß beschränkt. Ich liebe nun einmal die überflüssigen Gesichter und Bewegungen um mich her nicht. Aber wir wollen abbrechen," schloß er lachend. „Als wenn wir keinen besseren Stoff hätten wie die Kaffee-Gesellschaften in den Städten, wo die Frau Basen ihre Mägdenoth verhandeln!"

„Du bist also gestern Abend wirklich noch in Nieder-

Rhoda gewesen?" warf Graf Eberhard hin. „Wie war's? Was für Leute sind diese Franzosen?"

„Angenehme, Onkel! General Renaud ist in der That ein charmanter Mann, und wären sie alle auch nur ähnlich, so würden wir wenig zu hassen haben. Zwei Adjutanten, ein Bataillons-Chef de Bial, Ordonnanz-Offizier des Kaisers, gegenwärtig in Ungnade, wie die Tante mir erzählte, und daher in die Wüste verbannt; dann ein junger Hauptmann Waldkirch von den West-falen — hübsche Leute und umgänglich, heitere Gesellen, so viel ich bemerken konnte."

„Waldkirch, Karl Waldkirch? Etwa dreiundzwanzig Jahre alt?" fragte Hoven plötzlich, sichtbar interessirt.

„So ungefähr — ja. Seinen Vornamen weiß ich aber nicht. Weßhalb fragen Sie, Freund?" versetzte Eugen.

„Hm, weil ich ihn zu kennen glaube. Sein Vater muß der Notar Waldkirch, früher in Hameln, jetzt glaub' ich, in Lüneburg, sein — ein Ehrenmann, meine Herren! — Und der Sohn jetzt Offizier bei den Fremden?"

„Er würde Sie also kennen?" fragte Eugen rasch, aber gedämpft. Sein Blick ruhte dabei auf einer Ne-benthür.

„Das wäre wenigstens nicht unmöglich," meinte Hoven nachdenklich. „Der, den ich im Sinne habe, war zum mindesten in der Begleitung des Vaters, als ich denselben vor sechs Jahren zuerst kennen lernte, ein schö-ner, heiterer Knabe von sechszehn, siebzehn Jahren, der eben nach Göttingen auf die Universität wollte und ein

glühendes Herz für das Vaterland und seine Schmach hatte.
Daher kann ich es auch wieder kaum glauben, daß er
etzt im Dienste der Fremden sein sollte.“

Graf Eberhard wiegte leise den grauen Kopf. „Mein
Lieber,“ sagte er, „wer kann in unserer Zeit noch nach
Glauben oder Nichtglauben urtheilen, wo alles Unglaub=
liche glaublich und alles Glaubliche unglaublich gewor=
den! Andererseits, ihr Herren,“ setzte er mild lächelnd
hinzu, „bin ich in meinem Alter dahin gekommen, nicht
so leicht und am wenigsten nach dem ersten Anschein zu
verdammen, und wenn ihr jungen Leute vor eures Glei=
chen einen großen Schritt voraus haben wollt, so folgt
ihr mir darin schon jetzt, wie ihr später, wenn ihr billig
seid, doch dahin kommen werdet, und erspart euch damit
eine Masse trauriger Täuschungen und bitterer Gewissens=
bisse. Gesetzt, es wäre, wie Sie glauben, mein Freund
— wer weiß, wie der junge Mann zu dieser Carriere
gekommen und wie es in seinem Inneren aussieht? Es
ist leicht zu sagen, niemand solle seiner Ueberzeugung
untreu werden. Wie viele sind's denn, die heut zu Tage
derselben immer folgen, ihr immer Raum schaffen können,
sich niemals beugen und in die Umstände schicken müssen?
Doch lassen wir das gehen,“ unterbrach er sich und redete
dann mit der gleichen Freundlichkeit und Ruhe weiter,
obgleich ihm nicht entgangen sein konnte, daß Hoven's
Gesicht bei seinen Worten den Ausdruck einer gewissen
Unzufriedenheit angenommen hatte und auch Eugen's
Blicke eine Art von Unbehaglichkeit verriethen. „Lassen
wir das alles,“ sprach er, „und denken für jetzt nur dar=

an, daß es unter diesen Umständen gerathen sein möchte,
eine Begegnung zwischen Ihnen und dem Adjutanten un=
möglich zu machen. — Wann erwartest du den Besuch,
Eugen?"

„Heut' oder morgen, Onkel," lautete die Antwort.
„Freund Müller — Sie sehen, ich brauche den Namen
oft," unterbrach er sich lachend, „damit ich mir denselben
geläufig genug mache, um auch anderwärts mich nicht
einmal zu vergaloppiren. Ich bin ein leichtsinniger
Gesell! — Freund Müller, wollt' ich sagen, wird uns ein
paar Tage in Rhodenfelde ganz willkommen sein und ich
hafte für seine Sicherheit."

Graf Eberhard rückte den Stuhl und stand auf.

„Das dürfte kaum möglich sein, da unser Gast an
die Abreise denkt, aber wir können dies alles besser
draußen bereden," sagte er, während die beiden jüngeren
Männer seinem Beispiele folgten und einen langen, ernst=
freundlichen Blick austauschten. „Jetzt — wo bleibt
deine Schwester?"

Eugen zuckte lächelnd die Achseln. „Gott weiß!"
meinte er. „Hat sie ihre Jagdgarderobe nicht in Ord=
nung, oder will sie sich besonders schön machen, oder
treibt sie sich im Nebel umher! Wir wollen sie aber
rufen lassen —"

„Nicht doch, nicht doch, Eugen!" fiel ihm der Onkel
in's Wort. „Sie kommt schon, und uns drängt ja nichts,
denn im Ernst wird an die Jagd wenig zu denken sein.
— Laßt uns einmal anstoßen," fuhr er fort und füllte
die Gläser, denn die Drei standen noch am Tische, und

schob die gefüllten den Anderen hin. „Einer Ansicht
können wir nicht überall sein, wir sind zu verschieden
dazu, ihr Herren, und vor allen Dingen und zuerst blei=
ben wir Menschen. Aber eines Sinnes sind wir, das ist
die Hauptsache. Und darum — Einigkeit ohne Mißver=
ständnisse!" — Er hielt lächelnd das Glas den Beiden
hin, und sie stießen leise an und tranken aus. Hoven
blickte fast bewegt auf den ergrauten Mann mit den mil=
den, freundlichen und treuen Augen, und auch Eugen
schaute den Onkel zärtlich an und drückte und schüttelte
über den Tisch hin seine Hand.

Graf Eberhard ging nach seiner Pfeife, die er auf
ein Nebentischchen gelegt. „Weißt du den Grund des
Besuchs bei mir?" fragte er währenddessen, „oder ist's
nur einer der gewöhnlichen Einfälle Hebe's?"

„Nicht doch, Onkel," entgegnete Eugen lebhaft. „Re=
naub hat von eurem Rencontre mit dem Douanier gehört
und will das entschuldigen. Ich wiederhole — es ist ein
liebenswürdiger und einsichtiger Mann, dieser General,
der die prekären Zustände hier zu Lande und in Deutsch=
land überhaupt weder verkennt, noch unterschätzt."

„Danach hätten wir für Vater Steffen keinerlei Un=
annehmlichkeit zu erwarten?" fragte der Onkel wieder,
der jetzt die Pfeife in Brand gesetzt und für die lange,
schmächtige und ein wenig gebeugte Gestalt die Ecke eines
Tisches in der Nähe des Fensters zum bequemen Sitz ge=
wählt hatte.

„Gewiß nicht!" lautete die Antwort. „Er scheint
nur neugierig auf den Alten, von dem er begreiflicher

Weise häufig zu hören haben wird. Sie sind ihm ja selber begegnet," wandte sich Eugen an Hoven, der zu ihnen getreten war, "aber so recht werden Sie ihn nicht kennen gelernt haben. Es ist ein Original ersten Ranges und ein durchaus wunderbarer Mensch, unser Vater Steffen!"

"Wir sprachen unterwegs von ihm und seinem Einfluß, und auch Rettfeld hat mich schon auf ihn aufmerksam gemacht," entgegnete Hoven. "Ich sagte vorhin, daß er mir wie ein Halbwahnsinniger erschienen sei oder, noch schlimmer, wie ein Komödiant. Er gab mir eine Art Prophezeiung über den Untergang der französischen Armee zum Besten, die eben so wie sein Benehmen dabei seltsam genug war, auf mich aber einen mehr abstoßenden als überzeugenden Eindruck machte. Und obschon Sie mich eines Besseren überführen wollten, lieber Graf," fügte er gegen den Onkel gewendet hinzu, — "mich würde er sich schwerlich zum Anhänger gewinnen."

"Weil Sie hier nicht leben und ihn näher beobachten können, weil Sie diese Art vielleicht noch niemals kennen gelernt haben," bemerkte Eugen lebhaft. "Hier, bei uns, finden Sie keinen Ungläubigen. Man muß dem Alten glauben."

"Sie auch? Ihr Onkel, überhaupt Gebildete?" fragte Hoven kopfschüttelnd. "Wie rechtfertigen Sie solchen Aberglauben?"

"Aberglauben? Was nennen Sie so?" erwiderte Eugen rasch und ernst, während Graf Eberhard zustimmend den Kopf neigte. "Wir hier an der Küste wissen

das, was der Schäfer uns zeigt, nicht zu erklären, aber
wir wagen es noch weniger zu leugnen — es beweis't
seine Wahrheit oder Existenz, wie Sie wollen, gar zu
unwiderleglich. Der Schäfer ist nicht der Einzige, wohl
aber der Erste seiner Art. Seines Gleichen gibt es hier
manche, ihm gleich kommt darum doch keiner, weder an
Besonderheit und Größe dieser Gabe, noch an Zutrauen
des Volkes, noch an innerer Tüchtigkeit, an Herz, Kopf
und Charakter, ja, sagen Sie nur: an ächt humaner Bil=
dung, die ihn seine Gaben niemals mißbrauchen läßt. —

„Vater Steffen," redete der junge Mann mit dem
Tone der ernstesten Ueberzeugung gegen den sichtbar im=
mer erstaunter horchenden Hoven gewendet weiter, „hat
einfach die Gabe des zweiten Gesichts in ungewöhnlich
hohem Grade. Er sieht nicht, wie Andere, nur hin und
wider in die Zukunft eines Einzelnen, sondern häufig
genug. Er sagt, wenn er sich zu dergleichen Offenbarun=
gen herbeiläßt, mit bisher fast stets untrüglicher Sicher=
heit den Tod des Einen oder Anderen voraus, mit allen
Nebenumständen, auf die Stunde. Er hat nebenher aber
auch eine ganz eigene prophetische Begabung und schon
Dinge voraus verkündigt, von denen niemand außer ihm,
wußte, an die niemand dachte oder glaubte. Und endlich
mein Herr, der Alte hat auch die Fähigkeit, zuweilen nicht
allein seine Bekannten und Freunde, sondern auch andere
Menschen, die er selber bis dahin niemals gesehen, durch
alle Ferne zu beobachten, sie handelnd vor sich zu schauen
— eine Art menschlicher Fata Morgana, mein Freund.
Er gesteht übrigens selber zu, daß dieses letztere Gesicht,

um es so zu nennen, nur in ganz besonderen Fällen und zu ganz besonderen Stunden über ihn komme, und zwar stets ihm etwas mittheile, das für ihn selbst oder diejenigen, die ihm am nächsten stehen, von Wichtigkeit sei. — Es ist, wie er mir einmal bekannt hat, denn ich bin sein großer Günstling — dann auch sehr selten etwas Zusammenhängendes und Dauerndes, vielmehr meistens nur ein einziger Moment, ein jäh aufleuchtendes und wieder verlöschendes Licht, in welchem das Geschaute hell vor ihm steht."

„Und Sie glauben wirklich an dies alles?" fragte Hoven nach einer langen Pause, zweifelvoll den Kopf schüttelnd, während er doch sich des Eindrucks nicht ganz zu erwehren vermochte, den nicht allein die Mittheilung selbst, sondern auch und mehr noch die ganze Haltung, die ganze, von tiefster Ueberzeugung redende Weise des Erzählers auf jeden Zuhörer hervorbringen mußte, der überhaupt einer ernsten Theilnahme für solche Gegenstände fähig war.

„Wir müssen wohl daran glauben, mein Freund!" antwortete Eugen womöglich noch ernster. „Es ist, wie hundert Fälle beweisen, hier von keinerlei Täuschung, weder von absichtlicher noch von unabsichtlicher die Rede, der alte Mann und seine Weise lassen solchen Verdacht auch gar nicht aufkommen, und vor allen Dingen — er ist nichts weniger als prahlerisch mit seiner Gabe und seinen Enthüllungen, sondern geradezu scheu und recht eigentlich, was ich schamhaft nennen möchte, und durch und durch einfach — eine Scheu vor der Heiligkeit und

Majestät des Todes beherrscht ihn. Weniger zurückhaltend ist er mit seinen anderen Gesichten, und am wenigsten mit dem, was er den Franzosen prophezeit. Das hat er auch nicht nöthig, denn das Volk behauptet, in dieser Richtung noch genug andere Anzeichen zu haben, nach denen es schließt. — Hat dir schon jemand von Drohin gesagt, Onkel?" wandte er sich an diesen.

Der Herr schüttelte den Kopf. „Nichts!" sagte er. „Hat man was gehört und wer? Ich bin gestern wenig hinausgekommen und habe selbst Detlef kaum gesprochen."

„Nun," — und Eugen wandte sich gegen den Gast zurück, „wir haben hier eine Sage, die an des Rodensteiners Zug vom Schnellert zum Rodenstein erinnert. Nahe hinter Dreiheiligen sind einige Hügel, auf deren höchstem noch ein alter Thurm als Rest des Schlosses und Dorfes Drohin steht, das im dreißigjährigen Kriege zerstört wurde. Links davon, gegen Nordwesten, ist ein Dorf — Lehrsdorf — mit der schönen Ruine eines früheren Nonnenklosters, dem seiner Zeit fast die ganze Umgegend gehört haben soll. Die eigentliche Sage erzählt Ihnen mein Onkel ein anderes Mal. Jetzt nur so viel: Wenn dem Lande, oder auch unserem Geschlecht, etwas Eingreifendes bevorsteht, sieht man von Drohin einen reisigen Zug dem Kloster zureiten, dessen Hörner, je nachdem es Unglück oder Glück verkünden soll, in Trauertönen oder Sieges-Fanfaren sich hören lassen oder auch ganz schweigen. Und da hat meines Onkels Müller, der von Unterwick in der Donnerstag-Nacht nach Dreiheiligen heimfuhr, wie er mir gestern sagte, den Freudenzug

gesehen und den Siegesmarsch gehört — das heißt für's
Volk, daß wir über's Jahr um diese Zeit schon des Sieges froh geworden. — Derartiges gibt es hier noch mehr,
Herr Müller," setzte der junge Graf lächelnd hinzu, „und
es finden sich unter uns Leute, die auch daran glauben,
obgleich ich mich selber nicht zu ihnen zählen kann. Meine
Tante Hebe zum Beispiel war ganz überrascht, als ich
ihr gestern Abend davon sagte —"

„Was du wohl alles geschwatzt haben magst!" fiel
ihm Graf Eberhard lächelnd in's Wort, dem die neue
Wendung des Gesprächs besser zu behagen schien, und
indem er sich von seinem Sitz aufrichtete. „Du und
Hebe, wenn ihr Beiden zusammenkommt, könnt schon
etwas leisten an Plaudern und Unterhalten. In Nieder-
Rhoda ist ein derartiges Intermezzo freilich zuweilen auch
nöthig und wohlthätig."

„Gestern Abend nicht, Onkel!" lachte Eugen. „Wäre
der Großvater nicht gar so verstimmt erschienen — die
Tante ließ mich merken, daß von Steffen die Rede gewesen — so würde man's in der That haben charmant
nennen müssen. Es war ohnehin schon animirt genug,
wir haben viel gelacht, die Tante war strahlend, und
selbst Cousine Stephanie weniger langweilig, als man
sie mir geschildert. Wenn wir's nur noch arrangiren
könnten, daß Sie meine Tante kennen lernten, lieber
Freund!" wandte er sich wieder an Hoven. „Etwas Ver-
führerischeres und Hinreißenderes kann man sich nicht
denken, als Tante Hebe in ihren guten —"

Ein lauter Ruf einer weiblichen Stimme, dem einige fast eben so laute, anscheinend drohende Worte folgten, ließ ihn plötzlich abbrechen und der Thür zueilen, hinter der man die Töne vernommen hatte. „Meine Schwester hat ihn attrapirt, glaub' ich!" rief er dabei und riß die Thür auf.

———

Fünftes Kapitel.

Sophie Magdalene.

Er zog mit meinem Willen dahin,
Er hat mein Herz für eigen,
Viel guts ich mich zu im versich,
Trew Dienst im zu erzeigen.
Kein Falschheit er an mir erkannt,
An meinem ganzen Leibe;
Noch ist der Knab so wol gemut,
Nem nicht für ihn des Keysers Gut,
Vergiß mein nicht im Herzen.
Ambraser Liederbuch.

Es war eine seltsame Scene, die sich den Augen der drei Herren darbot, als Eugen die Thür aufgerissen hatte.

In einem noch größeren, saalartigen Zimmer, dessen gleichfalls überreiche Stuccaturarbeit eben durch einen von der Seite hereinfallenden Sonnenstrahl erleuchtet wurde, denn sie reichte mit ihren Blumengewinden bis auf die halbe Wandhöhe herab, — stand ein wenig seitwärts die Gestalt des Dieners, der vorhin die Fremden empfangen hatte. Der Mensch war so zu sagen ganz zusammengeschmiegt, die hellblaue Livrée schlotterte um die Glieder und die Arme hingen wie zerbrochen. Sein

Kopf mit sauber gepflegtem dunklen Haar war vornüber=
gesunken, so daß selbst Eugen sein Gesicht nicht sogleich
sehen konnte.

Ihm gegenüber und gerade vor der Thür, so daß
sie in der Oeffnung und auf dem Hintergrunde der Wand,
welche von den Blumengewinden von Stuccaturarbeit bis
auf die Holztäfelung drunter hinab mit einer eigenthüm=
lich schönen, farbenreichen Tapete bedeckt war, wie ein
Bild im Rahmen erschien, zeigte sich die Gestalt eines
jungen Mädchens in einem reichen und phantastischen
Reit= oder Jagd=Costume. Braune Locken drängten sich
unter einem Barett mit Federn hervor und umgaben ein
Gesicht, dessen leuchtende Röthe und gespannte Züge von
der augenblicklichen Aufregung seiner Besitzerin Kunde
gaben; eben so dunkle, große Augen wandten sich eben
von dem überraschten Diener auf Eugen und die geöffnete
Thür, durch welche sie mit blitzendem Blick zu Graf Eber=
hard und Hoven hinüberglitten. Ein Arm, dessen schlanke
und doch volle Form durch das eng anschließende Gewand
zu erkennen war, zeigte sich leicht erhoben, und die kleine
Hand hielt eine Reitpeitsche.

„Ich glaube gar, du willst dich noch vertheidigen,
noch leugnen, armseliger Mensch!" sagte sie eben, den
Blick, wie schon bemerkt, von dem Ertappten fort und
in's Zimmer wendend, und setzte dann, gegen die drei
Herren gewendet, hinzu: „Ich beobachtete den Elenden
von der Flurthür aus schon eine ganze Weile lang, wie
er horchte. Ich freue mich des Einfalls, hier durch zu
gehen, nun hat die Heuchelei einmal ein Ende."

Graf Eugen nickte ihr freundlich zu und richtete sein Auge dann mit einem strengen Blick auf den Diener, welcher eben den seinen mit einem ungewissen Ausdruck zu ihm zu erheben wagte. „Was du eigentlich erhorchen möchtest, weiß ich nicht," sagte er ruhig. „Ich habe es dir aber schon neulich einmal bemerklich gemacht, daß ich in meinem Dienste keine Horcher und Herumtreiber brauche. Schicke einen Anderen in's Vorzimmer. Lasse dir vom Verwalter auszahlen, was dir zukommt, packe deine Sachen zusammen und geh'."

„Heut schon?" fragte der Diener in einem gewissen trotzigen Ton und mit einem Blick, in dem alles Andere eher, als Demuth oder Zerknirschung zu lesen war.

„Heut schon?" versetzte Eugen wieder ruhig. „Der Verwalter wird deine Effecten an den Ort schaffen lassen, den du angibst. Komm', Sophie Magdalene!" — Und als er die Thür hinter der Eintretenden zugezogen hatte, ging er ihr rasch nach und ihre Hand fassend und sie zu Hoven heranziehend, sprach er heiter und mit schelmischem Blick: „Nicht wahr, Schwester, du wirst dich freuen, den Herrn Müller kennen zu lernen, von dem ich dir gestern so viel erzählt habe?"

Sie warf die Peitsche und die Stulphandschuh auf den Tisch und bot Hoven rasch die kleine, ungewöhnlich feste Hand und einen hellen, blitzenden Blick, als wolle sie den Fremdling im ersten Moment schon ganz kennen lernen, möchte man sagen; so durchdringend ruhten die braunen Augen auf ihm, so maßen sie ihn, daß ihnen nicht die geringste Einzelheit seines Aeußeren entging.

„Seien Sie mir von Herzen willkommen bei uns!"
sagte sie lebhaft und mit aufsteigendem, freundlichem Lä=
cheln, und dann wandte sie sich dem Oheim zu, dessen
Blicke bisher mit einer wahrhaft leuchtenden Zärtlichkeit
jeder ihrer Bewegungen gefolgt waren, schlang schnell
beide Arme um seinen Hals, küßte ihn und redete mit
innigem Ton: „Onkel Eberhard, warum seh' ich dich gar
nicht mehr? Ich habe mich so nach dir gesehnt!"

„Ja, und ich wohne so ganz aus der Welt — gar
nicht zu erreichen," versetzte er neckend, während er die
schlanke Gestalt in seinem Arm hielt und ihr zärtlich in
die schönen Augen schaute.

„Den Eugen rufst du, aber mich nicht!" sagte sie
schmollend. „Und doch geht's mich noch mehr an, als
ihn, was du mitzutheilen hattest!" — Ihr Blick flog zu
Hoven hinüber.

„Und nun, da du mich so nahe hast, kannst du dich
nicht zu mir finden. Wir frühstücken, wir plaudern,
Gott weiß wie lange, — das Dämchen macht Toilette
und ist eitel wie ein junger Husaren=Offizier. Man
sieht's wohl, was man von deiner Sehnsucht zu halten
hat." —

„Toilette?" rief sie, „o, wie Unrecht du mir thust!
Wenn Eugen nichts davon gesagt hat, so könntest du's
ohnehin wissen, was mich heut, am Samstag=Morgen, be=
schäftigt. Meine Armen dürfen selbst um dich nicht zu
kurz kommen, Onkel. — Ich war in so himmlisch froher,
heiterer Stimmung!" setzte sie hinzu. „Wie ich die Treppe
herabkam, fiel ein so glänzender Sonnenstrahl durch die

Fenster und die Parkbäume wickelten sich so munter aus dem Nebel — es wird ein prachtvoller Tag! — Und nun muß mir das mit dem armseligen Menschen alle Lust verderben!" — Sie trat von dem Oheim fort und nahm das auf den Tisch Gelegte wieder an sich. Die Reitpeitsche schlug ungeduldig gegen das blaßgrüne Kleid, das in schweren, vollen Falten von der geschmeidigen Taille herabsank.

„Du hast ihn wirklich ertappt?" fragte Eugen.

„Gewiß! Mit dem Aug' am Schlüsselloch!" versetzte sie. „Hat er was gewittert? Hat man ihm einen Wink gegeben, daß —"

„Was? Bisher kann unser Freund hier noch keinen Verdacht erregt haben."

„Wer weiß!" sagte Graf Eberhard kopfschüttelnd. „Jedenfalls wäre ich weniger rasch gewesen, als du, Eugen. Du hättest den Burschen immer noch da und unter den Augen behalten sollen." — Und indem er die Mütze vom Tische nahm und einen Blick aus dem Fenster warf, wo der Sonnenschein jetzt den ganzen Hof bedeckte und die Taxus-Obelisken ordentlich hell glänzen ließ, setzte er hinzu: „Laß die Pferde kommen, Eugen. Was wollen wir da im Zimmer hocken!"

„Ja, hinaus, hinaus!" fiel Sophie Magdalene ein und schüttelte den Kopf, daß die braunen Locken zurückflatterten. „Ich muß den Druck wieder abstreifen! Der Tag verspricht so schön zu werden!"

„Nicht wahr, Herr Müller — wir sind hier zu Lande seltsame Menschen?" sagte Eugen, der zugleich mit seinen

Worten aber zum Klingelzuge ging und dem eintretenden
Diener die gewünschte Weisung gab. — „Wie viele ru=
hige Minuten hat man Ihnen seit Ihrer Ankunft ge=
gönnt?" fuhr er zurückkehrend fort. „Bei uns ist man
immer unterwegs."

Hoven hatte, seit dem Eintritt und der folgenden
Begrüßung des Mädchens, seine Augen wenig von ihr
gewandt. Sein Blick, der die anmuthige und nicht ge=
wöhnliche Erscheinung bei jedem raschen Wort, bei jeder
eben so raschen, man möchte sagen energischen Bewegung
verfolgte, verrieth ein Interesse, das weder von den bei=
den Männern, noch von der Beobachteten selber unbe=
merkt bleiben konnte und sogar ein paarmal ein flüchtiges
Roth über die Wangen des Mädchens hatte strahlen las=
sen, ohne daß es jedoch anscheinend der Einen oder den
Anderen mißfällig geworden wäre. Jetzt wandte er sich
dem jungen Grafen zu, und indem sein dunkles Auge
ungewöhnlich freundlich blickte, versetzte er: „Nun, Herr
Graf, das ist mir am wenigsten etwas Neues. Ich bin
ja ein ewiger Wanderer, und wo man mich in Ruhe
läßt, mache ich mir selber Bewegung. Mir ist's nicht
allein um die Leute zu thun," fügte er lächelnd hinzu;
„das Land interessirt mich eben so sehr, und ein heiterer
Ritt durch solchen Morgen und in solcher Gesellschaft ist
für mich nun gar ein Genuß, der mir zu selten zu Theil
wird, um ihn nicht auf's höchste zu schätzen."

„So kommt," sprach Graf Eberhard; „ich sehe die
Pferde vorbeiführen. Wir steigen am Gartensaale auf."
— Und während er den Anderen voran in das Gemach

schritt, an dessen Thür Sophie Magdalene vorhin den
Diener horchend gefunden, redete er zu Hoven gewendet,
der ihm zunächst folgte und mit bewundernderm Blick den
von uns schon angedeuteten Schmuck des schönen Raumes
überflog, auf die Tapeten deutend, weiter: „Sehen Sie
sich das nur recht an, lieber Freund. Es zeugt von
großer Ausdauer, von heiterster Arbeitslust und häuslich=
stem Sinn, denn die Tapeten sind Stickereien der beiden
Hausfrauen von Rhodenfelde; und als meine Schwester
das letzte Stück dort über dem Kamin fertig hatte, da
starb sie. Kommt aber,“ fuhr er zu den Anderen fort,
die stehen geblieben und mit den Blicken seiner deutenden
Hand gefolgt waren. „Wir wollen uns nicht durch Er=
innerungen ˙trübe stimmen lassen. Die Gegenwart ver=
langt uns ohnehin ganz.“ —

Und er schritt zur Thür, die hier über einige Stufen
hinab in den Garten führte. Drunten hielten schon die
Pferde.

Sie ritten noch eine geraume Zeit durch Park=An=
lagen hin, die, je weiter vom Schlosse, desto freier und
ungekünstelter, in natürlicher Anmuth sich entfalteten, und
als sie das durch eine niedrige, von Epheu und wildem
Wein dicht überhangene Mauer bezeichnete Ende erreicht
hatten und durch ein Thor in's Freie gelangt waren,
hielt Sophie Magdalene, welche bis dahin die Spitze ge=
habt, ihr Pferd so weit an, daß der zunächst reitende
Hoven an ihre Seite gelangte, und dann sagte sie mun=
ter: „Lassen wir Onkel und Bruder dahinten in ihrem
Gespräch und machen wir Beide einen kecken, lustigen

Ritt, wie ich ihn liebe, Herr von Hoven. Sie sind ja Rittmeister, sagt mir Eugen; da wird Ihnen um das Hinschlendern auch nicht zu thun sein. — Sie wollen unser Land kennen lernen — gut, ich will Sie führen! Aus der Jagd wird doch nichts. Fort!"

Und ohne auf eine Antwort von ihm zu warten, setzte sie ihr Thier in Galopp und flog den Weg entlang, der sich durch eine schöne, wellenförmige, mit noch üppigen Wiesen und kleinen, schon bunt gefärbten Waldstücken geschmückte Gegend links in's Land hineinzog. Hoven hielt sich nahe an ihrer Seite. — Die Anderen waren, wie er bei einem Rückblick sah, ihnen auf die Straße gefolgt, aber sie ritten viel langsamer und waren noch immer im eifrigen Gespräch. Der Nebel hatte sich völlig verzogen.

So ging es eine ganze Weile fort, bis sie in nicht großer Ferne vor sich ein paar gewaltige Tannen thurmgleich über ihre Umgebung von anderen Bäumen hervorragen sahen. Da zügelte das Mädchen ihr schäumendes Pferd, daß es in leichten Trab überging, und dann, während die Wange nicht nur, sondern auch die Stirn und der schlanke, weiße Hals, so viel davon über der Krause sichtbar ward, sich momentan in ein schimmerndes Roth tauchten, wandte sie ihrem Begleiter einen flüchtigen, fast scheuen Blick zu, erhob die Hand, deutete mit der Peitsche zu den Tannen hinüber und sprach gedämpft: „Das ist Kettenhof!" — Und nach einer kleinen Pause setzte sie noch leiser hinzu: „Eugen sagte, daß Sie mir Grüße zu bringen hätten, Herr von Hoven?"

Er schaute sie einen Augenblick lächelnd an, bevor er versetzte: „Die allertreuesten, gnädige Gräfin."

„O, wie habe ich mich gesehnt, Sie zu sehen!" sprach sie. „Ich wollt' es kaum glauben, als Eugen die Nachricht brachte, daß Sie gestern noch nicht zu uns kommen würden, sondern auf und davon wären, und obendrein noch zweifelte, ob Sie überhaupt herüberkommen möchten und nicht ich vielmehr Sie aufsuchen müßte! — Und nun, da Sie plötzlich da waren, bin ich vor Ihnen fast erschrocken, so prüfend erschienen mir Ihre Blicke!"

„Das waren sie auch, Gräfin," gab er zur Antwort; die Pferde gingen langsamer neben einander hin. „Ich will's Ihnen nur bekennen, daß Leo Rettfeld nicht allein mein alter Freund und Kamerad ist, sondern daß ich ihn wahrhaft lieb habe, bis zur Eifersucht, sage ich Ihnen. Und als er mir von dem sagte, was ihm zumeist am Herzen lag — so sehr, mein' ich fast, daß er mich hauptsächlich deßwegen zu diesem Streifzuge animirte — da betrübte es mich beinahe, daß ich nun den Freund verlieren sollte um jemand, — den ich nicht einmal kannte. Ich schätze Leo sehr hoch, Gräfin," fuhr er ernster fort. „Wir stimmen in unseren Ansichten nicht überall zusammen, allein ich ehre die seinen als die eines der gebietensten, charaktervollsten, liebenswerthesten Menschen, die mir je begegnet sind. Diejenige, der ich ihn gönnen soll, die ich seiner werth achten muß, durfte nur eine Dame sein, welche die meisten ihres Geschlechtes überragte. Ich sage Ihnen das offen und auf alle Gefahr. Ich nahm mir vor, zu prüfen — um so ernster, da mir diese viel-

jährige Trennung, dieser so außerordentlich oft gestörte
briefliche Verkehr, von denen ich erfuhr, es mir nur zu
leicht möglich erscheinen ließen, daß Leo in seiner Ritter-
lichkeit jemand die Treue bewahrt haben möchte, die damit längst nichts mehr anzufangen wüßte. Rechnen Sie
das alles zusammen und gestehen Sie, daß meine Com-
mission, wie ich sie auffaßte, keine angenehme war. Denken Sie dann aber auch, daß Oheim und Bruder vom
ersten Augenblick unserer Bekanntschaft an einen sehr an-
genehmen Eindruck auf mich machten und in mir das
günstigste Vorurtheil erwecken mußten. Und nun —"

„Und nun?" wiederholte sie mit einem halb schelmischen, halb aber auch wieder scheuen Blicke auf den Zau-
bernden. „Wie hab' ich das Examen bestanden, Herr
von Hoven? — Aber was frage ich!" setzte sie mit lei-
sem Kopfschütteln und sinkendem Ton hinzu. „Sie haben
mich wohl angesehen, allein sonst —"

„Doch nicht, Gräfin!" fiel er ihr lebhaft in's Wort.
„Ich muß mit gar vielen Menschen verkehren und bin
häufig genug darauf angewiesen, mir aus allerlei Aeußer-
lichkeiten und sehr geringfügigen weiteren Anzeichen ein
Urtheil zu bilden, von dem zuweilen nicht nur meine
persönliche Sicherheit, sondern auch viel Ernsteres abhängig
ist. Nun hatte mir obendrein Leo Manches von Ihnen
erzählt, kleine Züge aus Ihren früheren Begegnungen,
ein paar Stellen aus den Briefen, die er erhalten, kamen
dazu. Endlich sah ich Sie und hörte Sie. Schon daß
ich so mit Ihnen zu reden wage, Gräfin," brach er ab
— „zeigt das nicht, wie ich von Ihnen denke?"

Sie schüttelte lächelnd den Kopf. „Ich bin gar nicht so leichtsinnig und selbstvertrauend, wie man Ihnen hier vielleicht von mir vorsagen möchte," entgegnete sie. „Da Sie sich einmal als einen so ernsten und strengen Prüfer bekannt haben, werd' ich Ihnen fortan stets mit Bangen und Zagen nahen. Nur in Einem fühl' ich mich im Recht und Sie im Unrecht — daß Sie an meiner Treue zweifeln konnten, Herr von Hoven! Sie kennen nicht mich, aber Sie kennen Leo, und zeichneten ihn, wie er ist. Ist das ein Mensch, den man so leicht aufgibt, dem man die Treue bricht?" — Sie war aus dem anfänglich scherzenden Tone zu immer größerem Ernst übergegangen, und das große, lebhafte, braune Auge ruhte mit festem Blicke auf ihrem Begleiter.

Er schüttelte jetzt gleichfalls leise das Haupt. „Wußte ich denn, ob Leo's Bild, das ich gezeichnet, mit denselben Zügen auch in Ihnen und so fest stehe?" sagte er auch seinerseits wieder ernst, fast finster. „Wäre es das erste Mal gewesen, daß ein trefflicher Mann von einem Mäd= chen aufgegeben wurde — vielleicht gerade, weil er zu vortrefflich für sie war, weil — doch wer will und kann solchen Gründen oder Nichtgründen nachforschen!"

„Und dennoch hatte gerade Leo, dieser Vortrefflichste, mich gewählt, glaubte gerade in mir gefunden zu haben, was er verlangt von derjenigen, der er seine Treue ver= pfänden, seine Ehre anvertrauen, von der er sein Glück erwarten durfte! — Das, Herr von Hoven —"

„Sie meinen, das hätte mir für Sie sprechen müssen, Gräfin? Das that es auch. Allein ich liebe Leo, und

ich liebe ihn um so mehr, da ich ihn, mit Ausnahme der
naturgemäßen größeren Reife, genau so wiederfand, wie
ich ihn vor so vielen Jahren, vor solchen tief einschneiden=
den Ereignissen, vor all der Unruhe, all den Wechselfäl=
len, all den Gefahren eines — wenn er so wollte —
schrankenlosen Lebens kennen gelernt und verlassen. Neben
allem Uebrigen ist Leo ein Hitzkopf, ein heißblütiger
Mensch, ein Phantast, wenn Sie wollen, dem bei Gele=
genheit schon einmal das Herz mit dem Verstande davon=
läuft — früher ist das sicher noch häufiger geschehen, als
jetzt. Wer stand mir dafür, muß ich stets von neuem
fragen, daß er sich hier nicht getäuscht, daß er sich zu
schnell entschieden und dann zu fest gehalten? — Er ist
fünf Jahre fort — eine lange, lange Zeit für das, war
man in der Gesellschaft Treue heißt und als solche ehrt!
Er hat in dieser ganzen Zeit — Sie werden das von
Ihrem Herrn Bruder schon gehört haben — aus des
Heimat kaum so viel Briefe erhalten, wie Jahre vergan=
gen sind —"

„Und doch schrieben wir, so oft sich Gelegenheit bot,"
fiel sie ein. „Aber auch uns geht es nicht besser. Wir
wissen gleichfalls von mehr verloren gegangenen als er=
haltenen Briefen. Aber so schmerzlich das für ihn und
uns ist, — Eins haben wir, was uns über alle Ferne
hinaus an einander bindet, was uns immer in Gemein=
schaft, im Verkehr erhält und uns niemals an einander
irre werden läßt, — halten Sie mich für keine Schwär=
merin, Herr von Hoven!" unterbrach sie sich mit glühen=
den Wangen, und dem sie mit Theilnahme betrachtenden

Manne war es, als säh' er plötzlich das so heitere, muthige Auge feucht werden. „Das bin ich nicht, gar nicht, Herr von Hoven! Ich bin nur ein wildes Mädchen, wie sie sagen, und wenig aufgelegt und geschaffen zu Träumen und Phantasieen. Aber das, was Leo und mich an einander hält, verstehe ich doch als etwas Höheres, Schöneres — es ist das, aus dem unsere Liebe hervorgegangen, in dem wir uns vor allem Anderen als Eins kennen lernten und als Eins fühlen — es ist unsere glühende Liebe zu unserem Vaterlande und der eben so glühende Haß gegen seine Unterdrücker."

Die Pferde gingen langsamen Schrittes neben einander hin die Straße entlang, welche die Gesellschaft längst schon wieder von der Aussicht auf Leo's Gut abgeführt hatte und nun in einem, dem früher geschilderten ähnlichen Terrain, durch ein zwar bebautes, aber einsames Land hinführte. — Hoven schaute von dem Mädchen, welches nach den letzten Worten das Auge sinnend zur Ferne gewandt, fort und sich flüchtig um: der Hühnerhund, der den Grafen Eberhard von Dreiheiligen begleitet hatte, streifte ihnen ganz nahe, sein Herr und Eugen erschienen jedoch eben erst in ziemlicher Entfernung auf einer Biegung des Weges, anscheinend noch immer in tiefster Unterhaltung, und von den beiden Dienern, welche vorhin mit den Hunden gefolgt waren, ließ sich noch gar nichts bemerken.

Da drängte Hoven sein Pferd noch etwas näher an das der Gräfin, und indem er die Hand derselben ergriff und flüchtig an die Lippen zog, sagte er innig: „Gott

segne Sie, Gräfin! Ich habe längst nicht mehr gezweifelt,
wissen Sie. Aber ein besseres Zeugniß für die innere
Wahrheit und Schönheit dieses Bundes konnte ich nicht
erhalten. Sie haben fast mit denselben Worten zu mir
geredet, die Leo am letzten Abend zu mir sprach, da wir
vor vier Wochen von einander schieden."

Sie schaute ihn mit einem lächelnden, seltsam leuch=
tenden Blicke einen Augenblick schweigend an. Dann bot
sie ihm mit rascher Herzlichkeit nochmals die Hand zum
flüchtigen, aber festen Drucke und sprach: „Gott segne
auch Sie, Hoven! Besseres konnten Sie mir gleichfalls
nicht sagen. Das enthält für mich alles, was ich begehrte
und ersehnte, mehr, als mir seine eigenen Briefe, mehr,
als mir die liebevollsten, eingehendsten Schilderungen ge=
währen könnten. — So sind wir einmal, denn Leo ist
ebenso." — Sie trieb ihr Pferd an, daß es im leichten
Trabe weiter ging. Hoven folgte ihr schweigend.

„Es war eine furchtbare Zeit," fing Sophie Mag=
dalene nach einer Weile wieder an und mäßigte den
Schritt des Pferdes, und gegen ihre frühere Angabe klang
aus ihren Worten so gut wie aus ihrer Stimme etwas
Träumerisches an ihres Zuhörers Ohr. „Es war eine
furchtbare Zeit, die von 1806 und 1807, mein Freund,
so schlimm, so lähmend, so hoffnungslos, wie ihr im Felde
es sicher nicht mehr empfunden. Mein Vater war bei
Auerstädt gefallen, von meinem Bruder wußten wir nur,
daß er irgendwo in Sachsen an der schweren Wunde dar=
niederlag, die er erhielt, als er mit seiner Fahne durch
die Saale schwamm; von Onkel Eberhard und Leo hofften

wir, daß sie bei den Resten der Armee sein würden, die
sich nach Preußen zurückzogen; Nachrichten hatten wir
seit den Schlachttagen keine mehr erhalten und nur von
zufällig vorsprechenden Offizieren der bei Halle und Prenz-
lau aufgelösten Corps erfahren, daß Beide nicht bei ihnen
gewesen. Das Land war in schrecklicher Aufregung und
dumpfer Angst, voll von Flüchtigen und Versprengten,
von Gesindel aller Art, die zum Theil scharenweise auf
die Güter und Höfe fielen, zu denen man sich hin und
wider des Schlimmsten versehen konnte. Dann folgten
die Feinde und brachten neue Noth — die Franzosen
selber weniger, die Rheinbunds-Truppen, deren wir viele
vorbei passiren sahen, desto mehr, Banden," setzte das
junge Mädchen hinzu, und ihr Auge wurde drohend und
die Hand ballte sich — „die es darauf abgesehen zu haben
schienen, das Land vollends zu ruiniren und das Volk,
Hoch und Gering, durch ihre Unmenschlichkeit und Brutalität zur Verzweiflung zu bringen."

„Ich kenne sie!" sprach Hofen ernst dazwischen.

Das Mädchen athmete tief, bevor sie weiter redete.
„Ja, lassen wir sie gehen!" sagte sie. — „Ich selbst war
zu jener Zeit und schon seit Jahr und Tag, da all die
Meinigen fern, in Nieder-Rhoda bei meinem Großvater.
Seine Frau — sie war meine Stief-Großmutter — lebte
damals noch, eben so mein Onkel Hektor, der nachher
nach Oesterreich ging und bei Regensburg fiel. Doch
habe ich darüber nichts zu sagen, denn da Sie keinen
dieser Menschen kennen, würde es vergeblich sein, Ihnen
jene Zustände klar zu machen, die mich theils anwiderten,

theils mir ewig unklar blieben. Nur so viel, daß ich
hier einer Gesinnung und Ansichten begegnete, welche denjenigen gerade entgegen gesetzt waren, die mir mein Vater und Onkel Eberhard eingeflößt. Ich verdanke es auch
nur der Wildheit und dem Troze, die man sonst an mir
tadelt, daß ich nicht unterlag, nicht wurde wie sie alle,
sondern mein Vaterland lieb behielt und seine Feinde
haßte. Wie es dort zuging, ersehen Sie daraus, daß ich
im wörtlichsten Sinne des Wortes endlich davonlaufen
mußte, um zu meinem Bruder gelangen zu können, der
im April, noch auf's äußerste geschwächt, anlangte und
meiner Pflege bedurfte. Fortan blieb ich bei ihm und
damit bei jemand, der mit mir übereinstimmte. Das war
aber auch alles, Trost und Erhebung fand ich nicht, denn
Eugen war wie gesagt noch halb todt und im Geiste vielleicht noch mehr gebrochen als am Körper.

„Nach dem Frieden kamen mein Onkel und Leo zurück; der Erstere litt jedoch an schlecht geheilten Wunden,
war schwermüthiger als je und reiste bald wieder in ein
Bad, der Andere blieb wie früher der tägliche Gast unseres Hauses. Wir kannten uns von Kindheit an und
hatten in Scherz und Ernst uns stets gern gehabt. Nun
war ich sechszehn Jahre alt und die einzige Gesunde,
möcht' ich's heißen, die ihm entgegenkam, die Einzige, von
der er sich nicht nur verstanden sah, bei der er vielmehr
auch die eigene Gesinnung und Hoffnung, das ganze
eigene Herz wieder fand. Und er selber war für mich
obendrein der erste Mann, der nicht gebrochen, nicht finster und verzweifelnd war, vielmehr mit eiserner Ent-

schlossenheit an der Ueberzeugung festhielt, daß gerade aus
solcher Noth und Schmach allein unser endliches Glück,
der Sieg hervorgehen müßte; der vermöge seines Na-
turels nicht daheim auf die Zeitigung dieses Glückes und
Sieges warten, sie vielleicht nur im Geheimen befördern
konnte, sondern scharfen Blickes die Ereignisse verfolgte
und, sobald sich nur die Möglichkeit eines neuen Land-
krieges zeigte, mich und alles verließ, um an demselben
Theil zu nehmen.

„So haben wir uns gefunden, Herr von Hoven,"
schloß die Gräfin mit einem ernsten, fast stolzen Lächeln,
obgleich man ihrer Stimme anhörte, wie tief das starke,
junge Herz bewegt sein mochte. „In der gleichen Stunde
da er mir von seinem Entschlusse, nach England zu gehen,
gesagt und mich gefragt hatte, ob ich ihm die Liebe bewahren wollte, die er bei mir vorhanden wußte, ohne
daß wir jemals von ihr geredet — in der gleichen Stunde,
da ich meine Liebe sein nannte und meine Treue ihm
weihte für Zeit und Ewigkeit — da reiste er auch schon
ab, und ich habe ihn seitdem nicht wieder gesehen. Ich
höre selten von ihm und kann ihm nur selten Nachricht
von mir geben. Er ist geächtet, und ich darf von ihm
zu niemand reden, als vielleicht zu Onkel Eberhard und
meinem Bruder einmal. In Nieder-Rhoba darf man
von unserem Bunde nichts ahnen, denn selbst meine
Tante Hebe würde gegen mich sein und mich unbarm-
herzig verspotten. — Und dennoch, Herr von Hoven, dennoch — das thut alles nichts und ist leicht zu ertragen bei dem Bewußtsein, daß wir Eins sind und Eins

bleiben, komme auch, was da wolle. Wir kennen einander!" —

„Schwärmerin!" sagte er mit einem langen, freundlichen und zugleich bewundernden Blick auf das glühende
Kind, dessen Züge eben von einer stolzen Schönheit strahl-
ten, wie er sie bisher in denselben nicht geahnt hatte.

„Schwärmerin?" wiederholte sie mit einem fast fröh-
lichen Kopfschütteln. „O nein! Sagen Sie: Glückliche!
— das trifft zu, denn nun, da ich von ihm und unserer
vollen Einigkeit durch Sie erfahren, da ich mich ausreden
durfte, wie bisher eigentlich noch niemals, da ich weiß,
daß er von mir hören wird — Sie geben ihm schon einmal Nachricht, Herr von Hoven? — nun bin ich wie der
Vogel in der Luft und ich könnte hell hinausjauchzen vor
Glück und Jubel!" — Und indem sie die Zügel anzog,
daß ihr Pferd sich plötzlich bäumte, wandte sie den Kopf
zu den Verwandten zurück, die noch immer weit hinten
ritten, stieß wirklich einen hellen Ruf aus, der in anmuthiger Cadenz durch die stille Luft des sonnigen Herbst-
tages dahinglitt, und sprengte, die Zügel schießen lassend,
im Galopp davon. Hoven hatte Mühe, sie alsbald wieder einzuholen, so rasch war das alles gegangen und so
schnell ihr leichtes Pferd nach vorn geschossen.

Die Reiter hinter ihnen hatten den Ruf vernommen
und ihre Pferde ausgreifen lassen, so daß auch sie sich
schnell dem Paare näherten, und als sich jetzt vor ihnen
ein kleiner Seespiegel zeigte, der anmuthig durch park-
artig vertheilte Wald- und Gebüschpartieen glänzte, zog
Sophie Magdalene die Zügel schon wieder an und sagte

fröhlich: „Hier müssen wir uns wohl einholen und uns
von den gestrengen Herren weiter führen lassen. Da am
See geht's nach Liebensee; dort gerade aus in die Heide
hinein, hier links nach Hause. Sei es, was es sei, Herr
von Hoven — es war ein himmlischer Morgen!"

„Ich werde sein gewiß nicht vergessen," ·versetzte er
bewegt, denn der so sichtbare Herzensjubel des anmuthi=
gen Wesens zumal jetzt und nach alle dem, was er ver=
nommen, sprach auch dem kräftigen, ernsten Manne zu
Herzen. — „Unsereiner," setzte er hinzu, „zählt solche
Stunden. Sie kommen uns noch seltener als Anderen."

Sie warf ihm einen langen, freundlichen Blick zu,
dann aber wandte sie das Auge den nahenden Verwand=
ten entgegen und rief scherzend: „Und die verheißene
Jagd? — Wir warten und spähen, aber die Herren
hetzen ihre Worte und Gedanken, wie es scheint, lieber
als die Hasen!"

„Und ihr Beide reistet inzwischen, glaub' ich, nach
Petersburg," versetzte der jetzt das Pferd zügelnde Onkel;
und je seltener ein solcher Scherz von dem ernst=freund=
lichen Manne ausgehen mochte, und je heiterer der Ton,
in welchem er herausklang, und der Blick, der ihn be=
gleitete, war, desto unwiderstehlicher wirkte das alles auf
die Geschwister nicht nur, sondern auch auf Hoven, so
daß ein munteres Lachen in die sonnige Luft hinaus=
schallte.

Sophie Magdalene war wohl ein wenig roth gewor=
den, allein befangen wurde sie nicht. „Ja," sagte sie mit
einem heiteren Blicke auf ihren Begleiter, und das Lächeln

weilte noch in ihren Zügen, „ich habe dem Herrn da
allerdings eine tüchtige geistige und leibliche Motion gemacht. Aber ich müßte mich sehr irren, Onkel, wenn dir
von Herrn Eugen nicht etwas Aehnliches geworden sein
sollte. Hat er dir nicht Confessionen gemacht über seinen
gestrigen Abend beim Großvater? Cousine Stephanie
scheint einen tiefen Eindruck auf ihn gemacht zu haben."

„Schwester!" mahnte Eugen lachend und zugleich erröthend.

„Bruder — ist's nicht wahr?" fragte sie lustig entgegen. „Warst du nicht heut' den ganzen Morgen, bis
ich dich verließ, zerstreut wie — ein Verliebter? Hast du
mir irgend Rede gestanden, als ich neugierig nach der
vornehmen Cousine fragte? — Vertheidige dich, wenn du
kannst! — Aber zuerst," brach sie ab und gab ihrem un-
geduldigen Pferde einen leichten Ruck — wohin reiten
wir? Mit der Jagd scheint der Herr Bruder es nicht
ernst gemeint zu haben, oder —"

„Das hab' ich freilich, erwiderte er. „Sieh dich um
— da sind die Hunde; denn ich habe, wie immer, zuerst
an meine werthe Schwester gedacht und wollte uns zur
Entree ein paar Hasen hetzen lassen. Nun aber wird es
zu spät werden, wenn wir nachher noch in den Wald
wollen. Ich habe meinem Jäger gestern gesagt, er möge
sich auch nach einem Schwein für uns umsehen, und ich
denke, wir werden ihn am rechten Platze warten finden.
Aber wie das nun auch wird, die Jagd war nicht die
Hauptsache, und hier herum müssen wir so oder so." Und

er lenkte das Pferd in den Weg, der nach des Mädchens Angabe in die Heide führte. —

Sie ritten zusammen weiter und plauderten und lachten, so viel es der schnelle Trab erlaubte. Die strahlende Heiterkeit der Gräfin ließ keinen Ernst aufkommen, selbst der Onkel und Hoven ließen sich willig von ihr fortziehen.

Es ging weiter und weiter durch das Land. Der See mit seinen blitzenden Wassern war längst schon wieder hinter ihnen verschwunden, Wäldchen erhoben sich nach und nach immer gedrängter aus einem ebenen Terrain, das, wie man beim Zurückschauen bemerken konnte, allmälig nach vorn hin abfiel, und gingen endlich rechts in einen ununterbrochenen Forst über, dessen Ende nicht abzusehen war.

Hoven's Blicke musterten unausgesetzt und scharf die Gegend, und endlich warf er gegen Eugen, der jetzt in seiner Nähe ritt, hin: „Ein prachtvolles Terrain für Jäger und Schützen! Jede größere Truppe, die hier durchbrechen wollte, müßte verloren sein."

„Sie werden sich, fürcht' ich, vor dem Versuch auch hüten," versetzte der junge Mann munter. „Ich glaube nicht, daß unsere Gegend der Schauplatz größerer und ernsterer Kämpfe wird, als lustiger Plänkeleien —"

„Meinen Sie? Und doch würde hier ihr nächster Weg sein, einer Vertheidigung Berlins in die Flanke zu kommen! — Die M.'sche Grenze muß nahe sein, nicht?"

„Freilich, Herr von Hoven, ganz nahe. Mein Onkel

ist weithin ihr Nachbar und heißt darum auch wohl der Grenzgraf. — Warten Sie!" — Und nachdem sie, die Pferde in Galopp setzend, an den Anderen vorüber und fünf Minuten weiter geritten waren, zog der Wald sich plötzlich im kurzen Bogen links hinauf, während er rechts gänzlich aufhörte, die Aussicht vor ihnen wurde frei und weit und breit, links schier unabsehbar, öffnete sich die Heide, durch welche Hoven vor einigen Tagen gewandert war.

„Sehen Sie den dunkeln Streifen dort hinten?" sprach Eugen, die Zügel anziehend und mit der erhobenen Hand gerade hinausdeutend. „Das sind Kiefernschonungen, die unser Urgroßvater anlegte, als er Dreiheiligen und damit diese ganze Gegend erwarb. Unmittelbar hinter ihnen ist M.'sches Gebiet."

„Wie weit von hier? Ich orientire mich gern allenthalben," sagte Hoven und ließ das Auge prüfend die Weite durchmessen.

„Hier mögen es immer zwei gute Stunden sein. Dort links, wo es den Teufelsbergen zugeht, verengt sich die Heide etwas." — Und sich zu dem anderen Paare umwendend, das sich langsamer näherte, setzte Eugen hinzu: „Hier müssen wir uns aber wirklich entscheiden, ob unser Ausflug nur ein Spazierritt bleiben soll oder ob wir endlich doch noch meinen Jäger aufsuchen wollen."

Zur Jagd jedoch kam es nicht. Sophie Magdalene meinte, der Morgen sei zu schön, um ihn drinnen im dichten Walde zu verbringen, und des Jagens könnten sie alle noch genug haben. Und Graf Eberhard, der nach

der Uhr gesehen hatte, bemerkte, daß es bei dem bevorstehenden Besuche der Fremden Zeit werde, an die Heimkehr zu denken. — „Wenn ihr euch umkleidet und fahrt,
kommt ihr gerade zur rechten Zeit hinüber," sagte er zu
den Geschwistern. „Hoven und ich reiten gerade durch
den Forst. Ich will den Jäger schon benachrichtigen, daß
er nach Hause gehen kann. — Also auf heiteres Wieder-
sehen in Dreiheiligen!" — Und nach kurzem Abschiede
trennten sie sich, die Geschwister den Weg zurückreitend,
Graf Eberhard und der Gast aber sich dem Walde zuwendend, der sie alsbald in seine Schatten aufnahm.

Sie ritten scharf zu, denn der Weg, den sie zu machen hatten, war nicht kurz, und tauschten eine lange Zeit
nur hin und wider ein einzelnes Wort. Erst als sie
auf der entgegengesetzten Seite das freie Feld wieder erreicht hatten und Dreiheiligen schon vor sich sahen, ließ
der Graf sein Pferd noch einmal langsam gehen und
wandte sich an seinen Begleiter.

„Ich habe vorhin mit Eugen ausführlich geredet,"
sagte er, „und ihn einerseits in Betreff der widerwärtigen Horchergeschichte von heut' Morgen zur Vorsicht ge-
mahnt — wir können derselben hier gar nicht genug
haben, wenn wir wie bisher der guten Sache nützen und
sie fördern wollen — und andererseits mit ihm berathen,
wie wir Ihren Aufenthalt bei uns ungefährlich machen,
mein Freund, denn ein paar Tage, hoffe ich, bleiben Sie
noch? Eugen ist sehr rasch und leider auch sehr leicht."

Hoven neigte das Haupt. „Sie sind sehr gütig,
Herr Graf," versetzte er, „daß Sie so viel an mich den-

len. Da ich aber meine Aufträge ausgerichtet, durch Sie
auch von den hiesigen Zuständen genauer unterrichtet bin,
als es mir häufig anderwärts gelungen, und endlich mit
eigenen Augen gesehen habe, wie es an der Küste steht,
so muß ich wohl, wie ich heut' Morgen gesagt, an den
Aufbruch denken. Man wird drüben so schon nach mir
ausgesehen haben und nicht begreifen, wo ich bleibe. Und
was wir Beide besprochen, drängt."

Der Graf schüttelte heiter ablehnend den Kopf. „Das
gebe ich jetzt nicht mehr zu," meinte er. „Sie sind zu
streng gegen sich und beschneiden Ihre kargen Ferien gar
zu sehr. Denn solche sind's doch, Hoven? — Ueberdies
finde ich, wenn ich meine Ansicht aussprechen soll, eine
solche Eile nicht nöthig, ja ich kann Ihnen für Ihr längeres Verweilen außer dem Ausruhen noch ein zweites
Motiv nennen: Eugen erzählte nämlich, eine wie große
Freude meine Schwester Hebe gehabt, als sie von Ihrem
Hiersein erfahren. Die müssen Sie kennen lernen. Eugen
deutete schon darauf hin und ich bestätige es: es ist eine
Persönlichkeit, wie Ihnen vielleicht keine mehr begegnen
wird, die Liebenswürdigkeit, die lustige Bosheit, die Feinheit und der Intriguengeist des vorigen Jahrhunderts
concentrirt, in Einer Person. — Das wäre eben ein Fe-
riengenuß für Sie, und doch kein leerer und schaler.
Denn meine Schwester kann und will uns allen förder-
licher sein, als Sie vielleicht glauben. Sie erfährt — ich
selbst ahne oft nicht, wie oder woher — viel und erhält
uns auf dem Laufenden bei Personen und Dingen, die
uns ohne solch ein Mittelglied zum Theil ganz unbekannt

bleiben und gefährlich werden könnten. Sie hat ein Recht
auf Ihre Bekanntschaft."

Hoven lächelte. „Ich bin leider ein schlechter Gesell=
schafter für Damen," bemerkte er.

„Das habe ich bei der Unterhaltung mit meiner
Nichte gerade nicht gefunden," wandte der Graf ein.

„Das war etwas Anderes, Herr Graf. Wir hatten
einen anderen Stoff, der uns Beide mächtig interessirte.
Und Ihre Gräfin Nichte ist überdies ein so frisches, fröh=
liches, offenes und doch wieder kräftiges Wesen —"

„So hat Ihnen Sophie Magdalene gefallen?"

„Gefallen? Das ist nicht genug. Ich habe sie be=
wundern gelernt und schätze Leo glücklich, daß er ein
solches Herz, ein solches Gemüth sein eigen nennen darf.
Gott gebe Deutschland viele solcher Frauen, denn solche
Gattinnen und Mütter brauchen wir für uns selbst und
für ein neues, tüchtiges Geschlecht. Ich bin erstaunt,
wiederhole ich, über den Charakter, der mich aus jedem
Worte, aus jedem Blicke ansprach, als sie mir von sich
und den Ihrigen erzählte."

„Ja, es ist eine seltsame Natur," erwiderte der Graf
mit einer gar eigenen, nachdenklichen Freundlichkeit. „Sie
ist heiter und strahlend wie ein Frühlingstag, und wo es
darauf ankommt, fest und kalt wie Eis. Hat sie Ihnen
erzählt, wie sie von ihrem Großvater fortkam?"

„Sie sagte nur, daß sie endlich habe flüchten müssen,
um Ansprüchen zu entgehen —"

„Die unerträglich gewesen sein müssen, ich kenne
meinen alten Vater," fiel Graf Eberhard ein. „Getrotzt

haben ihm leider fast alle die Seinigen, diesen Trotz aber
durchgeführt und zum siegreichen Widerstand erhoben hat
meines Wissens niemand als Sophie Magdalene und —
doch das gehört nicht hieher. Meine Schwester Hebe
schlägt den Alten zuweilen durch Nadelstiche, möcht' ich
sagen, fügt sich aber bei Gelegenheit immer wieder. Meine
Nichte aber siegte im offenen Kampfe. Sie erklärte ge=
rade und fest heraus, daß ihr Platz bei ihrem kranken
Bruder, daß sie bei ihm schicklicher aufgehoben sei als in
Nieder=Rhoda und den dortigen verschrobenen Zuständen.
Und als man sie einsperrte, sprang sie aus dem Fenster
und ging keck am helllichten Tage vom Schlosse nach
Rhobenfelde, ohne daß des alten Herrn Drohungen und
Befehle an seine Diener sie aufzuhalten oder einzuschüch=
tern vermocht hätten. Und sie hat dadurch erreicht, was
keinem Anderen gelang," schloß der Graf. „Wo sie dem
Großvater begegnet, ist er die Höflichkeit selbst; sie hat
ihm imponirt und weiß in aller Kindlichkeit diesen Ein=
druck dauernd zu erhalten. — Doch da sind wir."

Sie waren vor dem Hause in Dreiheiligen wieder
angelangt und saßen ab.

Sechstes Kapitel.

Ein voller Tag.

Schaffet fort am guten Werke
Mit Besonnenheit und Stärke,
Laßt euch nicht das Lob bethören,
Laßt euch nicht den Tadel stören!
Uhland.

Der Besuch, um dessentwillen man die Heimkehr be=
schleunigt hatte, blieb aus, und da keinerlei Botschaft von
Nieder=Rhoda kam, fing Graf Eberhard an, ihn für gänz=
lich aufgehoben zu halten, was auch Eugen, der mit sei=
ner Schwester zur rechten Zeit erschienen war, dagegen
sagen mochte. Man ging endlich zu Tisch und ließ sich,
im Verein mit dem Gaste, so heiter gehen, wie man es
an diesem Tische von jeher gewohnt gewesen, denn der
Hausherr zeigte sich in diesem kleinen Kreise keineswegs
als Hypochonder oder Träumer, wie sein Vater neulich
gegen den General ihn genannt. Und auch des Gastes
wegen brauchte man sich keinen Zwang anzuthun. In
Dreiheiligen gab es nur wenige Diener; sie waren vom
alten Schlage, in der Familie grau geworden, und be=
wahrten die Geheimnisse derselben gegen jeden Fremden

wie ihre eigenen; Hoven saß hier mit ben Anberen so
ruhig zu Tisch, als ob er auch äußerlich burchaus zu
ihnen gehörte, unb gab sich der Unterhaltung, die benn
boch auch andere Bahnen als die der Politik betrat, so
willig unb munter hin, wie man es von dem ernsten
Manne kaum hätte erwarten können. Von seinem Auf=
bruch war nicht mehr gesprochen worden.

Als man ben Kaffee getrunken hatte, trat seine ge=
wöhnliche, ernste unb entschiedene Weise jeboch wieber
hervor. Er erklärte, baß er noch am Abend abreisen
wolle, unb beharrte bei biesem Entschlusse troß aller Ein=
reben mit ruhiger Artigkeit. Für jeßt zog er sich zurück,
um noch ein paar Briefe zu schreiben, die von hier aus
gefahrloser ihren Weg machen konnten, als wenn er sie
während seiner unruhigen unb unsicheren Wanderung
unbekannten Hänben hätte überlassen müssen. — Mit
ihm zerstreute sich auch bie übrige Gesellschaft. Sophie
Magbalene machte einen Gang burch ben Garten, Eugen
wollte ein paar neue Pferbe ansehen, die der Onkel ge=
kauft, unb bieser enblich blieb bei ben Zeitungen sißen,
die man ihm eben gebracht.

Er hatte indessen kaum bas Blatt wirklich zu lesen
begonnen, als seine ruhig klaren Augen plößlich einen
zuerst ernsten, balb immer finstereren Ausbruck annahmen
unb einen Artikel wiederholt burchflogen, der, „Von der
Elbe“ überschrieben, etwa folgenbermaßen lautete:

„Man bemerkte, baß der Verkehr jener wahnsinnigen
Menschen, welche sich beutsche Patrioten zu nennen lie=
ben, mit ben Feinden unseres erhabenen Kaisers schon

seit Beginn des gegenwärtigen Krieges wieder ein sehr lebhafter geworden war und seitdem, trotz der sorgfältigsten Ueberwachung der Grenzen und Küsten sowohl wie der verdächtigen Personen, eher zu- als abgenommen hat. Es finden sich noch immer Verblendete, die diesen Verkehr begünstigen und unterhalten und die Emissäre vor den Behörden zu verbergen wagen. Diesem verrätherischen Treiben muß ein schnelles Ende gemacht werden, und wir fordern die Behörden zum energischen Einschreiten auf, bevor es diesen Menschen wieder gelingt, sich unter den vielen Schwachköpfen auch nur eine Art von weiterem Anhang zu verschaffen, den sie dann mit sich fortziehen in ihr eigenes wohlverdientes Verderben. Wir brauchen unsere Leser wohl nicht erst an jene wahnsinnigen Züge Schill's und Braunschweig's zu erinnern, die so viel Elend über Nord-Deutschland brachten und Strafen zur Folge hatten, welche wir, so nothwendig und gerechtfertigt sie sein mochten, dennoch nur beklagen können, da die meisten Betroffenen, nur von dem Ehrgeiz ihrer Führer fortgerissen, kaum einsahen, wofür sie gestraft wurden. Hüten sich unsere Landsleute, daß sie sich von den Emissären des russisch-asiatischen Barbarismus, von den Sendlingen jener unermüdlichen Conspirateurs, der Stein und Arndt und Anderer desselben Gelichters, zu dem Glauben verleiten lassen, es werde eine Zeit kommen, wo sie der Herrschaft unseres erhabenen Kaisers zu trotzen oder sie gar abzuschütteln vermöchten!

„Das wird nie geschehen, denn die Macht des Kaisers, gegründet auf die Liebe seiner Völker, zu denen jetzt

auch wir uns zählen dürfen, auf die Civilisation gegen=
über der russischen Barbarei, auf die Gewalt seiner un=
besiegbaren Waffen, stand niemals größer, erhabener und
fester da, als eben jetzt. Bald werden auch unsere letzten
Feinde sich beugen; die Russen werden unser schönes
Europa verlassen und in ihre asiatischen Steppen zurück=
weichen, die sie nie hätten verlassen dürfen. Das prahle=
rische Albion wird von seinen unerträglichen Ansprüchen
lassen und demüthig um Frieden bitten, nach dem schon
jetzt seine verhungernden Arbeiter, sein ruinirter Handels=
stand, die Gewerbetreibenden, das ganze Volk seufzt.
Und dann wird der Friede, den unser Kaiser ersehnt, alle
Nationen der Erde verbinden und seine Segnungen auch
über unser armes, zerrissenes Deutschland ausgießen, das
ihrer, trotz der vielen krieglosen Jahre, niemals froh wer=
den durfte unter der Herrschaft von Fürsten, welche nur
an sich und nie an die Völker dachten, die ihrer Hut an=
vertraut waren.

„Wir redeten oben von den Sendlingen, die zwischen
dem feindlichen Lager und den heimischen Conspirateurs
hin= und hergehen und, zumal an den Küsten, Beistand
und Anhang finden, den man bei den, jedermann als
wahnsinnig und aussichtslos einleuchtenden Plänen der
Einen und bei der furchtbaren Gefahr, welche die Ande=
ren, die Hehler, laufen, für geradezu unbegreiflich und
unmöglich erklären müßte, wüßte man nicht, daß Albions
Guineen auf solche armselige und verbrecherische Men=
schen einen unwiderstehlichen Einfluß haben, einen Ein=
fluß, dem selbst sogenannte Hochstehende und Wohlhabende

hie und da unterliegen. Wir sagen nur, was wir vertreten und beweisen können. Der berüchtigte, frühere
preußische Offizier, Rittmeister von H—, ist z. B. vor
einigen Tagen, von Petersburg zurückkehrend, in unserer
Nähe gelandet, durchzieht Nord-Deutschland, man möchte
glauben, zum Zweck von Terrainstudien, so genau sucht
er sich über die durchzogenen Gegenden zu orientiren, und
weiß sich bisher mit Hülfe gleich verrätherisch Gesinnter
allen Verfolgungen zu entziehen. Trotzdem ist man ihm
auf der Spur und wird ihn nicht wieder aus den Händen lassen. Zuletzt sah man ihn als Probenreiter, an-
geblich für ein Braunschweiger Haus, zu Pferd in der
Nähe von N. — Wir erhalten diese Nachrichten von
einem treuen Unterthan des Kaisers, der den Frechen
selber gesehen und erkannt hat." —

Graf Eberhard las den Artikel zum dritten Male
durch, bevor er das Blatt auf den Tisch legte, aufstand
und, in finsteren Gedanken am Fenster stehend, auf den,
von der schon tief stehenden Sonne freundlich überstrahl-
ten stillen Hof schaute. Der Herr hatte wohl ein Recht
zum Nachdenken. War dieser Artikel des sonst überaus
scheuen und niemals in ähnlicher Weise perorirenden Blat-
tes ernst gemeint oder trotz des Inhalts nur als eine
Art von Warnung geschrieben, wie das dazumal häufiger
vorkam, als man denken sollte? — War der zuletzt Be-
sprochene, trotz des zustimmenden H—, überhaupt sein
Gast? Hoven hatte wenigstens nichts davon erwähnt,
daß er vor der Maske des reisenden Jägers noch eine

andere getragen. — Und dennoch, auch alle Neben-Um-
stände paßten, und diese Anrufung der Behörden —

Der Graf wandte sich haftig, als dächte er plötzlich
an etwas Vergessenes, wieder dem Tische zu, wo die Zeitungen lagen, und griff nach dem Kreisblatte, in welchem
die Erlasse der Regierung in deutscher und französischer
Sprache zu finden waren, und er hatte kaum die zweite
Seite aufgeschlagen, so haften seine Augen auf dem

„Steckbrief.“

„Der frühere preußische Rittmeister von Hoven,
später betheiligt an dem Zuge des Generals von
Braunschweig und in Folge dessen in contumaciam
zum Tode verurtheilt, ist zwischen dem 15. und
20. h. in Travemünde gelandet und seitdem auf
dem Wege nach Berlin durch — mehrfach gesehen
und auch verfolgt worden, ohne daß man seiner
bisher habhaft werden konnte. Er reist bald zu
Pferde, bald zu Fuß. Zuletzt sah man ihn an-
geblich in der Nähe von N., doch hat er diese
Stadt vermuthlich nicht passirt, sondern sie auf dem
Wege nach D. umgangen. Er gab sich für einen
Handlungs = Reisenden der Gebrüder Bröber in
Braunschweig aus und führte auch einen dahin
lautenden Paß, der offenbar gefälscht oder dem
richtigen Besitzer entwendet sein muß.

„Gestalt — fest; Größe etwa 5 Fuß 7—8 Zoll;
Gesichtsfarbe — gebräunt; Haare — braun; Augen
— dunkel; Alter — einige dreißig Jahre; beson-

dere Kennzeichen — sind nicht anzugeben. Er trug, als man ihn zuletzt sah, einen dunklen Rock vom sogenannten deutschen Schnitt, sammet-manchesterne schwarze Beinkleider und Reit-Gamaschen von einer hellen, staub-grauen Farbe, auf dem Kopf eine grün-lederne Mütze mit Klappen zum Auf- und Niederschlagen. Gepäck — ein kleiner Mantelsack.

„Daher werden alle Behörden in Stadt und Land aufgefordert, auf diesen gefährlichen Men-schen u. s. w."

Graf Eberhard hatte dieses alles genau und bedächtig gelesen und währenddem ein paarmal den grauen Kopf geschüttelt. Nun warf er aber das Blatt auf den Tisch, klingelte und fragte den herbeieilenden Diener ungewöhn-lich rasch: „Detlef daheim?"

„Ich sah ihn seit heute Morgen nicht," lautete die Antwort.

„So laß nach ihm sehen und ihn augenblicklich her-überkommen," sagte der Herr wieder und fügte, den Fin-ger erhebend und mit ernstem Blick auf den aufmerksa-men alten Diener in gar besonderem Tone nur das eine Wort: „Vorsicht!" hinzu. — Dann wandte er sich ab und seinem Schlafzimmer zu, während der Diener rasch das Gemach verließ.

Doch hatte er noch nicht die Thür geschlossen, als ihn des Herrn Stimme noch einmal zurückrief. — „Herr Müller ist, glaub' ich, schon abgereist?" fragte der Graf

in anscheinend gleichgültigem Ton. — „Ging er nicht vor=
hin über den Hof gegen den Wald zu?"

„Zu Befehl, Euer Gnaden," lautete die Antwort.

„Also Detlef, Hans!" — Und während der Diener
zum zweitenmale die Thür öffnete und wieder hinter sich
schloß, nahm Graf Eberhard die Blätter vom Tisch und
ging raschen Schrittes in's Schlafzimmer und auf die
kaum sichtbare Tapetenthür zu, durch welche man in das
von Hoven bewohnte Zimmerchen gelangen konnte, ohne
daß einer der anderen Hausbewohner es zu bemerken
vermochte.

Aber er hatte die Hand nur eben nach der Klinke
ausgestreckt, als ihn ein lautes und athemloses: „Onkel!"
— von der Stimme seiner Nichte innehalten und sich
umdrehen ließ. „Was gibt's, Kind?" rief er überrascht,
denn sie stand am Fenster, welches nach dem Hofe hin=
ausführte, und schaute über die niedrige Brüstung, erhitzt
und mit fliegendem Athem, so daß sie anscheinend noch
nicht die Kraft zu einem weiteren Worte finden konnte.

Endlich rang sich ein mühsames: „Ein Douanier —
im Garten — beim Gärtner — fragte nach dem Jäger
von neulich!" — frei.

„Herr Müller?" versetzte Graf Eberhard mit einem
wunderſam ruhigen Lächeln. „Der ist ja schon vorhin
aufgebrochen. Weßhalb kommen die Narren nicht früher!"
— Und im gleichen, gefaßten Tone weiter redend, setzte
er hinzu: „Komm herein, mein Kind, du bist erhitzt. Ich
werde sogleich wieder bei dir sein. Kümmere dich inzwi=
schen um nichts." — Und mit ein paar raschen Schrit=

ten war er an der Tapetenthür und hinter ihr ver=
schwunden.

Sophie Magdalene sah ihm eine Weile gleichsam
fragend nach, dann wendete auch sie sich vom Fenster fort,
und da sie einen Diener über den Hof kommen sah, be=
auftragte sie denselben mit der Meldung, daß der Onkel
sie im Garten finden werde, und betrat diesen gleich dar=
auf auch durch die Pforte, welche unmittelbar neben dem
Hause hineinführte. Dort zog sich ein schmaler Steig
zwischen jetzt fast abgeblühten Blumenrabatten, kleinen
Gebüschpartieen und der mit Reben bezogenen Giebelseite
des Hauses hin, und da ging das junge Mädchen, sichtbar
noch immer in großer Aufregung, auf und ab, denn bald
senkte sie sinnend das Haupt, bald erhoben sich ihre brau=
nen Augen zu einem flüchtigen Blick auf die im Wein=
laube fast versteckten Fenster, oder flogen blitzend und
spähend über die weiterhin offenen Gartenräume, deren
Hintergrund in nicht großer Entfernung der Wald bildete.
Sie sah jedoch nichts Ungewöhnliches oder Gefahrdrohen=
des; im Gegentheil zeigte sich im Garten so wenig ein
Mensch, als hinter den Fenstern des Hauses, und der
Hühnerhund des Onkels, der mit einer Art von anständi=
ger Gesetztheit an ihrer Seite wandelte, verrieth durch
keinerlei Unruhe das Nahen eines Fremden.

Erst als vielleicht schon eine halbe Stunde vergan=
gen war und die Gräfin ihren Weg schon ein paarmal
bis auf die Rückseite des Hauses ausgedehnt hatte, wo
zwei gewaltige alte Linden einen verhältnißmäßig großen
freien Raum beschatteten, blieb der Hund stehen und

schaute, mit dem kurzen Schwanze wedelnd, gegen den
Hof zurück. Sich umdrehend, sah das Mädchen auch
gleich darauf den Onkel in Begleitung ihres Bruders
langsam daher kommen. Der alte Herr ging in seiner
bequemsten Haltung, die lange, hagere Gestalt ein wenig
vornübergebeugt, das Haupt, dessen graues, schlichtes Haar
jetzt unbedeckt war, noch weiter gegen die Brust geneigt
und die Hände auf dem Rücken. Er schien in nichts
weniger als gedrückter Stimmung zu sein, vielmehr zeigte
sein Gesicht eine gewisse freundliche Ruhe, die weit ab
war von der melancholischen Stille, welche sich für gewöhnlich über seine Züge auszubreiten pflegte, und das
leichte Kopfschütteln, welches seine einzige Antwort auf
die lebhaften Worte seines Begleiters zu sein schien, wollte
der Beobachterin fast als sorglos auffallen. So sah sie
im Entgegengehen, und im nächsten Augenblick waren die
Herren schon bei ihr.

Da erst erhob der Onkel den Kopf, sah sie freundlich musternd an und fragte lächelnd: „Nun Kind, hast
du dich jetzt gefaßt? Ich habe dich bisher gar nicht als
so schreckhaft gekannt.“

„Was ist? Was hast du, Schwester?“ rief Eugen
lebhaft, indem seine Augen forschend von Sophie Magdalene zum Onkel zurückflogen.

„Ah bah,“ sagte Graf Eberhard, und sein Ton klang
jetzt sogar ein wenig wegwerfend, „was wird's sein? Die
Douane scheint sich noch immer mit meinem Gaste, dem
Müller, beschäftigen zu wollen, wenigstens hat die Kleine
gehört, daß jemand nach ihm gefragt. Ich weiß aber

selber noch nichts Genaues und komme nur her, um mein kleines schreckhaftes Vöglein in's Haus zu holen. Hier draußen ist's mir zu kühl. Kommt!" — Und er kehrte sich ab und schritt, von den mit einander flüsternden Geschwistern gefolgt, behaglich den Steig zurück, aus der Gartenpforte, über den Hof, in das Haus und sein Zimmer.

Da erst blieb er wieder stehen, wandte sich dem Paare zu, und redete plötzlich, während auch sein Gesicht den Ausdruck eines tiefen Ernstes angenommen hatte, in einem nichts weniger als sorglosen Tone: „Zu Verschwörern und Intriguenspinnern passen wir alle nur schlecht, Kinder, und ihr Beide noch weniger, als ich. Localitäten und Verhältnisse verändern zwar unsere Maßnahmen, allein das Eine steht fest: Im Freien, wenn es nicht ganz freies Feld ist, sind dergleichen Unterhaltungen immer noch mißlicher, als im eigenen Zimmer, dessen Wände man wenigstens als ohrenlos kennt. Vor Thüren und Schlüssellöchern sind wir bei mir auch sicher, — und somit erzähle, Kind! Dann kommt Eugen, dann ich — es muß nach der Reihe gehen," setzte er mit wieder aufleuchtendem Lächeln hinzu. — Und er ließ sich in die Sophaecke gleiten und stützte das Haupt auf das Seitenpolster.

„Es ist nur wenig," sprach Sophie Magdalene gepreßt, „und doch hat es mich ernstlich erschreckt. — Ich war vorhin gegen die Kronenwiese zu gegangen und blieb hinter dem letzten Gebüsch des engen Steiges stehen, weil ich vor mir, im Buchenweg, Stimmen hörte. Dann ver-

nahm ich auch das Gespräch — der Gärtner, der dort
das Laub zusammenkehren ließ, sprach mit einem Douanier —"

„Also auch dort?" rief Eugen. „Ich brachte dem
Onkel eben die Nachricht, daß jenseits des Dorfes ein
Knecht von einem ähnlichen Burschen gestellt und nach
Hoven gefragt worden. — Wir sind umstellt, Onkel!"

„Daß ich nicht wüßte!" lautete die wieder ruhige
Antwort. „Gesetzt, es gäbe für uns etwas Beunruhigen-
des dabei, so bin ich zwar ein schlechter Verschwörer, aber
— Detlef würde sagen: es ist ein armer Fuchs, der nur
Ein Loch hat!"

„Aber, Onkel, ich verstehe dich nicht!" rief Eugen.
„Hoven —"

„Der Jäger Müller ist gleich nach Tisch fortgewandert, sage ich," fiel ihm der Oheim lächelnd in's Wort.
„Ich so gut wie einige Diener haben ihn gegen den Wald
zu gehen sehen. Doch genug davon. Du warst erst der
Zweite, Eugen! — Jetzt Kind — war's also ein Deutscher, der mit dem Gärtner sprach?"

„Ja, etwas fremd klingend redete er, aber für den
Alten verständlich. Er fragte, ob der Jäger, der neulich
in deiner und Detlef's Begleitung gesehen worden, noch
im Hause und daheim sei. — Und der Alte antwortete:
er komme zwar wenig in's Haus, habe jedoch zufällig erfahren, daß der Mann heute wieder fort wolle, weil du
ihn nicht placiren könnest. Heute Morgen habe er ihn
mit dir fortreiten sehen, seitdem nichts mehr von ihm erfahren und wisse nicht einmal, ob er mit dir zurückgekehrt

sei. — Da sprang ich fort dem Hause zu, um dich zu benachrichtigen, Onkel," schloß sie. „Du nahmst aber meine Nachrichten kalt genug auf."

„Weil ich Wichtigeres im Kopfe hatte," versetzte er ernst und ließ den untergestützten Arm sinken. „Ein An= griff, der hier erfolgte, kümmerte mich einstweilen wenig; ich bin meiner Leute sicher — der Gärtner beweis't euch das. Von uns fort brächte ich Hoven leicht und ohne Gefahr, auch über die Grenze. Aber weiter? — Eugen, nimm die Blätter dort vom Tische und lies deiner Schwe= ster die Artikel vor. „Von der Elbe" und den „Steck= brief." — Und als der junge Mann dem Geheiß gefolgt war und die beiden Stücke, nur ein paarmal von Sophie Magdalenens Schreckensrufen unterbrochen, beendigt hatte, fügte Graf Eberhard zu seinen vorigen Worten hinzu: „Das erschreckte auch mich, und darüber mußte ich vor allem klar werden."

Es war eine Weile lang still im Zimmer. Dann erst sagte Eugen, der die Blätter wieder auf den Tisch geworfen, mit gefalteter Stirn: „Ist das Verrätherei oder nur strafwürdige Unvorsichtigkeit?"

Graf Eberhard zuckte die Achseln. „Letzteres gewiß nicht," entgegnete er, „und Ersteres kaum. Denn die Sache schien mir schon von vorn herein seltsam zu sein, wurde aber durch Hoven's Mittheilungen vollkommen un= verständlich. Wie ihr gehört, stimmt etwa die Hälfte ge= nau, die andere Hälfte der Mittheilung trifft nicht im entferntesten zu. Er ist gegenwärtig nirgends anders als Jäger und nie in einem andern Costume, nie anders als zu Fuß aufgetreten, hat sich nirgends aufgehalten, ist gar nicht in die Nähe von N. gekommen. Und endlich, so genau die übrige Schilderung zutrifft — da steht: „besondere Kennzeichen sind nicht anzugeben" — während doch kein Mensch, am wenigsten ein Polizei-Beamter oder Spion, die Narbe übersehen kann, die an der linken Schläfe herabläuft. — Nun erklärt mir diese Widersprüche! — Doch, noch mehr!" fügte er hinzu und stand auf, blieb jedoch vor den ihn noch immer sprachlos Anstaunenden stehen: — „Hoven gab zu, daß er allerdings den Weg über N. im Sinne gehabt, ihn aber aufgegeben habe, theils weil man ihn in Lübeck schon vor der Reise durch das —'sche gewarnt, theils weil ihm der Umweg zu uns in diesem Falle gar zu groß erschien. — Was sagt ihr dazu?"

Es verging einige Zeit, bis Eugen kopfschüttelnd bemerkte: „Ich finde das doch leichter zu erklären, ja, vielleicht liegt hierin der Schlüssel zu allem Uebrigen. Man hat also von dieser Absicht erfahren und auch daran geglaubt. Später mag man denn irgend einen Anderen für ihn gehalten haben,"

„So dachte ich zuerst auch," fiel Graf Eberhard ein. „Allein Hoven versicherte, daß von dieser Absicht niemand auch nur eine Ahnung haben könne, da er selber kein Wort darüber habe verlauten lassen, selbst in Petersburg, selbst in Lübeck nicht, und das Ganze bei ihm selber eigentlich nie mehr als ein augenblicklicher Einfall gewesen sei. Die Warnung in Lübeck sei nur als eine, man könnte sagen: statistische Notiz über die dortigen Verhältnisse ausgesprochen worden. Das ist also wieder nichts," schloß

der Herr und fing an, langsam im Zimmer auf= und
abzugehen.

Es war eine lange Stille im Gemach, denn die Ge=
schwister wußten nichts zu sagen, und der Onkel schien
kaum noch an ihre Gegenwart zu denken; sie hatten alle
mit dem Freunde zu thun, den man so schnell aufgeschreckt
aus seiner verdienten Ruhe.

Erst nach einer geraumen Weile fragte Eugen, der
bisher am Fenster gestanden und auf den Hof hinaus ge=
sehen, indem er sich den Anderen wieder zukehrte: „Und
nun, Onkel, was können wir für Hoven thun und was
gedenkst du zu thun? Befiehl! Du sollst mich bereit finden.
Wäre es nicht am besten —"

Graf Eberhard war stehen geblieben und maß ihn
mit einem — man hätte sagen mögen: fast schelmischen
Blicke, der das bisher so ernste Gesicht auf das anspre=
chendste erhellte. „Und nun?" fiel er ein. „Es ist doch
seltsam, mein Freund! Heute Morgen ergingst du dich mit
wahrem Wohlgefallen in einem Namen, der für jedermann
ein gleichgültiger und ungefährlicher, während du nun, ich
weiß nicht mehr, wie oft schon, einen anderen heranziehst,
der eben nicht gleichgültig, nicht ungefährlich! — Und
zum Zweiten — ich habe euch Beiden gesagt, daß der
Jäger vorhin bereits fortgewandert. Mir däucht, das
sollte euch genügen, und ihr könntet mir allenfalls eben so
viel Glauben schenken wie meine Diener. Kümmert euch
um eure Angelegenheiten und laßt mir die meinen. Es
kann euch nur angenehm sein, zumal mit solchen Affairen
nicht mehr zu thun zu haben, als nöthig."

Eugen drehte sich wieder dem Fenster zu. Ein Gefühl von Unbehagen und Verdruß überschlich ihn bei des
Oheims Weise, der nach seiner Vorstellung und Ausle-
gung, so liebenswürdig er sonst war und so allgemein er
in seiner Umgebung durch Milde und Nachsicht herrschte,
dennoch in einzelnen Zügen hin und wider verrieth, daß
er der Sohn des Grafen Hartmuth auf Nieder-Rhoda,
von dessen tyrannischem und despotischem Wesen, von dessen
Hochmuth, von dessen Vorurtheilen man in seiner Familie
genug zu leiden hatte und landein und aus zu sagen wußte.
Eugen hätte so gern auch seinerseits Theil genommen an
der Rettung des Fremdlings, der ihm näher zu stehen
schien als dem Oheim, durch den Freund nicht nur, von
dem er den Geschwistern Grüße gebracht, sondern auch
durch die heiligen Interessen, welche ihn nicht weniger zu
dieser Reise vermocht, und die ihren hellen Wiederklang
fanden in der Brust des jungen Grafen, — Interessen,
die bei dem Onkel vor all der Sorge und Peinlichkeit, vor
all der Ueberlegung und den Rücksichten seines Alters,
seiner Stellung, seiner Verhältnisse und — vermöge seiner
ganzen ruhigen, ja, kalten Auffassungsweise gar nicht zur
rechten Geltung kommen mochten. Es war in dem lebhaften jungen Manne nicht allein jener Neid, der auch
über den Besten und Edelsten kommt, wenn er von einem
Anderen sich die Gelegenheit zum willkommenen Handeln
entzogen sieht, sondern auch jene Art von Ungerechtigkeit,
mit welcher wir in der Jugend nur gar zu häufig und
gar zu schnell über Ansichten und Handlungen Aelterer
aburtheilen, die nicht mit den unseren übereinstimmen, ja,

wohl gar, den unseren zuvorkommend, uns zum Folgen
und Nachgeben zwingen.

Und wie es in solchen Fällen häufig zu gehen pflegt
— der Verdruß, der den jungen Mann erfüllte, ohne daß
er versucht hätte, sich die Grundlosigkeit beßelben klar zu
machen und demgemäß diese Regung zu überwinden, machte
sich nach einer anderen Seite hin Luft, und er murmelte,
doch immerhin so, daß es auch die beiden Verwandten ver=
stehen konnten: „Dieser Zustand ist nicht mehr zu ertragen!
Wir können und dürfen uns nicht länger mehr also knech=
ten lassen!"

„Und wir werden es dennoch fort tragen müssen, wie
wir es seit sechs Jahren getragen," warf der Onkel ruhig
hin. „Und wenn ich die Wahrheit sagen soll — ich freue
mich solcher Noth und solches Drucks. Sie müssen zuerst
unerträglich werden und das Gefühl dieser Unerträglich=
keit bei allen, bei Hoch und Gering, zum Bewußtsein
kommen —"

Eugen wandte sich ungestüm um. „Ich denke, das
wäre es!" rief er.

„Vielleicht, vielleicht auch nicht; wissen wir das so ge=
nau?" versetzte Graf Eberhard mit gleicher Ruhe und ohne
seine Promenade zu unterbrechen. „Aber wenn auch —
was hilft das, mein Junge, so lange der Kopf noch, wie
sich's gehört, oben bleibt und spricht: Noch nicht!"

„Ja, ihr mit eurem Warten und Harren werdet
harren und warten, bis es zu spät wurde!" sprach Eugen
grollend. „Laßt uns irgendwo den Brand anlegen — ich
stehe dafür, daß es im Nu allerwärts aufflammt."

„Aufflammt — ja wohl! Aber auch weiter brennt, nachhaltig, gewaltig, in vernichtender Glut? — Schwer= lich! — Ein Volk — ich meine aber das gesammte Volk, Hoch und Gering, alles, was ein Bewußtsein seines Volks= thums, seiner Nationalität, seines Einsseins und seiner Eigenartigkeit in sich hat und sich daher wenigstens auch Eins nennt — ein Volk oder vielmehr eine Nation ist, um deinen Vergleich fortzusetzen, keine Strohscheune, die, sobald das Strohdach flammt, auch ganz und gar zusam= menbrennt. Es ist vielmehr wie ein altes, tief gegründe= tes, massiv erbautes, eisenfestes Haus, das steht und steht, so viel Stürme auch daran rütteln oder es gar einmal durchbrausen. Das bringst du mit einem Haufen Hobel= späne nicht in Brand, die verflammen gefahrlos, oder es gießt sie einer mit einem Eimer Wasser aus, und das Gesindel, das jetzt in dem Hause den Herrn spielt, kehrt sich nicht daran. Aber es gibt ein anderes Feuer, das hat jenes Gesindel selber zuerst verschuldet durch Nachläs= sigkeit und Gleichgültigkeit, durch wahnsinniges Hantieren aller Art. Das ist nun da und glimmt und frißt im Geheimen, bis die alten Balken angehen und die Riegel in den Wänden. In den Kammern schleicht's und in den Win= keln haust's, da niemand hinkommt; unter den Treppen frißt's und wühlt geheimnißvoll weiter. Den Dunst spüren sie wohl und die Glut ahnen sie, allein sie finden sie nicht oder sie fin= den sie überall. Und dann kommt die Stunde, und dann bricht's aus, unten und oben, vorn und hinten, überall! Und das gibt eine Flamme, die kann nur in sich selbst ver= löschen, wenn ihre Nahrung zu Ende. Alles Wasser des

Weltmeers hilft da nicht mehr. — Siehst du, das ist un:
ser Fall, glaub' ich fast," setzte der Graf nach einer kleinen
Pause hinzu.

Eugen ließ eine ganze Weile vergehen, bevor er zu
antworten versuchte. „Wie du es schilderst," sagte er,
„wäre solch ein Brand für die rechten Besitzer nicht min:
der gefährlich als für das Gesindel, das man hinausräu:
chern will. — Was bleibt ihnen?"

„Der neue Bau!" lautete des Oheims kräftig betonte
Erwiderung. „Wer den bevorstehenden Brand in unserem
Hause nur für ein Ausräuchern hält, das auch uns allen:
falls ein paar Haare versengen könnte, würde — mit der
Hand in die Kohlen schlagen. — Aber lassen wir all diese
traurigen, widerwärtigen und thörichten Vergleiche," fuhr
er fort, „und kehren wir dahin zurück, von wo wir aus:
gegangen. Ich sagte: das Gefühl der Unerträglichkeit des
Druckes könne und müsse durch den Druck selbst erst ein
allgemeines werden; und wenn du meinst, das sei es
schon, so entgegne ich: möglich, aber es ist damit nicht
genug! Der Kopf soll über dem Gefühl stehen, der Kopf
soll überlegen und berechnen, wann wir das Gefühl sich
äußern lassen dürfen — mit Erfolg, mein Junge! Denn
ohne diese Aussicht auf Erfolg oder doch auf die Mög:
lichkeit eines solchen wird nichts aus unseren Plänen und
Hoffnungen. Diese Aussicht muß uns nicht allein Muth,
sondern auch die Stärke und Ausdauer geben, deren wir
bedürfen werden. Danken wir Gott, daß unsere Köpfe
noch mächtig genug sind, um alles nach und nach heran:
reifen zu lassen.

„Denn wir sind doch darüber einig, Eugen," schloß
er, — „gesetzt, die ganze Armee, die nach Rußland zog,
ginge dort zu Grunde, was aber kein Mensch annehmen
wird oder darf; gesetzt, der Kaiser müßte erst eine neue
organisiren oder vielmehr aus den Uranfängen heraus er-
schaffen, um uns und unseren etwaigen Alliirten begegnen
zu können — eine Hasenjagd würde es dennoch nicht, sondern immer noch ein Kampf auf Tod und Leben. Mögen
wir Napoleon und die Franzosen verdammen und ver-
fluchen — verachten dürfen wir sie nicht, oder wir würden
die Folgen einer solchen Thorheit schwer zu empfinden
haben. Die Letzteren sind geborene Soldaten und in der
Hand eines tüchtigen Führers zu allem fähig, was Menschen leisten können. Und diesen Führer haben sie in ihm,
dem wir keinen auch nur ähnlichen gegenüber zu stellen
haben. — Das ist mein Glaube, und ich meine, er wird
meine Thätigkeit und meine Thatkraft nicht lähmen, sondern sie, indem er sie nur zur rechten Zeit und auf den
rechten Punkt zur Anwendung kommen läßt, dann vielmehr stärken und zur äußersten Anspannung bringen." —

„Darin gehen wir für immer aus einander, weißt
du!" sagte Eugen nach einer Pause finster und trat vom
Fenster fort, an welchem er seither gelehnt.

Graf Eberhard folgte ihm und trat vor ihn hin.
„Das weiß ich nicht," versetzte er und schaute den ver-
stimmten Neffen mit einem milden und doch auch wieder
ein wenig spöttischen Lächeln an. „Gib der Wahrheit die
Ehre, Schatz! Es ist im Grunde dein einziger Verdruß,
mein Lieber, daß ich dich an der Salvirung unseres

Freundes nicht Theil nehmen, vielmehr dich über dieselbe auch noch im Unklaren lasse."

„Onkel!" rief Eugen und seine Wangen wurden roth.

„Gib' der Wahrheit die Ehre, sage ich!" sprach der alte Herr noch heiterer und legte die Hand auf des An= deren Schulter. „Sieh, deine Schwester sieht es ein und lacht dich so gut wie sich selbst aus. Denn bei dir spukte auch so was — deutsche Jungfrau?" setzte er hinzu und ließ einen langen Blick, in dem sich Gutmüthigkeit und Schlauheit, Zärtlichkeit und Neckerei vereinten, zu dem lachenden Mädchen hinübergleiten. „Und wenn ich euer Empfinden auf der einen Seite natürlich finde — auf der anderen Seite muß ich's doch thöricht schelten. Denn ihr solltet mir weniger zürnen als danken, daß ich euch Rücken und Hand frei halte. Das sieht ein Kind ein! — Denn ein Kind begreift," schloß er und nickte, plötzlich wieder ernst werdend, mit dem Kopfe, „daß wir, nach solchen Anfängen, möcht' ich's heißen, noch nicht bei dem Ende sind. — Laßt uns also Frieden und zusammen halten und noch einen Gang durch den Garten machen. Es wird ein prachtvoller Himmel über uns sein."

Die Geschwister folgten ihm gern, denn das Wesen und die ganze Weise des Oheims ließen auch eine ernstere Verstimmung in seiner Umgebung nicht leicht dauernd werden, und überdies waren Beide zu ehrlich, um nicht bereits sein Recht und ihr eigenes Unrecht eingesehen zu haben. Sophie Magdalene hing sich mit zärtlichem Blicke und einem heiteren Scherze an seinen Arm, und Eugen nahm eben seine Mütze vom Fensterbrett, als er einen

Reitknecht in rother Livree über den Hof herantraben sah,
und rief: „Da kommt Nachricht von Nieder-Rhoda!"

Der Onkel warf gleichfalls einen flüchtigen Blick durch
das Fenster. „Die wollen wir draußen annehmen. Kommt
nur!" sagte er, die Nichte mit sich fortziehend, und schritt
durch die Zimmer und den Flur vor die Thür, wo der
Reiter schon vom Pferde sprang und, den Hut in der
Hand, dem Grafen einen Brief darbot.

Graf Eberhard öffnete, las und schob das Schreiben
in die Seitentasche des bequemen Rockes. „Stelle dein
Pferd eine halbe Stunde ein und laß dir zu essen und
zu trinken geben," sprach er freundlich zu dem Reitknechte.
„Dann reite zurück, grüße meine Schwester und melde,
daß der Besuch mir angenehm sein werde. Weiter ist
nichts nöthig." — Und sich abwendend und dem Garten
zuschreitend, setzte er für die Geschwister hinzu: „Hebe
schreibt mir, daß sie morgen kommen wollen — zum Frühstück schon. Der General rechne dann auf deine Führung
durch die Heide, Eugen, denn er wolle den Vater Steffen
kennen lernen. Stephanie werde euch begleiten, sie —
doch lies selbst, ich verstehe die Pointe dieser Bosheit nicht,"
brach er ab und reichte Eugen das Schreiben hin, das dieser mit einer gewissen Hast entfaltete und las:

«Mon cher!

„Heute ging's nicht; morgen früh zum Frühstück
sind wir alle bei Dir, außer dem Papa natürlich.
General Armand Renaud will dann unter Eugen's
Führung in die Heide zum Vater Steffen, für den

dieses gute Kind von einem General in einer fast
deutschen Weise schwärmt. Seine Adjutanten und
die liebe Stephanie begleiten ihn. Das Kind un=
serer Schwester ist von den jungen Herren über
das Dasein eines Volkes aufgeklärt worden und
brennt nun danach, etwas Derartiges kennen zu
lernen. Es ist überhaupt ein hülfsbedürftiges We=
sen. Laß Dir von Eugen erzählen, der sie schon
ein wenig studirt hat. — Ich bleibe natürlich bei
Dir und lasse mir von dem Kometen berichten. Zu
sehen werden wir ihn wohl schwerlich bekommen.
Dieser Nebel ist ihm nicht günstig und scheint an=
haltend werden zu wollen. — Gott befohlen, mein
lieber Alter!   „Hebe."

„Diese letzten Zeilen sind entschieden nicht umsonst
geschrieben — ich kenne Hebe!" sagte Graf Eberhard, in=
dem er die Nichte weiter zog. „Ich glaube, sie wird uns
am Ende Einblicke in das eröffnen können, was uns allen
jetzt noch unklar und räthselhaft. Aber genug davon.
Was bedeutet das mit eurer Cousine? Du sollst uns ja
Auskunft geben können, Eugen. Wie ist das Kind? Ich
bin selber ein wenig neugierig auf sie. Als ich sie vor
fünf Jahren zuletzt sah, war sie freilich noch sehr in der
Entwicklung, allein ihr Aeußeres versprach etwas nicht
Gewöhnliches."

„Onkel, Onkel!" meinte Sophie Magdalene mit einem
lachenden Seitenblicke auf den Bruder, der sich bei der
neuen Wendung des Gespräches nicht ganz behaglich zu
fühlen schien. — „Hüte dich vor solchen Andeutungen oder

gar Zweifeln, du verdirbst es sonst aufs neue mit dem jungen Studenten, wie ihn die Tante mit Recht heißt. Denn er hat eifrig gelesen in den schönsten Augen der Welt —"

„Du bist eine Thörin, Schwester!" unterbrach sie Eugen ungeduldig.

„Ah bah, Bruder. Das ist jeder und jede, die einem jungen Anbeter auf die Spur kommen und ihn das mer= ken lassen," versetzte sie in ungestörter Neckerei. „Wer dich neulich und nun gar erst heute Morgen gesehen hätte, wie ich —"

„Wie war er, Kindchen? Erzähl's und fürchte dich nicht! Ich bin dein Schützer," fiel Graf Eberhard mit gutmüthigem Scherze ein.

„Ihr seid unbarmherzige Menschen und ächte Plage= geister!" kam jedoch Eugen der Schwester jetzt selbst wie= der lachend zuvor. „Ich sehe schon, daß ich unglücklicher Mensch wieder einmal der Ableiter für eure Träumereien werden soll und mich vertheidigen muß, wo von einer Schuld keine Rede."

„Also ohne Vorrede," mahnte der Onkel heiter. „Du hast ihr zu tief in die Augen gesehen? Sind sie so schön, wie die meiner Schwester? Gleicht sie der? Sage das, und ich weiß alles Uebrige ohne deine Erklärung. Sie war schon damals freilich um Vieles größer als meine arme Hebe, abgesehen davon, daß auch der Schnitt ihres Gesichtes ein ganz anderer werden zu wollen schien."

„Und das ist auch alles, wie du sagst," versetzte Eugen im Weitergehen. „Von der Gestalt wollen wir ganz schweigen: sie ist eben groß und schlank, voll einer, wo sie es will, königlichen Haltung. Und eben so hat auch ihr Gesicht, so viel ich es bei diesen kurzen Begegnungen gemerkt, nicht einen Zug von denjenigen, welche die Tante so hinreißend erscheinen lassen. Und dennoch ist Stephanie schön — so sehr schön! Ich kann das glauben, was mir die Tante in ihrer beliebten Weise darüber sagte, daß ganz D. außer sich über sie gewesen —"

„So hat Tante Hebe das gesagt?" warf Graf Eberhard lächelnd dazwischen.

„Nein, gewiß nicht, Onkel. Du kennst sie ja. Sie drückte das in ihrer Weise aus, wiederhole ich: man habe sie fortgeschickt, weil ganz D. in Gefahr gewesen, zu erblinden, so viel Augen hätten sich an ihr krank gesehen, und es seien so viele Herzen für sie und durch sie gebrochen, daß man in den nächsten zwanzig Jahren dort kein Mädchen mehr an einen einheimischen Mann verheirathen könne. Die seien alle hin." — Und nachdem Eugen in das herzliche Lachen der Anderen kurz mit eingestimmt, setzte er wieder ernst werdend hinzu: „Ich kenne Tante Hebe ja so lange und genau, ich liebe sie so sehr und weiß mir all ihren lustigen Spott und ihre kleinen Bosheiten zurecht zu legen. Aber den Hohn und die Bitterkeit, die sich da zuweilen eindrängen, die verstehe ich nicht. So die Worte ihres Briefes über das „hülfsbedürftige Wesen." So und noch mehr das, was sie zu jener Schilderung der D.'schen gebrochenen Männerwelt hinzufügte —"

„Und das war" fragte der Onkel noch immer heiter, da er den Neffen stocken sah.

„Laß es gut sein, Onkel," entgegnete aber Eugen mit
einem flüchtigen Blicke auf seine Schwester, welche seit
einigen Augenblicken schon in ein Nachdenken versunken
schien, das sie wenig auf die Unterhaltung ihrer beiden
Begleiter achten ließ. — „Du weißt wohl, daß die Tante
zuweilen etwas sagt, was sich nicht wohl wiederholen läßt,
ohne witzlos und platt zu werden, was es in ihrem Munde
und im Moment seiner Entstehung niemals ist. — Es
lief darauf hinaus, daß die Männer dort leiblich und gei-
stig noch schwächer und miserabler zu sein schienen, als
überall anderwärts."

Graf Eberhard schaute Eugen lächelnd und mit einem
leichten Achselzucken an, ohne eine Antwort laut werden
zu lassen. Dann gingen sie eine Weile schweigend weiter,
und erst als sie fast schon das Ende des Wäldchens erreicht hatten, welches sich an den Blumen- und Obstgarten
anschloß, und auf eine Art Terrasse oder Belvedere hin-
austraten, von wo aus man eine verhältnißmäßig weite
Aussicht und die dem Untergange nahe Sonne vor sich
hatte, drückte er den Arm Sophie Magdalenens leise an
sich, so daß sie flüchtig aufschaute, und fragte freundlich:
„Wovon träumt denn mein lustiges Kind so ernst?"

Sie strich die Locken zurück, die ihr in die Stirn gesunken waren, und erwiderte seinen milden Blick mit einem
tief zärtlichen. „Der Tag ist für mich einer der beweg-
testen gewesen, die ich erlebt," sagte sie und ihre Wangen
glühten und ihre Augen schimmerten, wie wir es am Morgen Hoven gegenüber einmal bemerken durften: „er brachte
mir so viel, was mich namenlos erfreute und beglückte,

Anderes, das mich betrübte oder erschreckte. Und wie ich vorhin mit euch so herzlich lachen mußte über die Herzens- und Augenschilderungen der Tante, erfaßte es mich plötz- lich so gar seltsam. Ihr lacht und scherzt, dachte ich, sorg- los und heiter, als ob die ganze Welt in Frieden und Glück, während ihr doch selber fern von diesem Frieden seid, während fern und nah tausend und aber tausend Herzen so ernst, so schwer schlagen, während ganz in eurer Nähe jemand —"

„Sei nicht thöricht, Kind," unterbrach sie der Oheim ernst. „Genieße des Guten, das dir wird, der Jugend, des Friedens, die dir gegönnt sind, und plage dich nicht mit Dingen, um die wir Männer allein zu sorgen haben."

Sie ließ ihr dunkles Auge lange und nachdenklich auf ihm ruhen, bevor sie mit einem neuen, wenn auch nur flüchtigen Erröthen sagte: „Und ist er denn auch gewiß in Sicherheit, Onkel? Ich bekenn's, die Morgenstunde hat mir ihn so nahe gestellt, wie außer Leo und euch mir nie- mand ist. Und es ist etwas in mir, was zu mir spricht: er darf noch weniger gefährdet werden, als ihr, die Mei- nigen! Und wenn es nun bei uns geschähe, die er nur aus rein menschlicher Theilnahme aufgesucht — ich ertrüg es nicht! Schon der Gedanke macht mich unglücklich!" brach sie, heftig den Kopf schüttelnd, ab.

„Es geht mir kaum anders," meinte Eugen gedämpft, als spräche er mehr zu sich selbst als zu den Anderen.

Der Onkel ließ über die Beiden einen Blick hinglei- ten, in welchem etwas wie ein leiser Vorwurf zu lesen war. „Ihr seid seltsame Menschen," erwiderte er dann,

„doch verzeihe ich dir noch eher als dem da, Sophie Mag=
dalene, denn du bist, wie du selbst sagst, durch den Tag
vielfach erregt und bewegt. Du bist nervös, Kind, und
daher auch so ganz verändert. Kümmert euch doch um
eure eigenen Angelegenheiten, wiederhole ich, und laßt
mir die meinigen. Kennt ihr den Onkel denn als leicht=
sinnig und sorglos? — Ich hafte für das, was ich auf
mich nehme, unbedingt, obgleich ich noch obendrein glaube,
daß ich eben so gut wie ihr, umsonst gesorgt habe. Man
scheint sich doch beruhigt zu haben, sonst hätten wir wohl
schon Weiteres gehört. Und nun — das da will auch
sein Recht," schloß er und deutete gegen Westen hinaus. —
„Ich halte nichts von den Menschen, die gegen die Natur
und ihre Schönheiten abgestumpft werden, obschon sie das
alles jeden Tag vor Augen haben!"

Der Graf hatte Recht, seine Begleiter auf das zu
verweisen, was vor ihnen und um sie her war. Die
Sonne war ganz nahe dem Horizonte hinter einem weit
ausgestreckten, aber dünnen Gewölk, das sie überall mit
ihren langen Strahlen durchbrochen, jetzt vollends wieder
hervorgetreten und übergoß die ganze Gegend mit einem
wunderbaren, röther und röther leuchtenden Glanze. Pur=
purne Hüllen breiteten sich über die weit geöffneten Flu=
ren, sie sanken von den alten Bäumen herab, die rück=
wärts die Terrasse begrenzten, und umschwebten magisch
sogar die Menschen, die schweigend und schier andächtig
dem wundervollen Anblick hingegeben standen. Und über
den bis dahin blendend klaren und reinen Himmel sen=
dete jenes tief stehende Gewölk jetzt seine leise herauf=

und vorüberschwimmenden Flocken und Streifen, hier goldig glänzend und dort silbern schimmernd, lila und violet, rosig und leuchtend purpurn, während der Himmel zwischen ihnen aus dem reinsten Golde und Purpur dort unten durch das sanfteste Grün in ein immer tieferes, und man möchte sagen friedensvolleres Blau sich aufwölbte. — Und auf der Erde war alles in feiernder Stille; kein Hauch ging und kein Blatt regte sich. Vom Dorfe hinter ihnen schallte das Abendläuten melodisch herüber.

Es war so friedensvoll rings und so schön, und die Zuschauer standen in solcher Andacht, daß selbst der alte Diener, der hinter ihnen aus dem Gebüsche trat, davon ergriffen wurde, und eine ganze Weile verging, bevor er ein gedämpftes: „Herr Graf!" laut werden zu lassen wagte.

Der Anruf war trotzdem zu den Ohren des Herrn gedrungen und dieser wandte sich, wenn auch zögernd, zu dem Sprecher um. „Was gibt es, Hans?" fragte er.

„Es sind zwei Douaniers im Hause, die nach dem Jäger Müller fragen. Wir haben ihnen schon gesagt, daß er heute Mittag fortgewandert. Sie bestehen jedoch darauf, daß sie das vom Herrn Grafen selber hören müßten, den sie auch sonst noch zu befragen hätten."

Sophie Magdalene schaute erschrocken, Eugen finster fragend auf den Oheim, der jedoch, ohne darauf zu achten, nur ruhig mit einer neuen Frage antwortete: „Sind es Franzosen, Hans?"

„Der Eine, ja, Herr Graf. Er parlirt nur gebro-

chen Deutsch. Der Andere ist aber ein perfecter Deut=
scher." —

„Und höflich, Hans?"

„Ganz ordentlich, Euer Gnaden."

„So laß uns gehen," sagte Graf Eberhard wie=
der mit vollster Ruhe. „Warum kommen die Narren
erst jetzt! Was kann ich ihnen für Auskunft geben?
— Bleibt ihr noch da?" wandte er sich an die Ge=
schwister.

„Ich meine fast, es sei Zeit für uns zur Heimkehr,"
versetzte Eugen, dessen Gesicht noch immer die finstern
Züge bewahrte, welche die Botschaft des Dieners auf
demselben hervorgerufen hatte. „Es müßte denn sein, daß
ich heute überhaupt bei dir bliebe," setzte er hinzu.

„Bah doch, weßhalb?" entgegnete der alte Herr gleich=
sam verwundert. „Also wie ihr wollt, Kinder! — Na=
türlich wartet ihr, bis ich dieses Geschäft abgemacht. —
Komm, Hans!" — Und er ging mit dem Diener leise
redend in das Gebüsch hinein.

Die Geschwister folgten langsam und schweigend. —
Die Sonne war vollends untergegangen, der rothe Schim=
mer war von der Erde verschwunden und erblich nun
auch schon am Himmel droben, und das Glockenläuten
im Dorfe war verstummt. Da ermannte sich Eugen,
zog den Arm der still neben ihm Wandelnden in den
seinen und sprach im herzlichsten und zugleich muthigsten
Tone: „Sei nicht so niedergeschlagen, Schwester. Der
Onkel hat Recht — wir können auf seine Vorsicht bauen.
Und endlich, wenn alles bräche, so bin ich auch noch da.

— Ich weiß, wie er zu retten sein würde, und habe die Mittel dazu."

„Du?" fragte sie zweifelnd und blieb stehen und schaute ihn mit den dunklen Augen forschend an. „Ihr seid alle mit einem Male so sehr sicher und kurz zuvor noch —"

„Ich sage wie der Onkel: bekümmere dich um deine Sachen," fiel er mit mehr Ruhe ein, als wir bisher an ihm wahr nehmen durften. „Glaub' es mir, Schwester — ich mußte mich nur erst in solche Dinge hinein finden, darum sahst du mich so — schwankend. Jetzt bin ich ihnen gewachsen, hoffe ich."

———

Siebtes Kapitel.

In der Heide.

Es treiben die Sturmeswellen
So bleich dort durch die Höh,
Die letzten Sonnenstrahlen
Jagen sie über die See;
Das kommt mit finstrem Treben
Mit lähmender Gewalt,
Als ob's ihm selber graute,
So schüttelt sich der Wald.

Edm. Hoefer.

Es war aus den Morgennebeln ein ungewöhnlich heißer Tag hervorgeblaut. Die Sonne strahlte·mit aller Gewalt und brannte wie im Hochsommer, und von der See herüber kam nicht ein einziges Hauchen einer kühleren Luft in die weite Schwüle.

Ueber der Heide lag es hier und da mit einem leichten bläulichen Duft, vielleicht von dem Thau der Nacht, den die Sonnenstrahlen aufsogen, aber die Luft blieb trotzdem ganz außerordentlich durchsichtig und die fernsten Gegenstände schienen so genähert, die ganze Breite bis zu den Kiefern drüben so verengert, als wenn man das ganze Terrain durch ein scharfes Glas überblickte. Dazu

kamen von der See herüber die Möven und strichen sogar
noch weiter landeinwärts, der Waldspitze zu, von der aus
Eugen dem Fremden das Terrain erklärt hatte, und noch
über sie hinaus, und ihr unruhiges, heiseres Schreien ließ
sich von nah und fern vernehmen. — Alles deutete den
Bewohnern dieser Gegend an, daß die Witterung, die sich
sommerlich gestaltet hatte, einem jähen und schon nahen
Umschlage entgegen ging.

Auch Eugen, der seine Gesellschaft an dem Ausgange
eines Waldweges die Pferde hatte anhalten lassen, um
allen einen ruhigen Ueberblick über die vor ihnen liegende
Gegend zu gewähren, deutete darauf hin, indem er sagte:
„Wir hätten zu diesem Ausfluge keinen späteren Tag wählen dürfen, als den heutigen. Ja, ich halte es schon jetzt
für nicht mehr recht sicher und fürchte fast, wir möchten
einen unangenehmen Rückweg haben. — Es ist mir nur
um Sie," setzte er — bisher hatte er Französisch gesprochen — Deutsch redend und an die Dame sich wendend
hinzu, welche nahe bei ihm hielt. „Aber Sie wollten sich
nicht rathen lassen, Cousine! Dieser Ausflug ist für Damen selbst in den beständigsten Sommertagen mehr an-
greifend als lohnend."

Sie ließ einen flüchtigen und gleichsam fragenden
Blick ihrer glänzend blauen Augen nur für eine Sekunde
von der Aussicht ab- und zu ihm hinüberstreifen, bevor
sie, schon wieder fortschauend, in zwar ziemlich munterem
Tone, aber Französisch erwiderte: „Ah, mein Herr, wir
sind drüben in D. des Reitens doch nicht so ungewohnt,
wie Sie zu denken scheinen. Und ich wüßte auch nicht,

woher eine Aenderung des Wetters kommen sollte. Der
Tag kann gar nicht klarer sein."

Der junge Mann zuckte lächelnd die Achseln. „Eben
darum," sagte er und schien noch etwas hinzufügen zu
wollen, als er durch die Einmischung Renaud's daran
verhindert wurde.

„Ihr Cousin hat Recht, schöne Gräfin!" bemerkte der
General, der ein paar Schritte weiter nach vorn hielt, sich
nun aber gegen die Gruppe hinter ihm leicht im Sattel
umwandte. „Auch ich erkenne diese Anzeichen, denn ich
habe meine Jugend gleichfalls am Meere, am Meerbusen
von Biscaya, verlebt. — Sie können weder Ihrem Herrn
Cousin noch mir eine gewisse Sorge verdenken; es ist uns
nicht alle Tage ein solcher Schatz anvertraut, wie heute,
und Damen sind immer nur gar zu muthig. — Kommen
Sie, Herr Graf, lassen Sie uns weiter reiten."

Eugen ließ Stephanie bei ihren bisherigen Begleitern,
den beiden jüngeren Offizieren, und ritt zum General vor
und in den sandigen Weg hinaus, der die hier fast bis
an den Wald reichende Heide kaum sichtbar durchschnitt,
so war Gras und Kraut auf den wenig benutzten Pfad
hinübergewuchert. „Sie sehen mich überrascht, Herr General," bemerkte Eugen höflich. „Ich wußte bisher nicht,
daß Sie unsere Sprache verständen."

„Ich spreche sie sogar ein wenig," versetzte sein Begleiter lächelnd, „und kann euch daher ganz hübsch über-
wachen, ihr Herren Deutschen. Im Ernst aber," fügte er
hinzu, „ohne diese Kenntniß würde ich nie Begehren ge-

tragen haben, Ihren Todtenseher kennen zu lernen. — Haben wir noch weit?"

„Bis zu seinem eigentlichen Aufenthaltsorte — nein," lautete die Antwort. „Ich habe Sie durch den Wald ge= führt, damit wir in der eigentlichen Heide so kurze Zeit wie möglich zu reiten haben. Sehen Sie da vor sich — das sind die Teufelsberge, und da weilt der Alte sonst."

„Teufelsberge?"

„Ja, so heißt man diese Grabhügel, ohne daß ich recht wüßte, weßhalb; wenigstens sind mir keine erklären= den Sagen von ihnen bekannt geworden. Wie Sie sehen können, Herr General, liegen solche Hügel — wir heißen sie Hünengräber — vereinzelt über die ganze Ebene hin: nur hier sind ihrer neun oder zehn nahe bei einander und bieten dem Alten und seinen Herden einen ziemlich guten Schutz gegen die Nord=Ost= und Nord=West=Winde, die bei uns selbst im Hochsommer zuweilen außer allem Spaß sind. — Das ist alles."

„Und doch wird der Ort und sein Name für das Volk und alle, die an die geheimnißvolle Begabung des alten Mannes glauben, von bedeutendem Gewicht sein und seinen Einfluß vermehren," bemerkte Renaud nach= denklich. —

Sie ritten ganz langsam weiter, ohne daß die Worte des Generals sogleich eine Antwort gefunden hätten, denn Eugen fühlte sich so gut wie alle Uebrigen herabgestimmt von der Oede und Stille, von der Einsamkeit und drücken= den Schwüle. Rings lag es todtenstill, weit und breit. Zum Duft, der trotz seiner Feinheit die Augen blendete,

gesellte sich, je weiter sie vorwärts kamen, von unten her=
auf ein immer unerträglicheres Glitzern und Schimmern,
da der „fliegende Sommer" die Heide mit Kraut und
Busch übersponnen hatte und sie fast wie in einem wei=
ßen Gewande erscheinen ließ. Und von den Hufen der
langsam schreitenden Pferde stieg der Staub dicht und
drückend empor und begleitete die Reiter mit seinen schwe=
benden Wolken aufs qualvollste. · Und rings lag die Luft
immer schwüler und schwerer, durchsichtiger und wieder
auch sichtbarer, bebend in den glühenden Sonnenstrahlen,
durchbrungen von den brütenden Düften des Heidekrauts,
der Immortellen, der zahlreichen kleinen Wachholderbüsche.

„Das glaube ich kaum," antwortete Eugen jetzt nach
einer langen Pause auf Renaubs Bemerkung, hochaufath=
mend. „Man fürchtet Vater Steffen viel weniger als
man ihn liebt und verehrt. Man fürchtet auch meines
Wissens diese Localität keineswegs besonders, man geht
nur überhaupt nicht gern und ohne wirkliche Veranlassung
in die Heide und hat dafür vollgültige Gründe. Denn
wegsam ist sie, wie auch Sie schon sehen, nirgends, selbst
zu Fuß kommt man zum Theil nur langsam fort. Und
wenn man zur Zeit der Dämmerung oder gar bei Nacht
hinein muß, wo die Aussicht und damit die bekannten
Marken verschwinden und man nur zu leicht die soge=
nannte alte Straße verliert, die nur hin und wider er=
kennbar hindurchführt, so können selbst die Einheimischen
bisweilen zu ein paar bösen Stunden, wenn nicht gar in
wirkliche Gefahr kommen, da dort drüben sich tiefe Moore
hinziehen, die stellenweise und oft, wo man sie kaum er=

wartet, weit in die Heide hineinschneiden, so daß sie hier und da selbst am Tage schwer zu vermeiden sind und schon mehr als einen Unglücksfall veranlaßt haben."

„Meine Douanen wissen davon zu sagen!" warf der General hin, der während der Mittheilung Eugen's die Gegend mit aufmerksamen Blicken gemustert hatte.

„Für die Douanen wird hier allerdings nie ein prakticables Terrain sein," entgegnete der junge Mann ruhig. „Sie müssen den eingeborenen Schmugglern gegenüber stets zu kurz kommen."

„Bis man auch die Beamten aus den Eingeborenen wählen kann," bemerkte der Andere. Sein dunkles Auge streifte den Grafen mit prüfendem Blicke.

„Aus den hier Geborenen nicht," Herr General, gab Eugen mit derselben Ruhe zurück. „Wir haben hier stets eine ausgedehnte Zollfreiheit gehabt, und wo dennoch von einem Zolle die Rede, blühte auch von jeher der Schmuggel, den selbst die alten einheimischen Behörden niemals zu unterdrücken vermochten. Diese Zustände sind in unser Volk so zu sagen hineingewachsen."

„Sie beantworten damit aber meinen Einwurf nicht," meinte Renaud.

„Doch, Herr General! — Aus unserem Volke ziehen Sie niemals einen Beamten, oder er betrügt Sie. Fragen Sie jeden Urtheilsfähigen, jeden Ihrer Brigadiers an diesen Küsten, jeden Douanier, der nicht dem Haß, sondern der Vernunft Gehör gibt und Augen im Kopfe hat. Es ist, wie ich sage."

„Von der Generation der jetzigen Männer mag das

vielleicht gelten, obgleich es noch fraglich bleibt, ob doch
nicht mancher von ihnen zu gewinnen wäre. Der Mensch
ist zugänglich für mancherlei, mein Herr Graf, und wenn
man versuchte, den Verlust des bisherigen unerlaubten
Gewinnes auf rechtmäßige Weise wieder ersetzen zu lassen —"

„Umsonst, Herr General!" fiel Eugen lebhafter ein.
„Es ist nicht allein der Gewinn selbst, der sie lockt, sondern auch und fast mehr noch die Art dieses Gewinnes,
sagen Sie immerhin: die Gefahr desselben." — Und indem durch sein bisher gespanntes Gesicht ein eigenthümliches Zucken ging und die Züge sich plötzlich zu
einem munteren Lächeln verzogen, setzte er, auch in gänzlich verändertem Tone hinzu: „Ich glaube fast, Sie könnten gegen unsere Burschen keinen schlimmeren Streich führen, als wenn Sie alle Zölle aufhöben und alle Beamten
zurückzögen, so daß der Waghalsigkeit jede Gelegenheit
und jedes Object genommen wäre, wo sie sich ferner noch
erproben könnte. Ich wüßte in der That nicht, was sie
anfangen möchten."

Der General lächelte gleichfalls und gewissermaßen
erleichtert, was uns, die wir ihn schon neulich, und zwar
aus dem Herzen heraus reden hörten, nicht auffallen kann.
War es nun nur eine gewisse vorsichtige Zurückhaltung
gewesen, die ihn das angeregte Thema in der mitgetheilten Weise hatte verfolgen lassen, oder hatte er dabei
irgend einen anderen Zweck im Auge gehabt, er ließ das
alles jetzt fallen und sagte nur in einem eigenthümlichen,
zwischen Scherz und Ernst schwebenden Tone: „Mein
Herr Graf, ihr seid hier zu Lande wunderliche Leute!

Dieses bärenhafte, wilde Volk, und ihr Anderen mit eurer
Starrheit, eurer Unbefangenheit und — seltsamen Offen-
heit! Nehmt euch aber doch etwas in Acht! Ich bin, der
ich bin, aber nicht jeder ist wie ich, und was Sie eben
vor mir aussprachen, möchte auf mancher Stelle ein Mißtrauen gegen Sie erwecken."

Der junge Graf streifte den Sprecher, der plötzlich
inne hielt, mit einem forschenden, fast ein wenig verwun-
derten Blicke. — „Das ich dulden müßte," entgegnete er
dann aber unbefangen, ja, fast gleichgültig. „Ich sprach
nur die Wahrheit und ließ Thatsachen reden. Ist das
nicht angenehm — was kann ich dafür oder dawider? —
Das ändert kein Mensch, ja, keine Macht der Welt, Herr
General. — Doch da sind wir!" brach er ab. — „Und,
wie ich's schon ahnte — Steffen ist nicht da. Nun heißt's
also suchen."

Sie waren, langsam reitend, denn, wie schon bemerkt,
war der verfolgte Weg und die Glut umher einer größeren Eile nichts weniger als günstig, jetzt wirklich bis an
die Grabhügel gelangt, in deren Schutz der Pferch und
die Hütte des Alten sich befanden. Durch die Zwischenräume der Hügel sahen sie in eine Art von unregelmäßi-
gem, kesselartigem Thal hinein, wo sich indessen nichts als
ein kleiner Schuppen befand, der einige Futtervorräthe für
irgend einen Nothfall enthalten mochte. Neben demselben
befand sich eine jener nicht gerade seltenen kleinen brun-
nenartigen Einsenkungen, die von dem krystallhellen und
eiskalten Wasser einer aufsprudelnden Quelle niemals
weiter als bis zur Hälfte gefüllt, noch weniger jemals

überschäumt werden. Man heißt sie bort zu Lande kurz=
weg „Born". — So tief das Wasser auch steht und so
klein der Born auch zu sein pflegt, dennoch zeigt sich die
Wirkung des Nasses in seiner Umgebung gewöhnlich auf
sehr bemerkbare Weise an der Ueppigkeit des Graswuchses
ober des etwa aufgeschlagenen Buschwerks, und nirgends
konnte dies auffälliger sein, als in diesem Raume, der
im Gegensatz gegen die dürre und glühende Heide drau=
ßen mit dem dichtesten Rasen bedeckt und, trotz des auch
hier ausgebreiteten vollen Sonnenlichtes, von einer wohl=
thuenden, fast frischen Luft erfüllt war.

Die Gesellschaft war abgestiegen und hatte, die Pferde
den Dienern und ein paar Ordonnanzen überlassend, welche
ihrem Chef auch hieher gefolgt, den geschilderten Raum
betreten, wo freilich, wie bereis angedeutet, nichts Beson=
beres zu sehen war. Für sie, die hier im Grunde stan=
den, war selbst die Aussicht durch die Zwischenräume der
Hügel fast ganz abgeschnitten, und Stephanie, die sich
auf Vial's Arm gestützt hatte, sagte daher nach einigen
Augenblicken schon: „Hier ist's mir zu eng. — Was mei=
nen Sie, Herr de Vial," fügte sie hinzu und deutete mit
der Reitgerte zu der Spitze des höchsten Hügels empor,
„da oben muß man eine hübsche Aussicht haben?"

„Steigen wir also hinauf," versetzte der Franzose ga=
lant, „es ist ja nur ein Maulwurfshügel. Ah' welch ein
Genuß, dürfte ich Sie einmal so auf eine wirkliche Höhe
geleiten!"

„Nehmen Sie sich nur in Acht, daß der Maulwurfs=
hügel Sie nicht zu Fall bringt!" meinte Eugen, der das

Wort des Fremden vernommen hatte und jetzt mit dem
General und dem jungen Waldkirch dem Paare folgte.

Und es war in der That nicht so leicht, wie Jener
gedacht haben mochte. Die Wirkung des Borns erstreckte
sich nicht mehr bis auf die ziemlich steil sich aufwölbende
Höhe; das feine, kurze Gras, welches sie dicht bedeckte,
war so glatt, daß der Aufsteigende mit aller Vorsicht fest
auftreten und langsam vordringen mußte, wenn er nicht
alle Anstrengung vergeblich sehen und die Höhe wieder
hinabgleiten wollte.

So erreichten sie nur mühsam den Gipfel, von dem
sich dann allerdings eine weite Aussicht darbot, denn der
Hügel war wirklich der höchste von allen. Man sah von
ihm aus nicht allein über die anderen hin weit, weit ins
Land hinein, sondern auch vorn hinaus, über eine kurze
Heidestrecke auf die Dünen und weiterhin auf die nirgends
mehr begrenzte See. Und sie erblickten dieselbe von hier
aus in einer nicht vermutheten Bewegung, die Kämme
der aufrauschenden Wogen wurden, man hätte sagen mö=
gen, von Blick zu Blick sichtbarer, und das Brausen der=
selben, das drunten nicht bis zu ihnen herangedrungen,
kam hier oben vernehmbar genug durch die Todtenstille
des Landes herüber. Dazu kreis'ten die Möven dort hin=
ten in sichtbarer Unruhe; wieder und wieder schossen bald
einzelne, bald mehrere gegen das Land zu und über die
Köpfe der Gesellschaft mit angsthaftem Schreien hin. Und
mit einem Male zog ein Anfangs leiser, schnell jedoch
immer stärker anschwellender, hohler und klagender Ton,
wie der Klang einer Riesen=Aeolsharfe, an den Ohren

der aufschreckenden, bisher stumm hinausschauenden Menschen vorüber.

„Was ist das?" rief Stephanie, das schreckensbleiche
Gesicht zu Eugen wendend, der bei dem wunderbaren
Laute gleichfalls zusammengefahren war und mit sichtbarer Unruhe und fliegenden Blickes den ganzen Horizont
musterte.

„Die Antwort auf Ihre frühere Frage, Cousine!"
sagte er nach einer kurzen Pause endlich in auffällig ge-
preßtem Ton. — „Der Witterungswechsel ist schon da —
dort!" setzte er hinzu und deutete gegen Nordwesten hin,
wo am Horizont etwas wie ein aufquellender dunkler
Dunst sichtbar wurde, der sich augenscheinlich rasch aus-
breitete. Und als in diesem Augenblick ein neuer, noch
hohlerer und klagenderer Laut daherzog, ließ er ihn vorüber und fuhr hastig fort: „Der Sturm spricht! Wir
haben keinen Augenblick zu verlieren. Ja, am besten
wäre es, wir probirten die Rückkehr gar nicht mehr, sondern suchten so gut wie möglich dort im Schuppen Schutz
vor dem Unwetter."

„So arg wird's nicht sein," bemerkte der junge Ordonnanz-Offizier mit einem offenbar spöttischen Blick zu
Eugen hinüber. „Das Unterkommen dort dürfte ein wenig gar zu ländlich werden. Was meinen Sie, Kamerad?"
setzte er gegen Waldkirch gewendet hinzu.

Dieser beobachtete den Himmel und schüttelte zu des
Andern Frage nach einer Weile den Kopf. „Ich verstehe
dergleichen weniger," versetzte er; „wir verlassen uns in-

dessen darin am besten doch wohl auf die Angabe des
Herrn Grafen, der hier geboren ist und —"

„Zu Pferd oder in den Stall!" unterbrach ihn Ge=
neral Renaud rasch. „Das Ding dort galoppirt selber,
scheint mir, und wir werden nicht zu säumen haben, wenn
wir noch den Wald und gute Wege erreichen wollen.
Unsere Pferde sind aber gut, und wenn wir sie ausgrei=
fen lassen, kommen wir schon noch mit heiler Haut davon.
Ich meine selber fast, daß Sie ein wenig zu ängstlich sind,
Herr Graf," fügte er lächelnd hinzu, während man schon
wieder hinab zu steigen begann und er Stephanien seinen
Arm lieh.

„Aber dort im Stall — kann man denn dort bleiben,
Cousin?" fragte das junge Mädchen mit einem scheuen,
zwischen dem Schuppen und Eugen hin und her fliegenden
Blick. „Es sollte doch noch möglich sein —"

„Unsere Herrin befiehlt! Vorwärts, meine Herren!"
rief Renaud. — Sie eilten weiter.

Das ganze Gespräch, von dem ersten Ausruf Ste=
phaniens und Eugen's folgender Erklärung an, hatte in
seinem schnellen Wechsel nur ein paar Augenblicke ge=
dauert. Eben so rasch waren sie im Grunde, eilten über
den Rasen gegen die Oeffnung zu, vor der sie die Pferde
gelassen, die sie ungeduldig und scheu, von den Leuten
kaum noch zu halten fanden. Und dennoch war in diesen
wenigen Minuten schon mehr als ein neuer Windstoß über
sie hingezogen, sie hörten das Brausen der See immer
drohender, die Möven kreischten verzweiflungsvoll und
drängten sich noch häufiger in den Schutz des Landes,

und der Himmel endlich, der vor einer Viertelstunde eine
weite, leuchtend klare Wölbung gewesen, zeigte sich von
Sekunde zu Sekunde dunkler und drohender, das Gewölk
verhüllte ihn mit seinen sturmesschnell vorausflatternden
dunstigen Schleiern beinahe schon bis zum Zenith, und der
Sonnenschein war fort von der Heide.

Grade in dem Augenblick, als sie zwischen den Grabhügeln hervor und vollends auf die Pferde zueilten, zuckte
drüben, über den Dünen, der erste grell hinfahrende Blitz
auf, so daß die junge Gräfin zurückbebte und mit der
Hand nach den Augen fuhr. Der verhältnißmäßig rasch
folgende und laute Donner deutete die Nähe des Gewitters an. Indem sie dessen ungeachtet aufzusitzen begannen, sahen sie den Wald drüben seine Kronen gegen einander neigen, und in der nächsten Sekunde brach der erste
wirkliche Stoß des beginnenden Sturmes bereits auch auf
die Heide herab, und von den Dünen her kam es heran
mit berghohen Staubschleiern und fuhr brausend, heulend,
seufzend und pfeifend an ihnen vorüber in die weite Fläche
hinaus.

Eugen zog den Fuß aus dem Bügel zurück. „So
rasch und ernst habe selbst ich es nicht gefürchtet," sprach
der junge Mann finster. „Es hat sogar den Alten überrascht, merk' ich, denn solche Eile ist seine Gewohnheit
sonst nicht," fuhr er fort, und deutete seitwärts gegen die
Heide zu, wo durch die letzten Staubwolken der mit der
Herde rasch sich nähernde alte Schäfer sichtbar wurde. —
„Es ist keine Möglichkeit zum Aufbruch mehr vorhanden.

Herein mit den Pferden in den Grund   Kommen Sie!
Ich will den Schuppen öffnen."

„Ich gehe niemals in diese unsaubere Höhle!" stam-
melte Stephanie bebend und doch mit fest auf einander
gepreßten Lippen.

„Seien Sie nicht thöricht, meine schöne Gräfin!"
mahnte Renaud gleichfalls ernst. „Es wird da drinnen
noch immer besser sein, als auf der Ebene, wo wir fort-
geweht oder fort — Hu!" — Und er riß das Mädchen
hinter den Vorsprung des nächsten Grabhügels zurück,
denn der Stoß, der vorübersaus'te, war von so furcht-
barer Gewalt, daß selbst die Männer Mühe hatten, sich
aufrecht zu erhalten und die Pferde sich entsetzt aufbäum-
ten und, mit Mühe gebändigt, an allen Gliedern zitterten.
Die Heide war in' den dichten, fahlen Staubwolken wie
verschwunden, der Donnerschlag, der zugleich hernieder ge-
kracht war, rollte der Gesellschaft schon zu Häupten, kam
im dumpfen Wiederhall von den Dünen und den hohen
Wäldern zurück und betäubte das Mädchen vollends, so
daß es sich willenlos fort und der geöffneten Hütte zu-
ziehen ließ, von der Eugen jetzt bereits wieder, mit flüchtiger Handbewegung zurückdeutend, an dem Paare vor-
beieilte.

„Hinein!" schrie er den Anderen zu, denn die gewöhnliche Sprache verklang in' der sich immer steigernden
Gewalt des Unwetters. Und nun säumten sie nicht mehr,
die beiden jungen Offiziere sprangen dem Schutz des Ge-
bäudes zu, die Bediensteten zogen die Pferde in den verhältnißmäßig geschützten Grund und sattelten sie auf des

Grafen Geheiß ab.   Denn nun fielen auch hier schon die
ersten großen Regentropfen, denen bald ganze Ströme zu
folgen drohten.   Ueber den Dünen und der See war es
wie eine finstere Dämmerung und die vorüber prasseln-
den und sausenden Schauer erfüllten alles mit ihrem
Dunst und ließen selbst vom Himmel und seinen Wolken
nichts mehr erkennen.

Eugen eilte rastlos ab und zu; nun sah er nach den
Leuten und Pferden, die sich im Grunde und hinter den
Grabhügeln so gut wie möglich zu schützen suchten; dann
schaute er in den Schuppen hinein, wo die Gesellschaft
trotz Stephaniens anfänglichem Widerwillen und Vial's
halb spottenden, halb zürnenden Bemerkungen' sich nach
und nach zurecht zu finden, sich gesichert und beruhigt, ja
durch die Enge und Unbequemlichkeit, wie es nicht selten
geschieht, eher erheitert zu fühlen begann.   Und von da
eilte er durch den schon stärkeren Regen hinaus bis zur
Oeffnung und blickte ernsten Auges zum Meer und den
Dünen hinüber, zum Walde hin, wo er mehr als einen
der alten Baumriesen der furchtbaren Gewalt der Stur-
messtöße erliegen und krachend zum Boden niederstürzen
sah, und endlich in die Heide zurück.   Dort war der
Staub und Sand bereits feucht geworden und hatte sich
niedergelassen; der Regen fiel noch immer nicht reichlich,
da der Sturm ihn verwehte, und die ebenen Gelände
lagen verhältnißmäßig weit übersehbar, in einem seltsam
durchsichtigen, grauen und, man hätte sagen mögen: be-
ängstigenden Lichte da.

In solchem Schauen traf ihn der Schäfer, der jetzt

seine Herde untergebracht hatte und in die blau und weiß
gewürfelte alte Decke gehüllt, langsam durch den Regen
und Sturm auf ihn zukam.

„Seid Ihr's also doch, junger Herr?" sprach der alte
Mann, indem er die herzlich dargebotene Hand des Grafen ergriff und schüttelte und den sorgenvollen Blick des
Herrn mit einem so freundlichen erwiderte, wie wir ihn
noch nicht von diesen Augen ausgehen sahen. — „Der
Karsten Herbart von Nieder-Rhoda brachte mir die erste
Nachricht, daß so ein fremdländischer Gewaltiger von Euch
zu mir altem Manne geführt werden wollte, und Detlef
sagte noch weiter davon. Aber heute wär' ich's mir am
wenigsten vermuthen gewesen. Es war unsauber vom
Morgen an, und Ihr hättet das auch hinter dem Busch
schon merken können."

Sie waren in den Schutz des nächsten Hügels zurückgetreten, wo der Sturm über ihren Häuptern hinzog
und dort ganze volle Schauer peitschend hinjagte, so daß
nur wenig Sprühe zu ihnen hinab gelangte, während
über der Heide vor ihnen sich plötzlich alles in dichte und
immer dichtere Schleier hüllte, durch welche nur von Zeit
zu Zeit die Blitze des bereits vorbei gejagten Gewitters
grell entlang schossen.

„Wir merkten's auch," versetzte Eugen, der des Alten
Worte mit sichtbarem Interesse vernommen hatte, nun miß-
muthig. „Onkel Eberhard und ich riethen beide ab. Allein
wir drangen nicht durch, und offen gestanden, Vater, so
schnell hätte auch ich es nicht vermuthet."

„Ja, es ist gekommen wie die Hand des Herrn über

die Gottlosen," sagte der Schäfer in einem gewissen starren Tone und mit verdüstertem Blicke. „Man sieht sie
nicht, bis sie über uns ist und sich fühlbar macht. Aber
der Herr gibt's der Menschheit, wie sie's treibt," fügte er
hinzu; „sie wollen es nicht besser und werden es haben
über ihren Willen. Denn das Gericht beginnt, und sie
werden sich noch in mancher viel ärgeren Noth versuchen
müssen."

Eugen hatte diesen Worten wieder mit einer Art von
fast ehrfürchtiger Regung gelauscht; die Weise des Greises
verfehlte, wie wir bereits erfuhren, selten eines solchen
Eindrucks auf seine Umgebung. Dann aber, da der Alte
nicht weiter fortfuhr, nahm sich der Graf zusammen und
fragte: „Was haltet Ihr vom Wetter, Vater Steffen?"

Der Schäfer warf einen flüchtigen Blick zur grauen
Höhe und in die verschleierte Heide hinaus. „Es kommt
noch ärger," sagte er ruhig.

„Noch ärger? Wie meint Ihr das?"

„Ja, das Gewitter ist vorüber, der Regen trifft uns
weniger arg als die dort hinter der Grenze, und ich
glaube nicht, daß es überhaupt noch viel gibt. Aber ver-
laßt Euch darauf, es endet mit einem schweren Sturm
aus Nord-Ost, junger Herr. Und bis zum Busche wird's
nicht plaisirlich zu reiten sein. Ihr werdet eine Pause
ergreifen müssen. Aber was!" fügte der Greis wieder
hinzu, der heute bei Weitem aufgeweckter war, als wir
ihn bisher gefunden. „Es sind ja Kriegsleute, die müssen
sich daran gewöhnen, und Ihr, weiß ich, fragt auch nicht
nach dergleichen, junger Herr. Ihr führt sie eben gerade

nach Dreiheiligen zurück, denk' ich, denn im Busche und jenseits wird es nicht so arg sein. Es zieht hier her= über."

Der Regen hatte in der That nachgelassen. Es war, als hätte der Sturm ihn schon vollends vorübergejagt und triebe ihn sausend über die Heide hin, in welche sich den beiden Männern zwischen den niederprasselnden und fort= stäubenden Schauern hin und wider wunderbare Blicke darboten. Der Himmel droben trieb voll sich drängender, schwerer und drohender Wolken, und als Eugen nun einen Schritt in's Freie machte und gegen das Meer zu sah, erblickte er nicht nur den ganzen Horizont in ähnli= cher Weise verhüllt, sondern die Stöße kamen auch aus der vom Schäfer angedeuteten Richtung schon mit so rasender Gewalt und so anhaltend herüber, daß er schnell sich in den Schutz des Hügels zurückzog, um sich nur auf= recht zu erhalten.

„Es ist, wie ich sagte," bemerkte der Schäfer trocken. „Aber es kommt noch ärger."

„Und Ihr habt Recht, Vater," meinte der Graf mit einem finster nachdenklichen Blick auf die Hütte, in deren Thor sich jetzt Renaub's stattliche Gestalt zeigte. „Nach den Fremden frage ich wenig, denen schadet eine tüchtige Lection nicht, und es ist ihnen zu gönnen, daß sie Land und Himmel bei uns eben so gut kennen lernen, wie die Menschen. Ich selber kümmere mich noch weniger darum. Aber was macht man mit meiner Cousine?"

Der Schäfer sah überrascht auf. „Ihr habt auch Frauensleute bei Euch?" fragte er lebhaft.

„Nur die Eine, Vater Steffen. Ihr habt wohl ge=
hört, daß die Tochter der Tante Mathilde seit einiger
Zeit schon in Nieder=Rhoda ist."

„So! Von der Reichsgräfin! — Na, das muß kurios
zugegangen sein, daß die ihre zarte Haut in Sonne und
Heide hinauswagt. Ihre Mutter hat so was nicht pro=
birt; die hätte gemeint, sie verunehre sich."

Eugen lächelte bitter. „Die Tochter möchte kaum
anders sein," sagte er. „Hätte das Gewitter und der
Sturm sie nicht hineingejagt, würde Euer Stall das Glück
ihrer Gegenwart niemals genossen haben. Und auch in
die Heide hinaus kam sie nicht Euretwegen, wie der Ge=
neral, oder um der Gegend willen, sondern — ich meine
fast, halb weil wir ihr abredeten, halb weil ihr die Her=
ren Franzosen eine würdigere Gesellschaft schienen als die
Anderen, die in Dreiheiligen blieben."

Die Augen des Greises überflogen das finstere Ge=
sicht des jungen Mannes mit einem, man möchte sagen
vorsichtigen Blicke, so schnell erhoben sie sich, so rasch und
anscheinend gleichgültig wandten sie sich wieder ab. Und
erst dann erwiderte er in kaltem Tone: „Ja, junger
Herr, das ist eben alles der gleiche Schlag."

Der Regen war jetzt ganz vorüber, auch die Heide
lag schon wieder weithin übersehbar im trüben Lichte vor
ihnen, der Donner rollte nur noch dumpf aus der Ferne,
und von dem jähen Unwetter war nichts übrig geblieben
als die vorüberjagenden Wolken droben und der sausende
Sturm hier unten, der freilich der Vermuthung des Schä=
fers gemäß noch immer eher zu= als abzunehmen schien,

indessen in dem zwischen den Grabhügeln liegenden Grunde nur in gemäßigtem Grade fühlbar wurde.

General Renaud war jetzt vollends in's Freie getreten und schaute sich prüfenden Blickes um. Dann kam er, die stattliche Gestalt in bequemer, fast ein wenig nachlässiger Haltung und die Hände in den Taschen der Hosen, zu Eugen und dem Schäfer herangeschlendert, während sein geistvolles, dunkles Auge den Letzteren mit sichtbarem Interesse musterte.

„Sie treiben Ihre Sorgfalt für uns in der That zu weit, mein theurer Graf," sprach er vollends herantretend und gegen Eugen gewendet, in freundlich verbindendem Tone. „Was nützt es, dieses Teufelswetter hier draußen zu beobachten? Es geht darum nicht schneller vorüber, und Sie hätten sich dem Danke Ihrer Cousine und dem unseren nicht entziehen sollen! Die junge, muthige Dame sieht ihr Unrecht ein und segnet Ihre Entschiedenheit, die uns aus dem Wetter gerettet, und hat Angst, wo Sie bleiben. Aber am Ende haben wir uns getäuscht," redete er weiter und drehte sich halb gegen den Schäfer, der bisher unbefangen und ruhig daneben gestanden und den Wolkenzug beobachtet hatte. „Sie haben, wie es scheint, eine bessere Unterhaltung hier draußen gefunden, als wir Ihnen drinnen zu bieten vermocht hätten." Und mit lebhaftem Blicke den Alten messend, fügte er plötzlich in gutem, nur ein wenig fremdartig betontem Deutsch hinzu: „Denn Ihr seid doch wohl der Prophet dieser Gegend, alter Vater?"

Der Schäfer maß ihn mit einem gleichgültigen Blicke.

„Redet Er mit mir, Herr General?" versetzte er, natür=
lich in dem gewöhnlichen plattdeutschen Dialekt, den er
allein sprach und in welchem auch das ganze Gespräch
mit Eugen gehalten worden war. — „Ich bin kein Pro=
phet, sondern nur ein armer Schäfer des Herrn Grafen
Eberhard auf Dreiheiligen."

„Ah, er spricht in eurem Patois!" sagte Renaud,
ohne den Blick von dem alten, fast unbeweglich da stehen=
den Manne zu verwenden. „Da werden Sie doch aus=
helfen müssen, mein theurer Graf!" — Und sich wieder
zu dem Schäfer wendend, sprach er weiter: „Ihr braucht
Euch nicht vor mir zu ängstigen, Alter. Ein General ist
auch nur ein Mensch, und ich will Euch nicht übel. Im
Gegentheil, was man mir von Euch und Euren seltenen
Gaben erzählt hat, machte mich neugierig auf Euch. Also
seid unbesorgt und redet dreist."

Das faltenreiche Gesicht des Schäfers war so starr
und unbeweglich, als sei es aus Holz geschnitzt, und die
fast farblosen Augen ruhten auf dem Sprechenden mit
einem festen und doch kalten Blicke, so daß man in Zwei=
fel sein konnte, ob er die Worte des Fremden überhaupt
verstanden. Auch Eugen nahm etwas Aehnliches an und
begann freundlich: „Der Herr General will Euch kennen
lernen, Vater, wie ich schon —"

Da aber öffnete der Greis die schmalen, kaum sicht=
baren Lippen und sagte gleichmüthig: „Weiß es schon,
junger Herr, und habe den Herrn da ganz wohl verstan=
den. Auch ängstige ich mich nicht, Herr General. Ich
wüßte nicht, weßhalb, denn was kann Er oder sonst je=

mand mir viel thun? Der Herrgott ist über mir und
Ihm. Vor dem sind wir alle gleich, und die Großen
dieser Welt sind wie Unsereins. Aber was Er eigentlich
von mir will, das weiß und capir' ich nicht. 's ist weiter nichts Besonderes an mir altem Menschen."

Renaud war diesen Worten gespannt gefolgt; trotzdem bedurfte er aber doch noch einiger Erläuterungen
Eugen's, um den Sinn der Antwort zu fassen, und erst
darauf sprach er, indem sein Auge mit sichtbar gesteiger-
tem Interesse den greisen Mann beobachtete: „Aber es
wurde mir doch gemeldet, daß Ihr in die Zukunft sehen
könnt, alter Vater, und vorausschaut, was dem Einzelnen
und uns allen begegnen wird?"

Der Greis schaute ihn wieder eine Weile lang unbeweglich an, bevor er so ruhig wie vorhin antwortete:
„Ja, wenn es die rechte Stunde ist, darf ich zuweilen
weiter sehen, als es den Menschenkindern sonst gegeben."

„Und jetzt ist die Zeit nicht die richtige?"

„Nein, Herr."

„Ihr habt auch von uns, von der Herrschaft Sr.
Majestät des Kaisers, von unserer Armee drinnen in Rußland gesagt, daß ihnen Schweres bevorstände?"

„Ja, Herr. — Es steht ihnen aber nicht bevor, es
ist schon über ihnen. Der Herr straft ihre Sünden mit
feuriger Ruthe."

Renaud wandte sein Auge mit fragendem Blicke zu
Eugen und dann wieder zu der unbeweglichen Gestalt
des Schäfers zurück. „Was heißt das?" fragte er. „Was
meint Ihr damit?"

„Das Feuer fegt sie aus ihrem Lager und sie erstar=
ren in Schnee und Eis," versetzte der Alte kalt.

„Woher wißt Ihr das?" rief der General barsch und
mit einem dunkeln Blicke.

„Ich hab' es gesehen, Herr," lautete die kaltblütige
Antwort.

Der General wandte sich nach einem langen, finste=
ren Blicke ziemlich heftig von dem Schäfer fort und zu
Eugen. „Das ist, wie ich es freilich halb und halb ge=
dacht, ein wahnsinniger, alter Träumer," sagte er auf
Französisch und in hörbar zürnender Erregtheit; „zu an=
deren Zeiten und Gebildeten gegenüber sehr unschädlich,
aber unter den jetzigen Umständen und Verhältnissen und
bei der feindseligen Stimmung des rauhen und rohen
Volkes vielleicht gefährlicher als irgend ein Anderer. Ich
gebe Ihrem Herrn Großvater Recht — es ist ein Mensch,
den man unschädlich machen müßte, und ich habe gute
Lust, ihn demnächst aufheben zu lassen."

Eugen's Blick traf den General eben so forschend
und gleichsam überrascht, wie schon auf dem Herritt ein=
mal. Dann versetzte er, auch wie damals, in gehaltenem
Ton und vollkommen artig: „Das, mein Herr General,
hängt freilich von Ihnen ab. Nur erlaube ich mir, Sie
darauf aufmerksam zu machen, daß die Stimmung des
Volkes eine ziemlich schwierige ist und durch einen solchen
Akt, wenn er überhaupt auszuführen, sicher nicht verbes=
sert würde. Sie könnten nirgends auf Unterstützung,
vielleicht dagegen auf ernsten Widerstand rechnen."

„Auch von Ihnen und den Ihren, mein Herr Graf?"

— Das Auge Renaud's nahm einen fast drohenden Ausdruck an.

Eugen richtete sich nur ein wenig höher auf, blieb
jedoch im Uebrigen vollkommen gehalten. — „Von uns?"
gab er zurück. „Gewiß nicht, Herr General; aber eben
so wenig wäre von einer Unterstützung die Rede. Wir
haben uns hier niemals in die Funktionen der Land-
Polizei gemischt."

„Ah bah, Unterstützung oder Widerstand!" sprach
Renaud in hörbar immer gereizterem Tone. „Wir bedürfen der einen nicht und würden den anderen — er
zog die Finger der Rechten fest zusammen — zermal-
men!" — Und indem er inne hielt und sich zusammen-
zunehmen schien, denn sein Auge wurde wieder ruhiger,
fügte er spöttisch hinzu: „Unser Streit ist lächerlich, Herr
Graf, wie sein Gegenstand. Man macht ein Wesen aus
diesem alten Narren, als sei er mindestens eine Art Fürst.
Was hindert mich, ihn von den Leuten schon heute mit-
nehmen zu lassen? Dann hätte die ganze Affaire ein
Ende."

Graf Eugen richtete sich zu der vollen Größe und
Straffheit auf, die seine schlanke und geschmeidige Gestalt
annehmen konnte, und seine fast veilchenblauen Augen
hefteten sich auf den General mit festem, stolzem, durch-
bringendem Blick. „Was Sie daran hindert, mein Herr?"
entgegnete er langsam und articulirt. „Ihre Ehre, Herr
General. Denn Sie wissen recht gut, daß die Sicherheit
des Schäfers eine stillschweigende Bedingung bei diesem
Ihrem Besuche wie bei meiner Begleitung auf demselben

war. Meine Tante, die Gräfin Hebe, hätte anderenfalls
nimmermehr diesen Ausflug unterstützt und noch weniger
mich als Führer Ihnen vorgeschlagen." —

Der General erwiderte den Blick des Anderen ein
paar Sekunden lang mit gleicher Festigkeit — es war,
als mäßen die beiden Männer einander und berechneten
so zu sagen, was sie jetzt und später von einander zu
erwarten hätten. Dann wandte er sich mit leichter Verbeugung ab und dem Schäfer zu, der bisher ohne Regung
und Theilnahme seinen alten Platz behauptet und nur
die Augen bald über die beiden Herren, bald über Land
und Himmel hatte hinstreifen lassen, wo es seit einigen
Minuten etwas ruhiger geworden war. — „Es ist gut,
Alter," sprach er anscheinend kalt und wieder deutsch.
„Ich rathe Euch aber, nehmt Euch in Acht und hütet
Euren Mund. Wir wissen unsere Feinde still zu machen.
Das merkt Euch."

„Mein Mund redet nur, was er muß," antwortete
Steffen nach einer Weile mit seiner ganzen gewöhnlichen
Kälte. „Und so der Herr mich fallen läßt, bin ich in
eurer Hand, anders nicht. Aber eure Zeit kommt früher,
als die meine."

Renaud maß ihn mit einem langen, finsteren Blicke.
Dann wandte er sich mit verächtlichem Achselzucken zu
Eugen, sagte kurz: „Ich denke, wir brechen auf, mein
Herr!" rief im Vorübergehen den Dienern ein noch kür-
zeres „Satteln!" zu und verschwand in dem Thore des
Stalles.

Eugen warf einen zerstreuten Blick ihm nach, dann

rückwärts auf die Heide und die Dünen. Das seltsame
Wesen des Offiziers, dessen Freundlichkeit und Humanität
nicht allein durch den Ruf verbreitet, sondern auch dem
jungen Manne durch die Tante besonders gerühmt und
ihm sogar bereits persönlich bekannt geworden war, über=
raschte ihn und erfüllte ihn mit ernstem Nachdenken.
Schon bei der Begrüßung in Dreiheiligen war ihm eine
Veränderung bemerkbar geworden, die selbst der Tante
aufgefallen zu sein schien. Die ernste Wendung des Ge=
sprächs auf dem Herwege kam ihm wieder in den Sinn,
und was er eben vernommen, erfüllte ihn mit lebhafter
Sorge um denjenigen, der noch immer so ruhig und gleich=
gültig neben ihm stand und nur kalten Blickes das Trei=
ben der Diener verfolgte, welche dem Befehle des Gene=
rals gemäß aufsattelten. —

„Nehmt Euch in Acht, junger Herr,“ sagte der Greis,
sich plötzlich zu Eugen wendend; „die Stille trügt. Es
bläs't gleich wieder wilder als je. Da kommt's schon!“
setzte er hinzu und deutete zum Walde hinüber', wo die
Kronen sich eben unter einem neuen, furchtbaren Stoße
beugten, der gleich darauf auch über die Heide und brau=
send an ihrem Platze vorüberfuhr, so daß vor dem jähen
Lärm die Pferde sich auf's neue bäumten. — Dann bot
der Alte dem Grafen die Hand, drückte die ergriffene fest
zwischen die dürren Finger, sprach ein ruhig freundliches:
„Na, Gott befohlen, junger Herr!“ und flüsterte rasch,
mit unverändertem Gesichtsausdruck, so daß ein Lauscher
weder die Worte vernehmen, noch ihre Wichtigkeit erra=
then konnte, hinterdrein: „Grübelt nicht, Eugen. Es geht

ganz natürlich zu. Der — Jäger ist ihm zu Kopf ge-
stiegen und er beargwohnt euch."

Die Hand ließ los. Der Alte nickte noch einmal,
drehte sich um und ging mit seinen gewohnten, zwar langsamen, aber weit ausgreifenden Schritten gegen die Hürde
zu. — Eugen warf ihm einen langen, schier träumerischen
Blick nach; das Unbegreifliche, was der Schäfer an und
in sich hatte, war selbst ihm niemals überraschender offenbar geworden, als bei diesen letzten Worten desselben.
Er hatte jedoch keine Zeit zum weiteren Nachdenken, denn
die Gesellschaft trat bereits aus der Hütte und saß rasch
auf. Der General war an Stephaniens Seite.

Als der Graf heran und zu seinem Pferde trat, bot
ihm der zunächst haltende Vial vom Sattel die Hand her-
unter und sprach dazu mit ächt französischer Liebenswürdigkeit: „Verzeihung für meinen Zweifel, mein Herr Graf!
Ihre Sorge hat sich mehr als gerechtfertigt gezeigt. Das
war eine böse Stunde!"

Und zugleich sagte auch Stephanie in einem Tone,
der viel herzlicher als gewöhnlich, ja, fast innig war, und
ihr Auge blickte freundlich: „Sie sollen mich zum Dank
in der Folge gläubiger und fügsamer finden, Cousin, —
Sie wissen Einem den Ungehorsam schwer zu verleiden! —
Nun schmollen Sie aber auch nicht länger."

Eugen drückte freundlich die Hand des Einen und
verbeugte sich flüchtig vor der Anderen, dann sprang auch
er in den Sattel, und indem sie vorritten und den Grund
verließen, redete er, gegen den Wald deutend, in einem
gewissen trockenen und kurzen Tone: „Der Weg ist ge-

fährlich, wir haben aber keine Wahl, denn jeder andere würde uns erst nach vielen Stunden nach Dreiheiligen zurückführen und unterwegs uns dennoch die volle Gewalt des Sturmes fühlen lassen. Vorwärts — es ist wieder eine Pause! — Drinnen im Walde dürfte es besser sein, aber passen Sie immerhin auf und achten Sie auf meine Cousine, meine Herren!" — Und er ritt, so schnell es möglich war, voran und den Weg zurück, den sie vor kaum anderthalb Stunden, nur durch die Sonnenglut belästigt, gekommen waren.

Die Luft hatte nicht nur ihre frühere sommerliche Wärme verloren, sondern es war sogar empfindlich kühl geworden, und der Wind, der trotz der Pause zwischen den schweren Stößen noch immer heftig genug wehte, um die Gesellschaft zum Schweigen zu zwingen, durchschauerte die von dem Aufenthalt in der sonnenburchwärmten Scheune verhältnißmäßig erhitzten Menschen auf das unbehaglichste. Und als sie dem Walde schon nahe waren, brach ein Stoß über sie herein, daß Stephanie im Sattel schwankte und nur durch Vial's rasch ihren Arm umfassenden festen Griff vor dem wirklichen Sturze bewahrt wurde. Und sie erkannten die Gewalt des Sturmes nicht nur an den gebrochenen oder mit ihren Wurzeln ausgehobenen Stämmen, deren sich hier an dem Rande des Forstes mehrere zeigten, sondern es neigte sich eben vor ihren Augen auch eine stolz ragende Krone und stürzte mit dumpfem Krachen auf den Boden der Heide — eine ernste Warnung.

Eugen verstand den raschen, finster fragenden Blick,

ben ihm Renaud zuwarf. — „Es nützt nichts, wir müs=
sen hinein!" sprach er, ohne anzuhalten. „Ich hoffe in=
dessen, es wird drinnen, wie gesagt, weniger gefährlich
sein, als hier am Rande. — Vorwärts und Acht gege=
ben!" — Und er legte die letzte kurze Strecke im Galopp
zurück und drang in den Waldweg hinein, der ziemlich
breit, auf seinem festen Grunde Gelegenheit zum schnelle=
ren Weiterkommen bot.

Und sie fanden es, wie er es ausgesprochen. Hie
und da sahen sie wohl einen Stamm im Walde an die
Nachbarstämme angelehnt; ganze Haufen welken Laubes
zeigten sich im Pfade zusammen getrieben und abgebro=
chene Zweige lagen zahlreich umher. Allein ein größerer
Stamm war hier nirgends gestürzt, und je weiter sie ein=
drangen, desto mehr verloren sich auch die angegeben
Spuren des Unwetters; mochte es droben in den dichten
Kronen zuweilen auch noch so betäubend brausen und
heulen, sie waren zu dicht gedrängt und ihre Träger zu
kräftig, als daß sie hätten brechen sollen. Und auf dem
von ihnen beschatteten Wege ward es sogar verhältniß=
mäßig wenig fühlbar, was droben in der Höhe die Luft
in die furchtbarste Bewegung brachte. Dafür kamen von
Zeit zu Zeit ein paar Regentropfen herab, aber darauf
achtete niemand.

Eugen war den Anderen eine ziemliche Strecke vor=
aus und hatte sich, seit er sich von der Gefahrlosigkeit
ihres Weges überzeugt hielt, nicht mehr umgesehen, und
seinen ernsten und zum Theil bitteren Gedanken nach=
hängend, sie sich selbst überlassen. Die paar Stunden

auf der Heide waren für den jungen, heiteren Mann
überaus inhalts= und lehrreich gewesen und hatten ihm
die unheilvollen Zustände des Vaterlandes deutlicher als
jemals vor Augen und zur Empfindung gebracht.

Aber es war damit noch nicht genug. Wären ge=
nauere Bekannte des jungen Mannes zugegen gewesen,
die Zeit und Lust gehabt hätten ihn während dieser Stun=
den zu beobachten, so würden sie auch die Veränderung
haben bemerken müssen, welche seit dem Morgen mit oder
in Eugen vorgegangen war und sicher nichts mit seinen
Gefühlen für das Vaterland zu thun hatte. Wie heiter,
wie vertrauensvoll, möchte man's heißen, war er ausge=
ritten von Dreiheiligen! Wie ernst, wie niedergedrückt
zeigte sich sein Aeußeres jetzt, da er den Weg schweigend
und einsam zurück machte! —

Ja seine Gedanken waren ernst und traurig genug.
Es war eine Viertelstunde voll Kampf und Bitterkeit,
voll qualvoller Einsicht, voll Entsagung und Schwermuth.
Er achtete auf nichts umher und ließ sein Pferd gehen,
wie es wollte. Da wurde er aber durch einen raschen
Hufschlag gestört und zum Zurückschauen vermocht. Von
der übrigen Gesellschaft sah er niemand, sie mußten noch
hinter der nicht fernen Biegung des Weges sein; Haupt=
mann Waldkirch war jedoch nah hinter ihm und gleich
darauf bereits an seiner Seite.

„Da hinten ist's mir zu langweilig," sagte der junge
hübsche Mann heiter. „Der General und mein Kamerad
haben die Gräfin gar zu fest in Beschlag genommen —
oder ist's umgekehrt? — und ich armer Teufel war nur

das fünfte Rad am Wagen. Da komm' ich, um ein
wenig mit Ihnen zu plaudern — erlauben Sie's?" —
Und auf Eugen's freundliches: „Bitte, Herr Kapitän!" —
redete er weiter: „Das war ein recht verfehltes Vergnügen, Herr Graf! — Aber ich stimmte Ihren Warnungen
schon heute Morgen im Stillen zu. Ich kenne diese jähen
Witterungswechsel und ihre Vorzeichen von meiner hei-
matlichen Heide her."

Eugen sah seinen Begleiter heimlich prüfend an, bevor er freundlich hinwarf: „Sie sind aus dem Lüneburgi-
schen, Herr Kapitän?"

„Ja wohl, mein Vater ist Notar in Lüneburg selbst,
früher in Hameln —"

„Ein Ehrenmann," fiel Eugen ein.

„Sie kennen meinen Vater, Herr Graf?" — Das
freundliche blaue Auge des jungen Offiziers richtete sich
fragend auf seinen Begleiter.

„Nicht persönlich," versetzte dieser unbefangen. „Ich
hörte ihn nur — da Sie ein Deutscher sind, darf ich das
von Ihnen trotz Ihrer Stellung wohl erwähnen! — als
deutschen Ehrenmann und treuen Freund unseres Vaterlandes rühmen."

Der Kapitän schaute den Grafen mit einem prüfenden, langen Blicke an. Seine Wangen zeigten eine flüchtige Röthe. — „Also doch!" murmelte er dann, drehte
sich im Sattel, um den Weg zurückzuschauen, und erst
als er hinter sich alles noch einsam gefunden, wandte er
sich, drängte sein Pferd noch näher an das Eugen's und
sagte gedämpft und rasch: „Das kann Ihnen fast nur

Hoven mitgetheilt haben, ein genauer Freund meines
Vaters, den ich hier anwesend vermuthete, seit Sie neulich Abends Ihrer Tante die Mittheilung vom Wieder-
erscheinen des Kometen machten."

Eugen hatte sich, so ernstlich er durch diese Worte
überrascht worden, doch fast augenblicklich wieder gefaßt.
„Eine wunderliche, nicht zutreffende Erklärung," entgegnete er kalt, ohne jedoch sein Auge von dem des Anderen
zu verwenden. „Ich habe Ihren Herrn Vater in Pyr-
mont nennen und rühmen hören. Den von Ihnen genannten Namen kenne ich nicht und —"

„Ihr Mißtrauen ist gerecht und trifft dennoch nicht
zu," unterbrach ihn Waldkirch rasch und im früheren
Ton, obgleich er nach einer neuen Umschau sein Pferd
ein wenig weiter abgelenkt hatte. — „Zu langen Erörte-
rungen ist keine Zeit, Zeugnisse für mich und meine Ansichten kann ich Ihnen außer meinem Wort als Mann
und Offizier nicht bieten. Nur Eins! Glauben Sie an
meinen Vater, so glauben Sie auch an mich. Wie mein
Vater einmal ist, kann er keinen Verräther des Vaterlandes zum Sohne haben. Es gibt wenige unter uns, die
anders denken."

„Und dennoch sind Sie Offizier in den Reihen des
Feindes?" warf Eugen ernst ein.

Ueber das offene Gesicht Waldkirch's flog ein bitteres Lächeln. „Wir haben uns nie für etwas Anderes
als eine neue Art Geißel betrachtet," sprach er. „Im
Herbst 1809 wurde es allen besseren Familien, die einen
disponiblen Sohn hatten, aufgetragen, denselben wo

möglich Soldat werden zu lassen, mit der Aussicht auf
eine gute Carrière.   Die blieb, wie Sie an mir sehen,
auch nicht aus. .Bis zum Frühling war ich in der Garde,
darauf wurde ich bei dem Mangel an Offizieren in den
zurückgebliebenen Regimentern in die Linie als Hauptmann versetzt, zu meiner Freude, denn das Leben in
Kassel ekelte mich an. — Genug aber. Vertrauen Sie
mir und hüten Sie sich und Ihren Freund, wenn er
noch nicht in Sicherheit ist," fuhr er fort. „Was ich aus
Ihrer Andeutung mit Bestimmtheit schließen konnte, daß
hinter jenem zugewanderten Jäger ein Anderer und zwar
Hoven stecken werde, ahnt General Renaud gleichfalls.
Er hat sich durch den albernen Zeitungs-Artikel, der entschieden nur geschrieben wurde, um die Verfolger auf
eine falsche Spur zu bringen und dies bei den Dumm-
köpfen der dortigen Behörden auch erreichte, keinen Augenblick täuschen lassen und hält Sie und den Herrn Onkel
fest im Auge. Merkten Sie an ihm keine Veränderung?"

Eugen nickte gedankenvoll.

„Genug also — seien Sie vorsichtig!" sagte Waldkirch wieder. „Wir wollen abbrechen. Die Gesellschaft
kommt näher." — Und indem er hell auflachte, fing er
unbefangen ein anderes gleichgültiges Gespräch an, während er zugleich sein Pferd anhielt und dadurch Eugen
zu gleichem Thun veranlaßte.

Die Uebrigen waren bald heran; der Weg war brei-
ter geworden und erlaubte der Gesellschaft, zusammen zu
bleiben. Die Spuren des Sturmes zeigten sich immer
seltener; der General warf dem Grafen ein freundliches

Wort zu, das dieser artig erwiderte. Die Unterhaltung
warb allgemein, man kam heiter nach Dreiheiligen zurück.

Als Eugen dem Onkel und der Tante von dem Ge=
spräch des Generals mit Steffen berichtet hatte, fragte
Hebe nach einer Weile mit hörbarer Ueberraschung: „und
du weißt bestimmt, daß sie sich weiter nicht mehr sahen
und sprachen?" — Und als der junge Mann dies be=
jahte, sah sie Eberhard kopfschüttelnd und verwundert,
aber ohne ein ferneres Wort an. Sie blieb fortan, auch
in der Gesellschaft, ungewöhnlich still und nachdenklich. —

Achtes Kapitel.

Zärtliche Herzen.

On peut-on être mieux
Qu'au sein de sa famille!

Nun seh' ich mich an dir endlich gerochen,
Darum dein Leid ich gar wohl gönne dir;
Das Rad geht um! —
Volkslied.

Mit dem Gewitter und dem folgenden schweren
Sturm, der, bald anwachsend, bald nachlassend, vier bis
fünf Tage lang das Land durchtobt und seine Wälder
zusammengeschüttelt hatte, war die schöne Witterung,
welche in diesem Jahre während des ganzen August und
September auch an diesen Küsten geherrscht, zu Ende ge=
gangen und ein trüber, rauher und kalter Herbst einge=
treten, mit windigen und regnigen Tagen und frostigen
Nächten; denn mehr als einmal hatte Morgens schon eine
leichte Schneedecke die Fluren verhüllt, die dann im Lauf
des Tages freilich wieder verschwand, oder das Wasser,
welches in den Geleisen der Dorfstraßen oder in den Für=
chen der Felder stand, zeigte sich gar zu Eis erstarrt.
Das war in diesen außerordentlich milden Küstenstrichen,

wo die Reben an einigermaßen geschützten Spalieren während des ganzen Winters häufig unbedeckt bleiben, und
die Mandeln im Frühling so zeitig und üppig blühen,
wie an der Bergstraße, etwas durchaus Ungewöhnliches,
das, indem es die Gebildeten mit ernstem Nachdenken erfüllte und mit der Erinnerung an die vielfältigen Prophezeiungen von der Winternoth der großen russischen Armee,
in den unteren Ständen die schon schwierige Stimmung
von Tag zu Tag verschlimmerte, die Aufregung vermehrte,
die stumme Erbitterung vertiefte und alles und alles einem
kaum noch zurückhaltenden Ausbruch entgegenzubrängen
schien.

Es dürfte vielleicht manchem unserer Leser scheinen,
als ob diese letzten Anführungen ein wenig gar zu roman-
haft wären, denn es ist ja eine in der guten Gesellschaft
aufgekommene Sitte oder vielmehr Unsitte, nicht vom Wetter zu reden, noch von seinem Wechsel beeinflußt zu scheinen, etwas, das jedoch nur aus der Sentimentalität und
Ueberspanntheit früherer Generationen entstanden sein kann,
wo man es für niedrig und „unbelicat" zu halten beliebte,
daß wir Menschen auch von materiellen Einflüssen berührt
oder gar abhängig sein könnten. — Es ist das, so para-
dox es dem Einen, so unbedeutend, ja, lächerlich es dem
Andern erscheinen mag, gleichfalls eine, und zwar eine
sehr bezeichnende Signatur jener entschwundenen, verschrobenen und — man möchte sagen: verschraubenden Zeit
und Gesellschaft, die uns die Natur und die Wahrheit im
Ganzen wie im Einzelnen stahl und dafür ein Amalgam
hinbot, das, gemischt aus Sentimentalität und Träumerei,

aus Frivolität, Künstelei, kurz aus Unnatur und Ueber-
treibung nach jeder Richtung, dem unbefangenen und
ruhigen Kopfe gar nicht abgeschmackter und widerlicher
erscheinen konnte und dennoch — oh, ewige Gewalt des
Unsinns! — bis in die neueste Zeit und den heutigen
Tag, bis auf die klügsten Köpfe und die schärfsten Augen,
seine verblendende Herrschaft zu erstrecken vermochte.

Das Volk hat sich von all solchen Thorheiten von je
her Gottlob wenig berühren lassen. Ihm war das Mate-
rielle, das Wohlbefinden und Wohlbehagen des Leibes
niemals etwas Nebensächliches oder zu Verschweigendes.
Es unterlag solchen Einflüssen und ließ sich von ihnen
beruhigen und befriedigen oder reizen und verstimmen,
wie es auf der Erde und unserer ganzen Organisation
nach einmal gar nicht anders sein kann, und wie es in
Wirklichkeit bei uns anderen nicht zum Volk, sondern zur
„Gesellschaft" gehörigen Leuten genau eben so statt findet, wenn wir es auch nicht zu zeigen oder auszusprechen
wagen. Es hilft alles nicht — die Hitze und die Kälte,
die Nässe und der Staub, der Wind und der Regen, der
blaue Himmel, die trübe, graue Wölbung, die unheimlich
und drohend dahintreibenden Sturm- und Regenwolken —
sie erstrecken ihre Wirkungen nicht allein bis in unsere
Wohnungen, sondern auch bis in unser Gemüth und unseren Geist, und natürlich überall, wo ein Wechsel der
Witterung häufiger und der Unterschied zwischen dem was
man gut und schlecht heißt, ein größerer ist, bei Weitem
mehr, als dort, wo ein beständigeres Klima die Menschen

nur selten aus ihrer Gewohnheit und Behaglichkeit auf=
schrecken läßt. —

Im Schlosse zu Nieder-Rhoda mit seinen reichen und
behaglichen Räumen wehte gleichfalls die graue, naßkalte
Luft, die den Aufenthalt im Freien gründlich verleiden
konnte, auf das sichtbarste und fühlbarste, obleich nicht
nur das Feuer in dem Kaminofen — einer Erfindung,
die, damals noch neu, das Angenehme mit dem Zweck=
mäßigen zu verbinden wußte, — sondern so zu sagen auch
die ganze Einrichtung des schönen Gemachs, die schweren
Thür= und Fenster=Vorhänge, der dicke Teppich, die Dop=
pelfenster, ja, die tiefsatte Färbung der Tapeten wärmten,
und dazu, was man damals noch nicht häufig fand, auch
ein großer, reich besetzter Blumentisch die gute Jahreszeit
mit dem Duft und Glanz ihrer Blüthen, ihres frischen
und üppigen Grüns sich zurückzuzaubern und festzuhalten
bestrebte. Es wurde dadurch um nichts besser und an=
genehmer.

Der Tag draußen war gar zu grau, der Wind
wehte gar zu frostig durch die nassen, schon halb=kahlen
Zweige der Bäume, welche dort auf dem nahen, entfärb=
ten Rasenplatz sich erhoben; der Regen, hin und wider
mit ein paar großen Schneeflocken vermischt, schlug von
Zeit zu Zeit gar zu scharf an das Glas der Fenster und
vermehrte, trüb herabrieselnd, noch das Trostlose jedes
Ausblicks. Und wenn die Menschen, welche in diesem
Augenblick in dem Gemach verweilten, auch zu wohl er=
zogen waren, um verdrießlich zu erscheinen, so zeigten sie
doch nichts weniger als jene behagliche Stimmung, welche

zur Stunde des Nachmittags-Kaffee's sonst so leicht herauf
zu beschwören ist. Sogar jenes junge Mädchen, das wie
bei unserem ersten Besuch in diesen Räumen am Theetisch,
jetzt an dem vor dem Sopha stehenden Kaffeetisch weilte
und wieder mit einer Tapisserie-Arbeit beschäftigt war,
sah, wie man hier vielleicht annehmen mochte, ungebührlich
gelangweilt aus, ja, schien ein paarmal nur mit Mühe
ein leichtes Gähnen zu unterdrücken.

Comtesse Hebe saß, wie gewöhnlich, tief in den bequemen Stuhl versunken, der hinter dem einen Blumentisch nahe am Fenster stand. Sie war auch jetzt wieder,
wenn begreiflicher Weise auch nicht in einem reichen Ge-
sellschaftskleide, doch immerhin nach Schnitt und Mode
der längst vergangenen französischen Königszeit gekleidet,
die ihrem Aeußeren so gut wie ihrer Neigung nun einmal am meisten entsprach. Doch hatte sie heut einen weichen schwarzen Shawl gleichsam fröstelnd um die Schultern gezogen und um das wiederum aufgeschlagene und
leicht gepuderte Haar ein schwarzes Spitzentüchlein gelegt,
das, unter dem Kinn zugeknüpft und sich weich an die
Wangen schmiegend, das reine Oval dieses Gesichts und
jeden Zug desselben auf das reizendste hervortreten ließ.
Ja, sie war in ihrer jetzigen ruhigen Haltung vielleicht
hinreißender schön, als jemals zu einer anderen Zeit und
in anderer aufgeregter Stimmung. Es war in ihrem Gesichte etwas von Frieden, Ruhe und freundlicher Milde,
was wir noch nicht darin bemerken durften, und die Augen
ruhten mit einem sanften, sinnenden Ausdruck auf dem —
Gegenstande, der gegenwärtig ihre Blicke fesselte. Ja,

wäre es ein anderes Auge gewesen, als das der Gräfin Hebe, so hätte man glauben und sagen mögen, es träume.

Der Gegenstand, der sie fesselte, war aber ein nicht gerade dürftig, indessen ganz einfach und in ziemlich derbe Stoffe gekleideter Knabe von etwa zehn Jahren, der ihr gegenüber und an den Blumentisch gelehnt, auf einem gestickten Fußschemel saß und mit seinen Händchen die farbige Seide aus einander hielt, welche Gräfin Hebe langsam auf kleine Rollen und Sterne abwickelte. Es war ein kräftiges und gesundes, schönes Kind, aber anscheinend fern von der gewöhnlichen Heiterkeit und Rührigkeit dieses Alters. Denn er saß vollkommen ruhig bei dem ihm übertragenen Geschäft, und in den Zügen des Gesichts so gut wie auf der hohen weißen Stirn und in den großen braunen Augen, wenn er dieselben einmal zu der Dame erhob, zeigte sich ein für solche Jahre mindestens seltsamer Ernst und ein Verstand, der an dem Kinde fast erschrecken konnte.

Allein es war noch etwas Anderes in diesem Gesicht, das einem aufmerksamen Zuschauer auffallen mußte, und das war die nicht abzuleugnende Aehnlichkeit mit den Zügen der kleinen Gräfin, eine Aehnlichkeit, die besonders jetzt, wo Beide ernst oder doch ruhig blickten und die Augen meistens gesenkt hielten, zwischen diesen beiden im Alter so verschiedenen Gesichtern gar nicht ausgeprägter sein konnte. Da waren hier wie dort die gleiche hohe und reine Stirn, der unendlich liebliche Zug um den feinen Mund und unter den Augen — taubensanft und taubenweich, hätte man's heißen mögen! — Da waren

endlich und vor allem diese Augen selbst, gleich groß und
schön geschnitten, mit ihren Sternen von dem gleichen
reinen, augenblicklich gar milden und weichen Braun, mit
denselben wundervoll langen, dunklen Wimpern, die den
Ausdruck des sanften Ernstes, der den beiden Gesichtern
in dieser Stunde gemein war, erst vollkommen machten. —

Außer den Geschilderten befand sich gegenwärtig nur
noch eine Persönlichkeit im Gemach, eine uns gleichfalls
schon bekannt gewordene. Es war nämlich der alte Mann,
den wir vor einigen Wochen erst ins Speisezimmer ein-
treten sahen, wo seine Erscheinung jedoch vor dem ihm
rasch folgenden Eugen nicht zur Geltung gelangte.

Er war im Auf- und Abgehen begriffen und schien
sich von allen Gegenwärtigen entschieden noch am behag-
lichsten zu fühlen. In seinem gefurchten Gesicht und in
den kleinen, grauen Augen zeigte sich wenigstens etwas
wie eine gewisse joviale Fidelität, und die bequeme Haltung des langen Körpers, die tief in die Hosentaschen ver-
senkten Hände, die zwischen den Lippen schwebende kurze
Pfeife widersprachen diesem Eindrucke keineswegs, sondern
verstärkten vielmehr denselben. Ja, es kam an seinem
Aeußeren noch etwas hinzu, was die ganze Erscheinung
fast zu einer komischen stempelte, und das war die blonde
Perücke, welche, an ihren Locken leicht gepudert und hinten in den saubersten Haarbeutel auslaufend, dem verhältnißmäßig kleinen Kopfe auf das allerseltsamste stand —
sie war entschieden viel zu groß für denselben — trotzdem
von ihrem Besitzer aber mit der höchsten Seelenruhe und
Behaglichkeit in der Welt umhergetragen wurde. Denn

daß ihm dieselbe nicht etwa zur Gewohnheit geworden und
daß er sich nicht im entferntesten über sein, zum Mindesten
besonderes Aussehen täuschte, bewiesen die lustigen Blicke
und eine Art von heimlich schmunzelndem Lächeln oder
richtiger fidelem Grinsen, mit dem er bei Gelegenheit sein
in einem der großen Wandspiegel erscheinendes Bild zu
begrüßen schien.

In dem Momente, da wir das Gemach betreten,
schien indessen irgend jemand dasselbe verlassen zu haben,
denn die Portière der einen Thür bewegte sich noch, und
der alte hagere Herr hielt seine Augen dahin gerichtet,
blieb auch stehen und sagte, nachdem er die Rechte aus
der Tasche gezogen und die Pfeife aus dem Munde genommen, mit einer keineswegs wie damals schnarren-
den, sondern durchaus freundlich, ja, jovial klingenden
Stimme: „Das scheint eine Art Märchen-Prinzessin zu
sein, die ihr Gepäck nicht wie Unsereins in Koffern und
Mantelsäcken, sondern in Nüssen bei sich führt und erst
nach und nach zu Platz bringt. Lieber Gott, wie erschienen wir zuerst so knapp und simpel: ein Köfferchen, ein
Röckchen und — ein Gott! Und jetzt — Wetter noch einmal! — alle Tage ein neues Prachtstück! — Wenn das
so zunimmt oder sich nicht ganz besonders zusammenpacken
läßt, schaffen die und ihre Bagage einmal ja alle unsere
Kutschen nicht wieder weg.“

Comtesse Hebe schaute lächelnd auf und zu dem Ha-
gern hinüber. „Vetter, Sie sind ein Universalgenie!“
bemerkte sie, wieder zu ihrer Arbeit und dem Kleinen zurückblickend; „Kenner der Märchen-Litteratur und Kritiker

und Beobachter des Damenputzes! Sagen wir einmal:
wenn das bei Ihnen so zunimmt — wohin wird das
führen?" — Und indem sie wieder aufschaute und die
ganze Erscheinung des „Vetters" musterte, verzog sich ihr
Gesicht immer mehr und mehr, bis sie endlich hell auf-
lachend hinzusetzte: „Sie sehen heut übrigens wirklich ganz
verwünscht aus, Vetter Christian!"

Er zog die Schultern mit überraschender Beweglichkeit so weit in die Höhe, daß der Kopf fast bis an die
Ohren zwischen ihnen eintauchte und die Locken der Perücke
auf dieselben stießen, und nachdem er sich mit einer Art
von Pirouette um- und vor den Spiegel in seinem Rücken
geschwenkt hatte, musterte er sich mit nun wieder um so
länger hervorgerecktem Halse, nickte dem Bilde zu und
versetzte, sich eben so schnell wieder an Comtesse Hebe
wendend, mit angenommenem Ernste und einer fast ceremoniösen Verbeugung: „Ja, Cousine, wenn Geist und
Verstand des Herrn Papa's, meines hochgebornen Vetters
und Perruquiers, bei seinen hohen Jahren in gleicher
Weise wachsen wie sein Kopf oder vielmehr seine Perücken, die ja leider auch die meinen sind oder doch werden, so sieht es bös für mich und meinen Kopf aus."

Die drei Zuhörer lachten jeder in seiner Weise zu
diesen wunderlichen Worten und dem eben so wunderlichen
Wesen des alten Mannes, der jetzt nach einer neuen,
gleich ceremoniösen Verbeugung die Pfeife wieder zwischen
die Lippen und die Hände in die Taschen schob und
mit langen Schritten die abgebrochene Promenade von
neuem aufnahm. Er rauchte übrigens discret, so daß

man nur von Zeit zu Zeit ein wenig Rauch seinen Lippen
entquellen sah, während eine sehr scharfe oder sehr bös=
willige Nase dazu gehört haben würde, in dem großen und
hohen Zimmer mehr als eine Spur von dem Dufte des
verführerischen Krautes zu entdecken.

„Ich sehe aber nicht ein, Vetter, weßhalb Sie, bei
der Verschiedenheit eurer Köpfe, so hartnäckig an dieser —
Thorheit hängen," meinte Hebe nach einer Weile zwischen
dem Wickeln ihrer Seide. „Es wird Ihr Kopf darum
noch nicht zu kurz kommen oder eine Erkältung riskiren."

Der Alte nahm die Hand aus der Tasche und die
Pfeife aus dem Munde. „Sachte, sachte, sachte!" erwi=
derte er in einem taktmäßigen und sich verstärkenden
Tone. „Cousine Hebe, Sie sind eine Dame von Schön=
heit und Geist, nur — schade — manchmal ein wenig gar
zu flüchtig! — Thorheit, sagen Sie? Aufgeben? Wo
denken Sie hin! — Erstens hat mich der Herr Papa,
mein hochgeborner Vetter, zum Erben seiner Garderobe
feierlich bestimmt, und da er, Gott sei Dank, noch keine
Lust hat, mich diese Erbschaft durch den Todesfall antreten
zu lassen, und überdies alle Monat eine dieser Perücken
ablegt, die doch benutzt werden müssen, so verwende ich
sein Erbe schon bei seinem Leben — ich käme sonst zu
kurz, und ihm thut eine solche Anhänglichkeit wohl — sehr
wohl, Cousine! Lachen Sie nicht, es ist wahr, er hat ein
so empfindliches Herz, mein Herr Vetter! Zweitens —"
und der Gesichtsausdruck des Alten wurde durch den
Ernst, den er sich anzunehmen bestrebte, wo möglich noch
komischer — „zweitens ist Monsieur Pierre, unser Kammer=

Herr ohne Schlüssel, jetzt entzückt, wenn ich ihm von Zeit
zu Zeit eines meiner Erbstücke schenke; ließe ich sie ihm
alle und erbäte mir nur zuweilen eines derselben, so würde
die Bestie noch unverschämter werden, als sie jetzt zuweilen
schon ist. Und endlich drittens, Cousine,« fügte der wun=
derliche Geselle hinzu, und in seinem Gesichte zeigte sich
zum ersten Male etwas, das man für wirklichen Ernst
halten konnte — „zu Gast bleibe ich schon mein Leben
lang bei euch, das thut euch nichts und mir nichts, es
geht in Einem hin. Andere Ausgaben soll aber niemand
für mich machen, die Zeit ist nicht danach, und der Herr
Papa, mein werther Vetter, weiß das und handelt dem=
nach. Ich bin entzückt, wie sparsam die alte Seele gewor=
den! — Ich weiß so etwas zu schätzen! Ah!" — Und er
spazierte sanft rauchend und stark mit dem Kopfe nickend
auf und ab.

Comtesse Hebe ließ einige Zeit vergehen, ohne daß sie
das Schweigen wieder brach. Sie war heute überhaupt
nicht nur stiller als wir sie früher kennen gelernt, sondern
sie sah, wie schon angedeutet, auch nachdenklicher aus, und
während der jetzigen Pause ruhten ihre Augen mit einem
süßen und träumerischen Lächeln auf dem Knaben, dessen
ernstes, kleines Gesicht sich vor solcher, man muß wohl
sagen: sonnenhaften Berührung jetzt denn endlich auch
gleichsam zu entfalten begann. Zärtlich und immer zärt=
licher schaute er auf diejenige, die ihm ein Gefühl zeigte,
das sie vielleicht noch keinem anderen Menschenkinde ge=
gönnt. Und endlich sprang er auf und zu ihr, sich an
sie schmiegend, denn sie hatte sich aufgerichtet, und legte

schmeichelnd die rosige Wange an die ihre und flüsterte
irgend ein zärtliches Wort. Aber es war so leise, daß
die beiden anderen Anwesenden es nicht vernahmen, und
auch als Gräfin Hebe, das dunkle Haar von der Stirn
schiebend und dieselbe mit ihren Lippen streifend, innig
versetzte: „Mein lieber, schöner Knabe!" klang das so gedämpft, daß das im Gemache herrschende Schweigen dadurch eigentlich gar nicht unterbrochen wurde. — Im nächsten Augenblicke saß das Kind wieder auf seinem Platze,
die Gräfin wickelte ihre Seide, und indem sie nun zu dem
Vetter hinüberblickte, sagte sie: „Sie finden den Herrn
Papa also auch geizig, Vetter Christian?"

„Ah, ich, was kommt darauf an!" erwiderte er
jetzt zur Veränderung einmal in pathetischem Tone, während er seinen Gang so anhaltend und gleichmäßig wie
ein Uhrenpendel fortsetzte. „Auch ich, sagen Sie? Haben
Sie vielleicht etwas davon erfahren, schönste Cousine?
Das will ich doch nicht fürchten! Ich würde ein Wort
mit ihm —"

„Immerhin!" entgegnete sie einfallend. „Reden Sie
lieber nicht eins, sondern mehrere mit ihm, es kann nicht
schaden. Sie wissen, meine Macht ihm gegenüber hat ihre
Grenzen, und bei manchen Dingen versuche ich den Streit
gar nicht. So jetzt. Sie haben seltsamer Weise von
Stephaniens Toilette geredet — nun, Vetter Christian,
im Ernste glauben Sie wohl nicht, daß das Kind in rei-
cher Ausstattung zu uns kam. Im Gegentheil, sie war
die ärmlichste von der Welt — wie Sie sagen: ein Rock
und ein Gott! Ich redete mit dem Papa davon, er hatte

jedoch seine taube Stunde, und somit griff ich selber durch und besorgte ihr diese Fahnen. — Ich liebe das Kind nicht besonders," fuhr sie vom Ernst zum Spott übergehend fort; „besonders seine sogenannten Hofmanieren und Alluren kommen mir unter diesen Verhältnissen durchaus lächerlich vor. Allein was hilft's! Das „edle Blut" ihrer Mutter und ihres Vaters ist am Ende doch ein gar zu durchsichtiges Gewand. — Also, Vetter, mit dieser Aufklärung betraue ich Sie."

Nach einer Pause versetzte der alte, wunderliche Geselle in einem fast hochtrabenden Tone: „Meine Cousine, ich accipire sie!"

Comtesse Hebe zog eben das Ende des Fadens von den Händen des Kleinen und erhob ihre Augen langsam zu der prachtvollen Alabaster Uhr, die nahebei auf einer Console stand. Dann sah sie wieder herab und mit voller, warmer Freundlichkeit auf den Knaben, der aufgestanden war und eine der Blumen auf dem Tische betrachtete, und darauf sagte sie: „Die Vacanz ist zu Ende, du mußt nun gehen, Hector, mein liebes Kind. Du erinnerst dich an das, was ich dir gesagt habe, mein Liebling, und bist nicht verdrießlich, sondern recht verständig, nicht wahr? — Gib mir einen Kuß!" — Und als er seine Lippen zärtlich auf die ihren gedrückt hatte, strich sie noch einmal liebkosend über sein weiches Haar und fügte hinzu: „Nachher seh' ich dich natürlich wieder. Ich habe noch mit deiner Mutter zu reden."

Er nickte ihr ernsthaft zu und wandte sich ab, als die Uhr hellklingend Vier schlug und schier in dem gleichen

Augenblick eine Thür geöffnet und die Portière von zwei
Dienern zurückgeschlagen wurde. Zwischen ihnen erschien
die kleine, starke Gestalt des alten Grafen und betrat mit
gemessenem, majestätischem Schritte das Zimmer, indem
zugleich die großen, hervorstehenden Augen ein paar eben
so majestätische Blicke langsam über die Anwesenden gleiten ließen. Nur auf dem Knaben schienen sie ein wenig
länger und gleichsam verwundert zu weilen.

Das junge Mädchen am Kaffeetische war aufgestanden und ließ nach einer tiefen Verneigung jetzt den duf-
tenden Trank in die vergoldeten und mit dem Wappen
der Grafen Rhoda bemalten Tassen laufen. Vetter Christian blieb auf der Stelle, wo er sich gerade befunden,
stehen, machte gegen den Eintretenden gleichfalls eine
außerordentlich tiefe Verbeugung, trat dann jedoch, die
Pfeife im Munde und mit ausgestreckter Rechten, auf ihn
zu. Gräfin Hebe endlich begnügte sich mit einem flüchtigen und sichtbar gleichgültigen Blicke, wandte das Auge
dann zu dem noch immer neben ihr weilenden Kleinen
und sagte freundlich: „Geh' nur, mein Kind!" — worauf
derselbe, der bei dem Erscheinen des Grafen erschrocken
einen Schritt zurückgetreten war und erröthend seine Gön-
nerin scheu angesehen hatte, eilig davon und aus der nächsten Thür sprang.

Der alte Herr, der heute, obschon er augenscheinlich
bestrebt war, einen anderen Eindruck zu machen, nur
außerordentlich verdrießlich aussah und nichts von der
Beweglichkeit verrieth, welche ihn neulich in der Gesellschaft der Franzosen weniger alt erscheinen ließ, als man

aus seinem Aeußeren sonst zu schließen berechtigt war,
warf dem Verschwindenden einen Blick nach, der sich, zur
Gräfin Hebe zurückkehrend, noch mehr verdüsterte. Zugleich öffneten sich auch die dicken Lippen ein wenig, allein
die beabsichtigte Frage folgte nicht, da Vetter Christian
mit noch immer ausgestreckter Hand sich plötzlich vernehmen ließ.

«Mon cher cousin,» sprach er ein wenig schnarrend,
„geruhen Sie, meinen freundvetterlichen Gruß zu empfangen. Wie geht's? Wie steht's? Haben uns heute noch
nicht gesehen. Der liebe Eberhard hielt mich zu Mittag
bei sich fest! — Etwas angegriffen und verdrießlich sehen
der Herr Vetter aus, scheint mir?"

Der Graf wandte ihm seine Augen langsam zu, nickte
ein wenig, legte darauf zwei Finger in die dargebotene
Hand und entgegnete in schleppendem Tone: «Bon jour,
cousin! — Ja, wir sahen uns heute noch nicht. — Und
verdrießlich, sagen Sie? — Nein, entrüstet über die immer
zunehmende Frechheit des Menschenpacks, das, durch eine
unverständige Humanität unserer Gewalt entzogen, nicht
übel Lust zu haben scheint, sich seinerseits als Herren über
uns zu geberden. Wir fühlen uns rathlos und schutzlos,
denn die Behörden —"

„Kommen Sie und setzen Sie sich zuerst, Sie wackeln
ja!" unterbrach ihn Vetter Christian, ergriff ungenirt
den Arm des Alten und führte ihn zum Sopha, in dessen
Ecke er den wenig Widerstrebenden niedergleiten ließ.
„So," fuhr er dann fort, „nun eine Tasse Kaffee, Fräu-
lein Amélie, daß die armen, erregten Geister sich wieder

beruhigen, und dann eine vernünftige Erzählung. Was rath= und schutzlos! Ich bin doch Gottlob noch da und Euer Hochgeboren treuer Geheimerrath. Was gibt's?"

Dem Grafen, der sich augenscheinlich angegriffen fühlte und jetzt in der Ruhe einen noch weniger majestätischen Anblick gewährte, vielmehr wie ein Bild des kraftlosesten Alters und einer erschreckenden Stumpfheit erschien, fiel die sonderbare Veränderung in Ton, Wort und Wesen des Anderen nicht auf. Er hatte den Stock mit der gol= denen Krücke, auf den er sich vorhin gelehnt, neben sich niedergleiten lassen, die Tasse ergriffen und mit zitternder Hand zum Munde geführt. Und erst als er sie mit glei= chem Zittern niedergesetzt, nickte er dem Anderen zu und sprach etwas weniger schleppend: „Was wird's sein, Cousin? Pierre hat mir mitgetheilt, daß demnächst ganz Nieder= Rhoda ein einziges, großes Schmugglernest, ja, daß sogar hier, in meinem eigenen Hause, den Gesetzen und meinen Befehlen Hohn gesprochen werde. Natürlich ist jener Kerl, der — Dings da, wie heißt er? — Karsten — Herr — Herbart, glaub' ich. Ich habe kein Gedächtniß für diese barbarischen Namen! — Nun, diese Pestbeule, die sich hier festgesetzt hat und weiter frißt, ist natürlich wiederum nicht nur der Anstifter dieses Treibens, sondern erhält und verbreitet es auch. Da hab' ich ihm sagen lassen, meine Geduld sei zu Ende," fuhr der alte Herr fort, der, so langsam er redete, sich dennoch sichtbar immer mehr er= zürnte, so daß das Gesicht noch röther wurde und die ver= schwommenen Augen nach und nach etwas von jenem Grimm zu verrathen begannen, den wir schon einmal in ihnen funkeln sahen, — „er möge — denn das ist ja diese neue Façon, mit solchen Canaillen zu verfahren, während diesem entlaufenen Leibeigenen Stock und Thurm gehörte — er möge sich davon machen und unser Gebiet räumen, widrigenfalls ich ihn an die Douanen ausliefern lassen werde." — Er schöpfte Luft und sprach seiner Tasse zu.

Vetter Christian hatte sich inzwischen behaglich genug in die andere Sophaecke gesetzt und die Mittheilung des Grafen nur zuweilen mit einem kurzen Nicken oder Schütteln seines blonden Hauptes begleitet. Jetzt trank er gleichfalls, und erst als er seine Tasse wieder niedergesetzt und der Pfeife eine ungewöhnlich starke Rauchwolle entlockt hatte, sagte er: „Na ja, das war Ihre Botschaft, mon cher cousin! Aber die Antwort?"

Der Graf zog die Finger der Rechten um die Spaniol=Dose krampfhaft zusammen und seine Blicke wurden immer zürnender, als er entgegnete: „Was er antwortete? — Er nichts, denn er war nicht daheim. Seine Schwester aber, das alte Weibsstück, hatte gemeint, das habe gute Wege, sie wolle es Karsten sagen. Jedoch glaube sie, daß ich eher aus meinem Schlosse als ihr Bruder aus seinem Hause gehen werde, und — und — sehen Sie, mon cousin,» unterbrach er sich, er hatte sich vorgebeugt, die Faust auf den Tisch gelegt und die Worte preßten sich gleichsam nur zwischen den Lippen hervor — „das muß ich mir gefallen lassen, ich, der Graf von Rhoba, und habe nicht einmal die Hoffnung auf —"

«Attention, cher cousin!» unterbrach ihn Vetter

Christian. „Hochdero Gesundheit duldet solche Stöße nicht!
— Man sollte den Burschen übrigens bei den Beinen
aufhängen!“ fügte er hinzu und warf der Gräfin Hebe,
welche dies alles mit ungewöhnlicher Ruhe angehört hatte
und in ihrer Tasse rührte, einen ernsten Blick zu.

„Wär's vor zwanzig Jahren,“ zischte der Graf, „wer
weiß! — Wir sind mit solcher Brut sonst so oder so
schon fertig geworden!“ — Der Blick, der diese Worte
begleitete, war ein wahrhaft unheimlicher.

Vetter Christian's Gesicht zeigte einmal wieder einen
Ausdruck, der jeden Anderen als seinen gegenwärtigen
Nachbar zum Lachen gereizt haben würde. „Schade nur,
daß der Teufelskerl sich vor zwanzig Jahren von Euer
Hochgeboren klüglicher Weise etwas fern hielt!“ versetzte
er. Und indem er, sich ein wenig zum Grafen hinüber-
lehnend, demselben eine kleine Rauchwolke zublies, fügte
er gedämpft hinzu: „Uebrigens, mon cher cousin, meinte
ich dieses Mal nicht Karsten Herbart, sondern diesen
theuren Monsieur Pierre, dem solch eine kleine Execution
für seine Zuträgereien außerordentlich heilsam sein dürfte,
dem alten Laster.“

Graf Hartmuth starrte den unverschämten Sprecher
eine ganze Weile lang verstummt vor Ueberraschung an,
bevor er, als wolle er den längst verflogenen Rauch ver-
scheuchen, die Hand bewegte und in hohem Tone und kräf-
tiger als bisher erwiderte: «Monsieur le comte, diese
Worte und Manieren — dieser insupportable Rauch —“

„Sind nicht nur gut gemeint, sondern auch meine
Natur und mein Recht,“ fiel der Andere mit verbindlicher

Kopfneigung ein. «Mon cher cousin denkt zu loyal, hoffe ich, um unsern Contract umzustoßen, der mir meine Pfeife und die kleine Feindschaft gegen Herrn Pierre ausdrück= lich einräumt und zugesteht.‘

Der Graf hatte sich, sei es durch die Ruhe, den Kaffee oder durch das aufreizende Gespräch, augenscheinlich erholt und die frühere Stumpfheit verloren. Er richtete sich mit einer Art von Kraft auf, verlieh sich durch den unterge= stützten Stock einen weiteren Halt, und nachdem er den Vetter nur mit einem hochmüthigen, von einem leichten Zucken der Schultern begleiteten Blicke gestreift, wandte er das Auge seiner Tochter zu und sprach: „Es bleibt leider nicht bei diesen auswärtigen — Angriffen und Be= leidigungen. In meinem eigenen Hause und meiner Fa= milie erlaubt man sich, wie es scheint, nichts Geringeres gegen mich so gut wie gegen meine geliebten Gäste. Meine Enkelin — Stephanie —‘

„Ah, unsere Nuß=Prinzessin!“ warf der Vetter da= zwischen. „Was fehlt dem schönen Kinde? Will sie noch mehr Kleider?“

Der Graf streifte ihn nur mit einem wegwerfenden Blicke und wandte sich wieder zu der Tochter, welche es sich in tiefster Seelenruhe, wie es schien, in ihrem Sessel noch bequemer als gewöhnlich gemacht hatte und mit über einander gelegten Armen, das Gesicht jetzt von einem gar freundlichen Lächeln erhellt, dem Kommenden entgegensah. Der Vater kannte diese Haltung und dieses Lächeln nur gar zu gut und sah in solcher Entfernung auch noch scharf genug, um das reizende Gesicht bis in seine Einzelheiten

vor sich zu haben. Daß ihm etwas bevorstand, wußte
er so gewiß wie möglich, und eben so gewiß war es, daß
er durch die Vertheidigung mindestens eben so hart, wo
nicht härter getroffen werden würde, als Hebe durch seinen
Angriff. Aus solchen Kämpfen war er noch niemals als
Sieger hervorgegangen, oder wenigstens als einer, dem
der Sieg weher that, als eine etwaige Niederlage. Das
alles schien in diesem Augenblicke durch des alten Herrn
Kopf zu ziehen. Seine Wangen wurden ein wenig röther
und die großen Augen waren plötzlich unstät geworden.
Allein, da er einmal begonnen, mußte er wohl vorwärts,
um nicht im nächsten Momente einem Angriffe der Heraus=
geforderten entgegensehen zu dürfen. Es war schon ein
Wunder, daß sie überhaupt nur bisher geschwiegen.

Er wechselte jedoch die Weise seines Angriffes. —
«Ma fille,» sprach er, das Auge aufs neue ihr zuwendend,
„was war denn das für ein — Geschöpf, das ich bei
meinem Eintritte neben dir erblickte und dann verschwin=
den sah? Haben wir vielleicht Gäste erhalten, von denen
ich noch nichts erfuhr, oder hast du deine besondere Freude
an dem Kinde? — Vielleicht die Nachkommenschaft eines
alten — Freundes? — Oder —"

In diesem Augenblicke erhob sich das junge, Amélie
genannte Mädchen nach einem flüchtigen Blicke auf die
Tassen, nahm ihre Arbeit zusammen und verließ mit einer
demüthigen Verbeugung gegen die Anwesenden das Ge=
mach.

Nach einer kurzen Pause sagte Hebe's sanfte und
klingende Stimme: „Bitte, Papa, fahren Sie fort! Sie

waren noch nicht ganz fertig. Also Sie meinen: die Nachkommenschaft eines alten Freundes — lieber Gott, Papa, Sie trauen meinen alten Freunden viel Zartheit und viel Gedächtniß zu! — Oder — ?"

„Oder — eine kleine Liebhaberei in Abwesenheit aller übrigen, größeren Passionen? — Das wollte ich sagen, mein Kind!" — Der alte Herr sprach hörbar befangen und so zu sagen nur gezwungen. Der Kampf begann.

„Küß' die Hand, Papa!" versetzte die Tochter sanft und innig, und auch in ihrem Gesichte zeigte sich eine kindlich reine Sanftmuth. „Wie gern thät ich's auch in Wirklichkeit, Papa, würde mir das Gehen nur nicht gar so schwer!" fuhr sie fort, und das Lächeln so gut wie die Stimme wurden in Wahrheit schmelzend, so daß selbst Vetter Christian in seiner Ecke ganz frappirt wurde und zu ihr hinübersah, als wollte er fragen: nun, was um Gottes willen wird's jetzt, daß die da wirklich Ernst macht? — „O, Papa, Sie sind so ganz entzückend gut in Ihrer Theilnahme an dem Ergehen meines vereinsamten Herzens und in Ihrer Sorge, demselben eine neue, kleine Unterhaltung zu schaffen!"

„Mein Kind!" murmelte der alte Graf ganz verstört. Die Blitze zuckten bereits so zu sagen rund um ihn her, aber er begriff noch nicht, wo sie einschlagen würden.

„Ja, Papa, Sie und meine theure Nichte Stephanie, die sich mit und trotz dem stolzen Blute ihrer Eltern zu uns hernieder gelassen hat, an uns, an mir Theil nimmt — das arme, gelangweilte Kind mit seinen Hofgewohnheiten bei uns einfachen, langweiligen Leuten, die ihr nicht

einmal in einer armseligen Nachmittagsstunde Unterhal=
tung zu bieten vermögen! Die in solcher Stunde unge=
zogen genug sind, das theure, hochgestellte Wesen nur
wenig zu beachten und von demselben zu erwarten, daß
es sich an ihren Plaudereien betheilige, die noch dazu
jenen Gegenstand betrafen, der das liebe Kind neuerdings
einmal zu interessiren schien — das Volk, Papa!"

Sie hielt ein wenig inne und nahm, als sei ihr ihre
bisherige Stellung beschwerlich geworden, eine noch bequemere
an, denn sie versank noch ein wenig tiefer im Stuhl und
legte die Füße über einander. Und erst dann fuhr sie
wieder fort: „Das ist alles wahr, und ich kann gar nicht
sagen, Papa, wie ich mich beschämt fühle durch die Ent=
deckung, daß sie innerlich dennoch so theilnehmend —"

Der alte Graf war den Worten Hebe's so aufmerk=
sam wie ihm möglich gefolgt. Die Erwähnung Stepha=
niens, mit der die Tochter zum ersten Beginn des Kampfes
zurückgekehrt war, hatte seine Wangen aufs neue ein wenig
röther gemacht. Auch empfand er gut genug, wo er ge=
troffen wurde, und das „stolze Blut," das er seither schon
oft genug verwünscht hatte, preßte ihm eine Art von inner=
lichem Fluch aus. Da er indessen bisher selber noch im=
mer leer ausgegangen war, so begann er zu glauben, daß
Hebe sich hier oder dort doch nicht ganz frei fühlen möge,
und obendrein verführt durch ihren anhaltend sanften Ton,
unterbrach er sie jetzt und sprach wieder einmal in seiner
majestätischen Weise: „Dein Spott, mein Kind, den ich
sehr wohl begreife, reicht nicht aus. Stephanie steht durch
ihre Geburt über uns, die Gesellschaft, in der sie sich bis=

her bewegte, über der unseren. Sie ist auch außerdem mein Gast. Wir haben daher alles zu thun, ihr bei uns selbst und in unserem Kreise das Leben angenehm zu machen, ihr eine angemessene Gesellschaft und Unterhaltung zu bieten, sie nicht aber durch allerlei plebejische Elemente —"

„O, Papa, was sind Sie für ein wunderbarer Mann!" fiel Hebe ein; ihre Stimme hatte einen fast wehmüthigen Klang. — „So gerecht und theilnehmend und — so ungerecht in einer Viertelstunde! — Ach, Papa, wie gern gönnte ich meiner theuren Nichte eine bessere Gesellschaft! — Man könnte ja den Herrn be Vial auf einige Zeit zu uns einladen! — Ein Wort von Ihnen an den General Renaud, und er bekommt gewiß Urlaub. — Ich weiß und würdige ja die Wünsche meiner Nichte, aber was kann ich Aermste thun, als für ihre Toilette sorgen, daß sie wie ein reichblütiges Grafenkind und nicht wie eine heruntergekommene Primadonna —"

«Ma fille!»

„Erscheint, oder als ihr eine Species des von ihr zu studirenden Volkes vorführen — ein Kind —"

„Also was ist das für ein Kind, ma fille?» unterbrach der alte Herr sie jetzt nicht ohne Heftigkeit, denn Hebe's hinhaltende Weise reizte ihn mehr und mehr. — „Ich mische mich nicht in deine Liebhabereien, ma fille — thue, treibe, liebe, was und wen du magst. Aber so viel ich weiß, sind deine Appartements geräumig genug, und ich wünsche solche Vagabunden- oder Bettlergesellschaft weder in unseren Wohnräumen zu sehen, noch den Meinigen aufgedrängt, die einmal keinen Geschmack daran finden. — Kind einer Nätherin — bah!"

Comtesse Hebe schüttelte mit schwermüthigem Lächeln ein wenig den schönen Kopf. „Ach ja, Papa," sagte sie, „den Abkömmlingen meiner Mutter — ich darf so sagen, Papa, nicht wahr? — geht es schlecht. Die einen sterben, die anderen sind lahm — moi, par exemple! — noch andere lassen sich von fremden Leuten — pardon! — ich wollte sagen von einem fremden Hofe füttern und ertragen — der Letzte endlich muß von seiner Mutter sogar durch Nätherei —"

Graf Hartmuth Rhoda war dunkelroth geworden, die mächtige Stirn strotzte von Blut, und die Augen waren noch weiter hervorgetreten, als gewöhnlich. „Ma fille," sagte er mit vor Erregung zitternder Stimme und lehnte sich noch weiter vor, indem er sich mit der Linken jetzt auch auf den Kaffeetisch stützte, — „diese Herrechnung unseres Unglücks, in dieser Folge, deutet mir wohl noch ein ferneres an, — daß es nun auch um deinen Verstand so schlecht bestellt zu sein anfängt, wie von jeher leider schon um —"

Ein jäher, starker Husten zwang ihn inne zu halten und es war für den Augenblick eine Stille im Zimmer, die erst wieder unterbrochen wurde, als Vetter Christian, der die Pfeife in die Tasche gesteckt und dafür eine Dose hervorgezogen hatte, jetzt den Deckel derselben mit Geräusch zudrückte, eine höchst umständliche Prise nahm und währenddessen zugleich ein paar Worte vor sich hinmurmelte, die man sehr wohl als einen Wunsch „zur gesegneten

Mahlzeit" verstehen konnte, so unangebracht ein solcher
gegenwärtig auch erscheinen mochte.

Comtesse Hebe beachtete dieses aber nicht, eben so wenig wie sie auf die herben Worte des Vaters Acht gegeben
zu haben schien. Ihre schönen Augen durch das Fenster
zu dem trüben Himmel erhebend, sprach sie schwermüthig
lächelnd: „Wie man sich doch täuscht!" — Und indem sie
den Blick sinken und auf den Vater fallen ließ, der sich
eben mit seinem parfümirten Tuch über die Stirn fuhr,
redete sie in gleichem Tone weiter: „Ich weiß es, Papa,
daß Sie Eugen und seine Schwester nicht lieben und mehr
als einmal beklagten, außer ihnen und Stephanien keine
Enkel zu haben. Und ich weiß auch, wie gut und groß
Ihr Herz fühlt, wenn es frei von bösen Einflüssen ist,
wie es sich sehnt, den Ihren und aller Welt wohl zu
thun. Sie sind nicht so arg, Papa, wie Sie zuweilen
scheinen wollen. — So hab' ich denn schon längst darauf
gesonnen, Ihnen eine doppelte Freude zu machen, Ihnen
nicht nur einen weiteren Enkel vorzustellen, sondern Ihnen
auch Gelegenheit zu geben, für ihn zu sorgen. Und nun,
da wir so weit sind, da das Kind nicht mehr genug hat
an der Sorge und Erziehung seiner armen Mutter, sondern männlicher Anleitung bedarf, jetzt —" die Betonung
der Worte war noch immer eine fast schwermüthige, wie
deutlich sie auch den schönen Lippen der Sprecherin ent-
flossen — „jetzt, wo es ein Knabe wurde, wie kein Gra-
fenschloß ihn schöner und anmuthiger birgt und kein
Großvater ihn sich besser wünschen kann, jetzt soll ich
all meine Hoffnungen vernichtet und den armen Hector

mit Vagabunden = und Bettlervolk zusammengewürfelt sehen?"

Vetter Christian nahm eine zweite, noch umständ=lichere Prise. — Der alte Graf starrte die jetzt schweigende Tochter, deren Augen trotz aller Sanftheit so fest zu ihm herüberblickten, an wie ein Gespenst, wortlos und laut=los. Nur von Zeit zu Zeit zeigte sich in den starren Zügen, in den aufgestemmten Händen etwas wie ein nervöses Zucken.

So währte es eine geraume Zeit; dann hob sich seine breite Brust zu einem fast röchelnden Athemzuge und er murmelte dumpf etwas vor sich hin, von dem jedoch nichts verständlich wurde, als das eine Wort: „Hector —?" —

„In Hebe's Gesicht dämmerte ein eigenthümliches Lächeln auf. „Ach Papa, ich wußte wohl, daß Ihr Herz sprechen würde!" sagte sie, ohne auf Christian, der hinter dem Rücken des Alten rasch und bezeichnend den Kopf schüttelte, anders zu achten, als daß sie ihm einen jäh aufblitzenden, Schweigen heischenden Blick zuwarf. „Ja wohl, Papa! Hector — Robert — Eugen Rhoda, cher Papa, der Sohn meines theuren, schönen, lieben Bruders Hector —"

„Was schwatzest du?" fragte der alte Herr plötzlich in einem gewissen barschen Tone und doch hochaufathmend dazwischen, als fühle er so zu sagen wieder Land. „Hec=tors Sohn? Ich weiß nur von einem — dem Bastard, und der ist todt. Sein Todtenschein —"

„Nicht doch, nicht doch, Papa!" versetzte Gräfin Hebe und warf zu dem Vater einen raschen, prüfenden Blick

hinüber, als sei sie nicht recht sicher, ob er im guten Glauben gesprochen, oder nur um überhaupt einen Einwand zu
versuchen.   „Der Todtenschein war ja Gottlob gefälscht
und das Kind ist da," fuhr sie dann wieder lächelnd fort,
„ein prächtiger Knabe, auf den wir alle, und Sie zuerst
stolz —"

„Auf den Bastard?" brach es dumpf und schwer
aufs neue vom Grafen Hartmuth her dazwischen.

Comtesse Hebe regte sich nicht, aber dieses Wort des
Vaters wirkte jetzt wie eine Beschwörung. Die Sanftmuth und Schwermuth war aus ihrem Gesicht wie fort-
gewischt, und statt derselben zeigten ihre Züge fast den gerade entgegengesetzten Ausdruck. Die Augen blitzten, stolz
und herausfordernd blickten sie hinüber zu dem augenscheinlich fast betäubten Alten, und wenn sich noch ein
Lächeln in ihrem Gesichte regte, so war es nur ein
bitteres.

„Bastard?" wiederholte sie nun. „Ah bah! Sie wissen wenigstens besser als irgend ein Anderer, weßhalb
dieses Kind ein Bastard blieb. Sie wissen es besser als
irgend ein Anderer, daß mein Bruder Hector alles daran
gesetzt haben würde, dieses Kind als das seine anzuerkennen und anerkennen zu lassen, hätte man ihm Mutter
und Kind nicht gestohlen und vor ihm und uns allen verborgen, hätte man ihn selbst nicht so gequält und gehetzt,
daß er lieber den Tod nahm, als ein längeres Leben in
seiner Familie, — daß er davon ging, weil er das arme
Weib, das er elend gemacht, nach jenem infamen Spiel
mit dem gefälschten Todtenschein und nach der nichtswür-

bigen Lüge des bestochenen Predigers wohl für todt halten mußte und jede Spur von seinem Kinde verloren sah.
Aber bevor er ging, hat er Eberhard, dem Vetter Christian
und mir dieses Kind ans Herz gelegt, wenn es dennoch
wieder zum Vorschein kommen sollte. Hätte er noch ein
Jahr gewartet, noch ein einziges Jahr, so hätte er das
erlebt!" fuhr sie fort und richtete sich ein wenig auf.
„Nach meiner Mutter Tode kam die Frau mit ihrem
Kinde zurück, — ich glaube gern, daß der Schuft, der
Pierre, sich gehütet haben wird, Ihnen von diesem unerwünschten Ereigniß etwas mitzutheilen — und wir
haben einstweilen für die Beiden gesorgt, so weit es
das brave Weib, die Mutter Ihres Enkels, erlauben
wollte.

„Das ist aber nicht genug," redete sie noch einmal
weiter. „Ich habe meinen Bruder zu sehr geliebt und zu
tief betrauert, meinen schönen, wackeren, unglücklichen
Hector —" das Auge der Sprecherin blitzte von Wehmuth
und zugleich von Zorn — „als daß ich nicht sein Kind
einmal zu sehen und für dasselbe zu sorgen wünschen
sollte. Die Mutter trennt sich von ihm nicht mehr, und
da sie nicht zu ihrem Rechte kommt, will sie noch weniger
Almosen. Sie kam auf meinen Wunsch mit dem Kinde
hieher und näht allerdings — die bunten Fahnen für die
erlauchte Dame Stephanie, die auch nackt genug in dieses
Haus kam und von Gottes und Rechts wegen eben so
gut die Nichte jenes armen Weibes heißen sollte, wie die
meine."

Graf Hartmuth saß lautlos und stierte die Tochter

an, ein wenig bleicher als vorhin und von Zeit zu Zeit
kurz aufathmend. Sonst regte er sich nicht.

Sie saß aufgerichtet und stützte sich in dieser Haltung
mit dem auf die Seitenlehne ihres Sitzes gelegten Ellen-
bogen. — „Das erschüttert Sie, Papa," sprach sie endlich, und in ihren Augen wurde es ein wenig milder.
„Es thut mir leid, daß es so kommen mußte. Es hätte
anders sein sollen und können. Wir wollten bei Gelegenheit einmal in Ruhe mit Ihnen über des Kleinen Erbe,
d. h. sein väterliches oder vielmehr großmütterliches Vermögen verhandeln. Ich weiß es nicht, wie man meine
Mutter gegen ihren Sohn eingenommen; vor ihrem Tode
hat sie jedoch ihr Unrecht erkannt und dem Kinde zugewandt, was in ihrer Macht stand. Wir wollen ein anderes Mal darüber reden. Ich kann nichts dafür, daß
ein spionirender schuftiger Diener und der alberne Hochmuth eines prätentiösen Mädchens mich vor der Zeit zum
Sprechen zwang. Vielleicht ist es so aber nur um so
besser," redete sie lebhaft weiter. „Ich hatte diese Heim-
lichthuerei längst satt, und wir sind es meiner Ueberzeugung nach nicht nur dem Andenken meines Bruders, sondern auch und noch mehr dem armen, infam behandel-
ten Weibe und seinem prächtigen, herzigen, an Leib und
Seele blühenden Kinde schuldig, daß für diese Beiden geschieht, was der Grafen zu Rhoda würdig ist. So denke
ich —"

Ein helles Trompetengeschmetter ließ sie inne halten,
machte sogar den Grafen Hartmuth fragend aufsehen und
trieb den Vetter Christian mit ein paar raschen Schritten

vom Sopha an das nächste Fenster, dessen vom anschla=
genden Regen triefende Scheiben ihm jedoch wenig oder
gar keine Aussicht erlaubten. — „Was Teufel," rief er
indessen nach einer Sekunde, „da scheinen ja Reiter im
Park zu halten!"

Eine Thür ging auf und zwischen der zurückgeschobe=
nen Portière erschien die Gestalt des alten Kammerdieners.
„Gnädiger Herr," meldete er mit verstörtem Gesicht und
etwas zitternder Stimme, „es sind plötzlich Truppen da
— Chevauxlegers, denke ich — die hier bei uns bleiben
sollen. So sagt wenigstens ein Herr Offizier — ein sehr
barscher Herr. Er befahl mir, ihn dem Herrn Grafen so=
gleich zu melden und seine Leute augenblicklich unterzu=
bringen. Darf ich ihn —"

In diesem Augenblick wurde er zur Seite gedrängt
und es trat ein Offizier in der Uniform der —schen Dra=
goner ein, den Pallasch in der Hand wiegend, den trie=
fenden Mantel über den Schultern.

„Was fällt dem Lümmel ein, mich da draußen stehen
zu lassen?" herrschte er den Erschrockenen an. „Wo ist
der Graf? Sie?" — Und auf den sich langsam erhebenden
alten Herrn zutretend, fuhr er, ohne die beiden anderen
Personen zu beachten, eben so rauh fort: „Ich habe den
Auftrag, mit meiner halben Schwadron hier in Nieder=
Rhoda zu bleiben um dem rebellischen und verrätherischen
Treiben ein Ende zu machen, dem sich hier Hoch und
Gering hingeben sollen. Lassen Sie für uns Offiziere und
die Mannschaft ein wenig rasch und gut sorgen, der Marsch
war nicht behaglich."

Der Graf hatte seine Betäubung überwunden, und indem er die Entrüstung über das Auftreten des Fremden hinter einem hochmüthigen Lächeln zu verbergen suchte, versetzte er, den Kopf hoch erhebend: „Das muß eine Verwechselung sein, mein Herr. General Renaud kennt uns und wird sicher nicht wollen —"

„Möglich!" unterbrach ihn barsch der Offizier. „Mich schickt aber nicht General Renaud, sondern General Marbois, der gegenwärtig in S. kommandirt, ausdrücklich hieher. Also keine Umstände und Einwendungen, wenn ich Ihnen rathen soll!"

Neuntes Kapitel.

In Hütte und Schloß.

Was soll das ewige Zaudern?
Hier hilft nur rasche That,
Die kraftvoll ohne Schaudern
Das Schlangenhaupt zertrat.
Soll euch die Rüstung schützen?
Sonst wehrt' sie wohl dem Streich,
Jetzt ruft sie nach den Blitzen,
Ruft Rache über euch!

Th. Körner.

„Sie treiben's also arg," Karl?" fragte die alte Frau, die hinter ihrem Spinnrade saß und sich bei dem trüben Octobertage tief auf dasselbe herunterbeugen mußte, um den Haken finden zu können, der den Faden weiter füh= ren sollte.

„Arg, Muhme?" versetzte der Diener kopfschüttelnd, denn ein solcher war's, der da bei ihr in dem niedrigen, aber sauberen Stübchen saß, und wir kennen ihn auch bereits von damals her, als er die Frau hier im Hause und ihren Bruder Karsten in den Dünen aufsuchte. Er trug auch heute wieder nicht die feine rothe Livrée der Schloß= Dienerschaft, sondern die graue Jacke von jenem Abend. Das frische Gesicht mit dem, bei der Bevölkerung dieser

Küstengegenden in der Jugend häufig erscheinenden Zuge
von Schlauheit und Pfiffigkeit um den Mund, zeigte etwas
ungewöhnlich Gespanntes, ja, Finsteres, und die hellen,
klug blickenden Augen hatten heut etwas Unruhiges und
Scheues, oder blickten auch so dunkel unter den zusammen-
gezogenen Brauen hervor, wie die Muhme es ihnen gar
nicht zugetraut hätte.

„Arg, Muhme?" wiederholte er nun und blickte wieder in der Stube umher und scheu gegen das kleine Fenster
hin; „das ist lange nicht genug gesagt von diesen — diesen Millionenhunden! Ihr glaubt's nicht und ich sag' es
Euch nicht, wie es ist. Das ist ein Geschrei und Gekom-
mandire, ein Lärm und Spectakel von früh bis spät, als
wären sie nicht nur die Herren, sondern als gäb's so zu
sagen niemand außer ihnen in der Welt. Wir Diener
haben es schlimm, aber die Herrschaft eigentlich noch viel
schlimmer. Monsieur Pierre fliegt umher wie ein ent-
setztes Kaninchen, man sieht ihn nur noch rückwärts,
möcht' ich sagen. Und der Alte, wenn ich ihn Mittags
und Abends an der Tafel sehe, schaut darein, als müßte
ihn alle Tage ein paarmal der Schlag treffen. Die jungen
Offiziere lachen ihm ins Gesicht oder weisen ihn wie einen
Jungen zurecht, und wenn er überhaupt noch spricht, hört
er wenig Anderes zur Antwort als Grobheiten. Sie
müssen uns ein ganz besonderes Corps extra ausgesucht
haben, wie es scheint. Ich habe sie selbst Anno Sieben
nicht ärger gesehen."

„Hochmuth kommt vor dem Falle," sprach die Frau,
die jetzt wieder das Rad schnurren ließ. „Wenn ich daran

denke, wie der Herr Kammerdiener vor acht Tagen noch hier in der Stube auftrumpfte, so will mir dieses alles nur wie eine Ruthe Gottes erscheinen. Ich hab's ihm wohl gesagt, daß er eher aus dem Schloß, als Karsten aus seinem Hause gehen möchte. Und nun? — Das haben sie also von ihrem Liebäugeln und ihrer Herrlichkeit mit dem fremdländischen Gesindel! Das ist wie die Katzen. Eine Weile schnurren und spinnen sie und thun außerordentlich zart, und im Handumdrehen kommen die Krallen heraus und man merkt's, daß es wilde Thiere sind. — Aber du wolltest ja weiter reden, Karl," brach sie ab. „Und die Anderen?"

„Ja, was, die Reichsgräfin kommt gar nicht mehr zum Vorschein, gegen die ist der Eine, glaub' ich, gar zu dreist gewesen. Der Vetter trinkt mit ihnen und lügt ihnen was von seinen Jagden und Reisen vor, daß sie nicht aus dem Lachen kommen. Das macht sich. Und die Comteß — na, Muhme," fügte er hinzu und schüttelte mit einer Art von Verwunderung den Kopf, „das ist ein höllisches Frauenzimmer. Die hat sie natürlich alle im Sack oder wickelt sie um den kleinen Finger. Wenn man da einmal stehen und solchen Discours anhören kann, das ist noch das einzige Pläsir von Unsereinem.

„Aber mit den Menschen geht's noch so zu sagen," sprach er weiter. „Den beiden Alten gönnen wir's im Grunde, daß sie ein bißchen geduckt werden, und der Reichsgräfin thu's am Ende auch nichts, wenn sie einmal erkennen lernt, daß diese Fremden nicht lauter Engel sind. Allein wie es sonst aussieht! In dem Park wirthschaften sie zu Fuß und zu Pferd, als solle er partout ruinirt werden, ohne alle Noth. In der großen Scheune, wo ihre Gäule stehen, kleben die Lichtstumpen an den Wänden, mitten zwischen dem Stroh und Heu, daß man keinen Augenblick vor dem Brande sicher ist. Die Fourage wird recht eigentlich muthwillig und mit vollen Händen in den Koth getreten, und der Wirthschafter sagte heute: Wenn's noch acht Tage so fortdauere, sei er mit allem zu Ende und wisse sich keinen Rath. Auf den anderen Gütern geht es ja gerade so.

„Und erst im Schloß selber, Muhme, im Parterre, wo die Herren Offiziere logiren! — In den Zimmern und Sälen sind die Tapeten schon halb von den Wänden, ein paar Spiegel und Kronleuchter sind caput, Gott weiß, wie; die Möbelbezüge von den Sporen zerpflügt oder mit Schmutz bedeckt. Im Corridor schossen sie gestern, bei dem schlechten Wetter, mit ihren Pistolen, daß die Scheiben des Fensters kurz und klein gingen. 's ist gräulich, Muhme! — Der Alte hat auch schon zwei Reitende nach S. geschickt, allein es scheint nichts zu helfen. General Renaud, heißt's, sei fort, und der jetzige muß, Gott weiß woher, einen Tik auf unseren Alten haben. Dem pressen sie seine Franzosen-Liebschaft, mein' ich, gründlich aus dem Leibe. — Aber Muhme, wenn's so schon im Schloß steht," schloß er kopfschüttelnd, „wie wird's erst auf den anderen Gütern sein und hier bei euch im Dorf? Was sagt denn der Ohm dazu, und wie kommt er aus? Ist's wahr, daß die Douaniers alle Boote weggenommen haben?"

Die alte Frau spann eine Weile schweigend fort.

„Ich hörte so etwas," erwiderte sie endlich. „Doch haben sie hier ja nur wenig Fahrzeuge, und Karsten salvirt sich schon. Sie können ihm am Ende seine Fischerei nicht verbieten, wovon wollt' er leben? In Unterwiek wird's schlimmer stehen. — Und wie es sonst geht? Ja, was, bisher haben wir ein paar ordentliche Menschen gehabt, die vernünftig waren, als sie merkten, daß ich ihnen gab, was möglich war. Der Alte war auch wenig daheim oder hielt doch ziemlich Frieden; ich glaube, er hat vom Steffen so eine Art Parole gekriegt, daß er nachgibt und abwartet. Nun hat er gestern aber drüben an den Dünen Händel mit dem einen Zollwächter gehabt, dem Deutschen, der seit einigen Wochen fort war, jetzt jedoch wieder da ist, und heute heißt's, daß wir andere Leute ins Quartier erhalten sollen, die alten sind schon fort. Ich hab' ihnen den Tisch dort hergerichtet, daß sie nichts zu fluchen finden. So wird's denn auch wohl wieder gehen; ich hörte bisher aus dem Dorfe keine besondere Klage."

„Es ist heute Nachmittag ein anderer Zug von Ober-Rhoda herübergekommen — ich glaube, weil sie's dort gar zu arg getrieben und in blutige Händel geriethen," sagte der Diener. „Ich hört' es von dem Wirthschafter, daß die Menschen aus ein paar Häusern in den Wald gelaufen, weil sie's nicht länger auszuhalten vermocht. — Wie soll's werden, Muhme?"

„Wie der Herr will, Junge," entgegnete ruhig die alte Frau, die das Spinnrad ruhen ließ, denn es war inzwischen zu dunkel geworden. „Ich hab's schon schlimmer im Leben gesehen, wenn auch nicht auf diese Weise,

— damals, als Graf Hartmuth hier nach dem Tode des alten Herrn zur Regierung kam und die Menschenschin=derei anfing. Es hat aber alles ein Ende, und Gott steuert den Bäumen, daß sie nicht in den Himmel wachsen."

In diesem Augenblick wurde die Thür aufgestoßen und die massive Gestalt Karsten's erschien in der Stube mit den Worten: „Guten Abend, Christine. Die Leute schon da?"

„Der Ohm!" rief Karl und stand auf.

Der Bootsmann sah ihn, so viel man bemerken konnte, überrascht an. „Du hier, Junge?" fragte er. „Mach' daß du heim kommst. Auf dem Hofe brennt's."

„Brennt's?" riefen der Diener und die Frau zugleich erschrocken.

„Ich glaub's," lautete die kalte Antwort. „Sah wenigstens so was, als ich von den Dünen herunterstieg."

„Das ist in der Scheune — von den verfluchten Lichtstumpen! Sagt's Euch ja, Muhme!" rief der Die=ner, hastig die Jacke zuknöpfend und nach der Mütze langend. Und schon an der Thür stehend, wandte er sich noch einmal und fragte: „Kommt Ihr nicht mit, Ohm?"

„Ich? Nach dem Hofe?" antwortete der Schiffer rauh lachend. „Du könntest eben so gut fragen, ob ich nicht mit dir nach dem Mond möchte! — Ihr habt Hände genug. 's sind noch mehr Gäste gekommen, glaub' ich. Ich sah Fußvolk durch's Dorf marschiren und eine Chaise dabei. — Mach dich fort, Dummkopf!"

Als der Diener die Thür hinter sich geschlossen, zog der Mann den Schanzläufer aus, hing ihn an einen

Nagel, setzte sich, hembärmelig, wie er war, in den alten
Lehnstuhl, der ganz in der Nähe des großen dunkelgrünen
Kachelofens stand, und nachdem seine Schwester die Lampe
angezündet und auf den Tisch gestellt, langte er aus dem
weiten Wasserstiefel seine Pfeife hervor, setzte sie mit einem
Stückchen Zunder in Brand und rauchte schweigend.

Christine war zum Fenster getreten, dessen Läden
noch nicht geschlossen waren, und schaute in die beginnende,
stürmische Nacht hinaus. — „Karsten," sprach sie nach
einer Weile, ohne sich umzudrehen, „daß du da so sitzen
bleibst, ist unchristlich."

„Dummes Zeug!" murmelte der Mann.

„Du weißt am besten, wie es weht!" sagte sie wieder.
„Das ganze Dorf kann —"

„Dummes Zeug, Alte!" fiel er grämlich ein. „Eben
weil ich weiß, wie es weht, sitz' ich da so geruhig. Der
Wind treibt es vom Hofe und Dorf fort — es muß,
denk' ich, die kleine Scheune links am Wege sein, nicht
die große, wie Karl glaubte. Sie haben ja Hände genug
und Wasser die Fülle," fuhr er fort, „und ich habe Anderes zu thun. — Hast du's besorgt, wie ich gesagt?"

Sie trat näher zu ihm. „Ja, Karsten," versetzte sie.
„Ich hab' zusammengepackt, was ich konnte."

„Und alles richtig beigestaut?"

„Ich glaube nicht, daß sie's finden, wenn es ihnen
nicht verrathen wird. Und wer weiß von dem Platz, als
du und ich?"

„Schon recht, Christine. Und das Faß?"

„Karsten, es steht da in der Kammer, aber es ist ja der pure, helle Wahnsinn!"

„Dummes Zeug! 's ist Kriegsregel, daß man immer eine Reserve bei der Hand hat und seine Schiffe nicht alle mit'nmal ins Gefecht bringt. — Du kennst beine Ob= liegenheiten, Alte, und hast dich um mich nicht zu küm= mern. Daß sie mir zu Leibe wollen, weiß ich, ohne Noth geh' ich aber nicht von Haus und Hof, schon um den nicht, der droben im Schloß sitzt. Und lassen thu' ich ihnen mein Haus auch nicht. Kann's mir nicht mehr dienen, sollen sie auch nichts mehr davon haben, als — eine Himmelfahrt." —

„Karsten, du bist ein unbändiger Thor," sagte sie nach einer Pause kopfschüttelnd. „Gib deine schwarzen Pläne auf und mache dich davon, bevor es zu spät ist. Ich seh' es kommen, vor all deinem bestialischen Grimm wirst du zuletzt dich überrumpeln lassen. — Was dann?"

„Dann? — Dann gibt's eine gemeinsame Himmel= fahrt, wie unser alter Kapitän auf der Latona sagte, als wir die Artemise enterten und der erste Lieutenant ihm meldete, daß die Crapauds was von der Saint Barbe parlirten — wir hörten's übrigens selber, denn die Hans= würste schrieen laut genug. — Heidi, geht's schon los oder kommen unsere Gäste?" unterbrach er sich, denn die Haus= thür wurde draußen krachend aufgestoßen.

Er war aufgesprungen und hatte einen Schritt gegen die Kommenden gemacht; im nächsten Augenblicke kehrte er jedoch bereits wieder zu seinem Stuhle zurück und ließ sich nieder, denn durch die aufgerissene Thür drangen drei

Dragoner ungeſtüm und ſtolpernd über die ziemlich her-
vorragende Schwelle herein und erfüllten das kleine Gemach mit ihren Flüchen und Verwünſchungen des Wetters
und der Wege, der Quartiere, und der Menſchen, und
fuhren umher, ohne einſtweilen von dem alten Geſchwiſter-
paare Notiz zu nehmen. Denn auch Chriſtine war ihnen
aus dem Wege getreten.

„Licht!" ſchrie endlich der Eine, deſſen glühendes Geſicht und ein wenig ſtarre Augen verriethen, daß er noch
vor ſeinen beiden Kameraden des Guten ſchon zu viel
gethan; „Licht!" ſchrie er wieder und ſchlug auf den kleinen Tiſch, daß das zum Imbiß bereit geſtellte Geſchirr
und die kleine Lampe hin und her ſchwankte. „Müſſen
doch ſehen, was uns der bougre hergerichtet, und ob
man's freſſen kann, oder ob wir 'nmal wieder ſelber
kochen helfen ſollen!"

„Hundefraß!" grollte ein Anderer giftig, der ſich zu
den Speiſen niedergebeugt und ſich jetzt wieder aufrichtete.
„Schwarzbrod und Speck und Schnaps — euer Landes-
geſöff — Wein, ſag' ich, Wein! Oder wir zapfen euch
ſelber an!"

Und der Dritte ſprang gegen den Alten hin, der
regungslos von ſeinem Stuhle aus dies alles finſteren
Blickes beobachtete, und ſchrie: „Iſt der Bauer taub oder
toll, daß er uns da ſtehen läßt und ſich im Stuhle wälzt,
als ſei er Herr? Heraus da, Canaille, auf die Beine!
Trag' auf, ſchließ' auf! Wollen einmal Inſpection deiner
Schätze halten!"

Das ging alles wie ein Wirbelwind vorüber, im

wilden, wüsten Durcheinander, und jetzt mischte sich das
Klirren des zerschmetternden Geschirrs darein, denn der
Weinlustige schlug mit dem Pallasch dazwischen, und der
Erste war zu dem Dritten gesprungen und schrie: „Schlag'
der Canaille auf ihren dicken Kopf!“ — Die Lampe aber
brannte noch, da Christine sie fortgerissen und auf den
Ofen gestellt.

Waren die Beiden bei Karsten von ihm zurückgestoßen
oder von selbst gewichen, das wußten sie vermuthlich selber
nicht genau, denn allzu klar mochte es auch in ihren
Köpfen nicht sein, und hell war's im Gemache nicht, und
es folgte alles reißend schnell auf einander. Aber vor
dem Stuhle am Ofen standen sie plötzlich nicht mehr,
sondern mitten im Zimmer, und Karsten Herbart's breite
massive Gestalt stand vor ihnen wie ein Fels, die Hände
in den Taschen, den Kopf mit dem grauen Haar erhoben,
und seine Augen ruhten fest auf ihnen, und in den Mund-
winkeln zeigte sich bald eine eigenthümliche Spannung,
bald ein scharfes, jähes Zucken. Und jetzt sprach er mit
gedämpfter Stimme, aber Christinen lief es dabei über
den Rücken, denn sie kannte diese grollenden Töne und
ahnte bereits, was folgen werde.

„Ich will euch was sagen, Jungen,“ redete er, „wir
bieten euch, was wir können. Hat's der Geselle da in
seinem Rausche zerschlagen — schlimm für euch, denn vor
der Nachtkost gibt's nichts weiter. Und nun Ruhe an
Bord, oder ich brauche Hausrecht.“

Eine Sekunde lang verwirrte diese von einem Wirthe
seiner Einquartierung gegenüber damals vielleicht unerhörte

Rede die drei Burschen — denn auch der Dritte hatte
mit seinem Zerstörungswerke am Tische inne gehalten und
aufgehorcht — dermaßen, daß sie den alten Mann ver=
stummt und verdummt anglotzten. In der nächsten brach
ihr Grimm desto gewaltiger hervor und mit wüthenden
Flüchen und Drohungen sprangen sie auf ihn ein. Christine
kreischte laut auf und stürzte aus der Thür nach Hülfe.

Aber die drei Burschen hatten sich in ihrem heutigen
Wirthe verrechnet. Wie ein Fels stand der Seemann
da. Die Beiden, welche gleichzeitig die Hände nach ihm
ausgestreckt, flogen zurück bis fast an das andere Ende
der Stube, fortgeschleudert von einer unwiderstehlichen
Kraft, und dann drehte der Alte sich, und seine im Kreise
geschwenkte Faust traf den Kopf des Letzten, daß er wie
ein getroffener Stier zu Boden stürzte. Er taumelte
wieder empor, raffte den Pallasch auf und schwang ihn,
und auch die Anderen hatten die Waffen bloß und sprangen
herbei, wild aufheulend vor Wuth, und sie prallten zurück,
denn nun erst war, wie man's wohl zu heißen pflegt,
auch in dem alten, wetterfesten Burschen der Teufel los
geworden, und die fremden Lärmer erschraken vor dem,
was sie vor sich sahen.

In der Rechten schwang er ein von der Wand ge=
rissenes Enterbeil, wie es alte Seeleute wohl zuweilen
von ihren ausländischen Kriegszügen mit nach Hause brach=
ten, eine furchtbare Waffe, deren schweres Blatt hinten
in einen starken, gefährlich scharfen Haken ausläuft. Die
Linke hatte einen der schweren Brettstühle ergriffen und
hantirte damit in der Luft herum wie Knaben mit einer

Handvoll Binſen. Und ſein Geſicht glühte wie geſchmol=
zenes Eiſen und die Adern der kahlen Stirn ſtrotzten von
Blut, die Augen funkelten in fürchterlicher Wuth, das
Haar ſtand geſträubt, an den Armen, wo die Aermel des
blauen wollenen Hemds zurückgefallen, zeigten ſich Sehnen
und Muskeln zum Zerreißen geſpannt, und der ganze
gewaltige Bau bebte vor Grimm. Es war ein Anblick,
vor dem auch der Beherzteſte erbleichen durfte und wie
er die drei betrunkenen Lärmer im Nu nüchtern werden
ließ, ein Anblick, wie man ihn ſelbſt dort an der Küſte
nicht häufig hat; denn es gehört ein langer und ſcharfer
Reiz dazu, um dieſe alten Geſellen in Gang zu bringen.
Aber wenn man's einmal ſah und erlebte, vergißt man
es auch im Leben nicht wieder.

„Was, ihr deutſchen Hundeſeelen,“ brüllte er, und
die blutunterlaufenen Augen drängten ſich faſt heraus
aus ihren Höhlen, „ihr wagt es, einem freien Seemanne
Gewalt anzuthun an ſeinem eigenen Bord? Ihr wollt
hier die Herren ſpielen, ihr Sandhaſen? Hinweg mit
euren Käſemeſſern und hinaus, daß ich euch nicht eure
hohlen Schädel zerſchmettere wie taube Nüſſe! — Hinaus!“
— Und die Stimme dröhnte, daß die kleinen Fenſterſchei=
ben leiſe klirrten.

Er ſprang zur Thür und ſtieß ſie mit dem Fuße auf,
und die nüchtern gewordenen, bleichen Burſchen hielten
ſich nicht auf. Wie ſie gingen und ſtanden, ſtürzten ſie
an dem furchtbaren Alten vorbei und hinaus, und nur
der Letzte erhielt einen Tritt, der ihn noch etwas ſchneller
aus der Hausthür beförderte. —

Und draußen brauf'te der Sturm in zunehmender Gewalt, aus den Häusern an der Straße klang es zu ihnen heraus wie Flüche und Drohungen, aus einem stürz= ten sogar eben ein paar Männer hervor — und horch! Vom Ende des Dorfweges schallte durch die wildbewegte Nacht ein Signal herüber — „Sammeln!" — Sie flohen ohne sich umzuschauen dahin, wo sie neben den Kameraden sich erholen konnten von ihrem Schreck.

Die Männer, welche sie aus einem der Häuser treten sahen, eilten wirklich zum Hause Karsten's, von Christinen, die sie herbeigerufen, gefolgt. Sie hatten die Fliehenden nicht groß beachtet und waren daher erstaunt, als sie bei ihrem Eintritt das Haus dunkel und still und Karsten selber schon wieder in ziemlicher Gemüthsruhe in seinem Lehnstuhle fanden. Nur an der Röthe des Gesichtes und den tieferen Athemzügen zeigte sich noch etwas von der gewaltigen Erregung des Alten, der nun auf die hastigen Fragen nach der Einquartierung nur das eine, verächtlich betonte Wort erwiderte: „Davongelaufen!"

„Ich glaube, wir werden sie alle los," sagte einer der eingetretenen Männer finster. „Sie blasen wenigstens beim Schlosse, und — es ist ja Fußvolk gekommen. Sie können uns doch nicht all diese Menschheit auf dem Halse lassen wollen."

„Mir eins!" antwortete Karsten und erhob sich und schüttelte sich wie ein Hund, der aus dem Wasser kommt; es mochte ihm doch wohl etwas warm geworden sein. „Mir kommen die nicht wieder, und wenn auch — um die ging ich noch lange nicht, denn ich weiß jetzt, weß

Geistes Kinder sie sind. Mit einem rauhen Handschuh und einem bischen Anschreien jagt man die ganze Bagage zum Teufel," setzte der Bootsmann verachtungsvoll hinzu. — Er hatte freilich keine Ahnung davon, daß er die Entflohenen noch ein wenig mehr hatte erblicken und hören lassen, als seine angegebenen Schreckmittel.

Dann ging er mit den Männern hinaus, um nach dem Feuer zu sehen, denn sie hatten sich, zumal Leute genug auf dem Schlosse waren und sie bei dem herrschenden Winde keine Gefahr sahen, eben so wenig wie Karsten veranlaßt gefühlt, zur Hülfe hinüber zu eilen. — Man sah jetzt auch nichts mehr. Der Himmel war dunkel überall, und der Sturm, obschon er jetzt beinahe aus der Richtung des Schlosses kam, trug ihnen keinen auffälligen Laut mehr zu.

Zu der gleichen Stunde stand in dem Saale des Schlosses, welcher rechts vom Eingangsthore den größten Theil des Parterre-Geschosses ausfüllte und vordem, da Graf Hartmuth noch jünger, als Versammlungsplatz der großen Jagdgesellschaften, zu ihrem Frühstück und Abendessen benutzt zu werden pflegte, jetzt aber im Verein mit anstoßenden Zimmern den einquartierten Offizieren angewiesen war, der Vicomte Vial in der stolzesten Haltung seiner eleganten und geschmeidigen Gestalt vor dem Rittmeister und den drei anderen Schwabrons-Offizieren, welche in Nieder-Rhoda bei einander geblieben waren, statt sich mit ihren in anderen Dörfern vertheilten Mannschaften dort allein zu langweilen. — Das Gesicht des jungen Offiziers glühte und seine schwarzbraunen Augen blitzten vor Zorn. „Keine Widerrede, keine Erklärungen, keine Entschuldigungen, meine Herren!“ sprach er heftig. „Der Corridor draußen, dessen zerschmetterte Fenster das Ziel für Ihre Pistolen waren, dieser Saal hier —“ und er deutete mit einer ungestümen Handbewegung in dem allerdings arg zugerichteten Raume umher — „alles, was ich höre und sehe, zeigt mir zur Genüge den Sachverhalt. Sie waren nicht in Feindesland, sondern bei Unterthanen Sr. Majestät, nicht im Bauernhause, sondern im Schlosse —“

„Und doch lautete meine Instruction dahin, in Nieder-Rhoda auf das ernstlichste aufzutreten,“ warf der Rittmeister ziemlich heftig ein.

„Menagiren Sie sich, mein Herr, Sie reden mit Ihrem Vorgesetzten!“ brauste der Adjutant auf. „Ihre Instruction, die wir gelesen haben, lautete, die Douanen zu unterstützen, um einen etwaigen ernsteren Widerstandsversuch der schwierigen und gereizten Küstenbevölkerung im Keime zu ersticken, den Schmuggel zu beschränken, vor allem aber durch zahlreiche Patrouillen das Land und die Grenze unter Aufsicht zu halten und bei Gelegenheit so einzuschreiten, wie es die Sachlage erheischen würde. Weiter erstreckte sich Ihr Auftrag nicht, denn General Marbois, der diese Maßregeln auf Befehl unseres Kommandeurs traf, ist nicht beschränkt genug, daran zu denken, daß man ein Terrain, wie das hiesige, und eine solche Bevölkerung mit ein paar Reiter-Schwadronen beherrschen und niederhalten könne, wenn dieses Volk revoltiren will. Davon war keine Rede. Was wollen Sie denn mit Ihren

Pferden anfangen, mein Herr, wenn die Leute sich in die
Dünen, die Wälder, die Heiden werfen?

„Man hat Ihnen ein paar Küstendörfer als Haupt=
stapelplätze für den Schmuggel namhaft gemacht, mein
Herr," fuhr der Adjutant lebhaft fort, und sein Auge
ruhte brennend auf dem finstern Gesichte des Getadelten.
„Man hat Mannschaften Ihres Regimentes gewählt, weil
sie Landsleute der Menschen hier sind und ihre Sprache
verstehen, ihre Sitten und Gewohnheiten wenigstens besser
kennen sollten, als wir Franzosen. Sie haben dagegen
gehaus't wie ein Schwarm von Barbaren. Sie haben
das Volk zur Verzweiflung gebracht und die wenigen
wirklichen und treuen Anhänger, die wir hier gefunden,
auf das unheilbarste verletzt. Jeder Douanier, den Sie
gefragt hätten, würde Ihnen haben mittheilen können,
daß Se. Majestät keinen treueren und größeren Bewun=
derer hat, als den Grafen von Rhoba in Nieder=Rhoba.
— Wir haben es nicht glauben wollen, was uns der Herr
Graf von Ihrem Auftreten nach S. meldete. Aber ich
kann dem General Renaud jetzt leider nach eigenem Augen=
schein melden, daß der Graf nicht übertrieben, sondern
gemildert. Sie haben wie Barbaren, wie Wahnsinnige
gehaus't, meine Herren," setzte er drohend hinzu. „Wenn
Ihre Leute mich verständen, würde ich das vor der Front
zu Ihnen gesagt haben."

„Mein Herr Vicomte de Vial!" brach der Rittmeister
aus, der seinen Zorn nicht länger zügeln konnte und wie
seine Offiziere vor Aufregung bleich und roth gewor=
den war.

„Was beliebt?" lautete Vial's scharfe Erwiderung. „Ich rede im Namen des Komandeurs zu Ihnen und erwarte unweigerlichen Gehorsam. — Hernach, wenn ich fertig bin, habe ich Ihnen noch ein paar Worte als Vicomte de Vial zu sagen und stelle mich zu Ihrer Verfügung. — Also, Ihre Mannschaften werden bei einander sein; Sie haben sogleich aufzubrechen, unterwegs die Detachirten an sich zu ziehen und treffen morgen Nachmittag in S. ein. — Meine Depeschen an General Renaud werden in einer Stunde parat sein. Sie haben eine Ordonnanz so lange hier zurück zu lassen. Sie selbst will ich nicht aufhalten."

Und indem er grüßend an seine Kopfbedeckung griff, trat er einen Schritt zurück, dann einen neuen vor bis nahe vor die stummen Offiziere, und sagte mit aufblitzendem Blicke: „Jetzt ist der Adjutant fertig, und ich selber erlaube mir noch einige Worte. Es ist mir ein persönlicher Trost, meine Herren, daß Sie keine Franzosen sind. Ich und jeder unter uns, wir würden uns nach dem, was es hier gegeben, solcher Kameraden schämen, die der großen Armee und dem Rufe unserer Bildung und Politesse nichts als Unehre machten. Sie haben einen alten vornehmen Mann wie einen Stalljungen, und Damen wie Küchenmägde anzusehen gewagt, wie ich höre — Leute, heißt das, die am Ende hülflos gegen Sie waren und keine Rechenschaft von Ihnen fordern konnten. Auf eine Abbitte, zu der ich die Herren zu zwingen gewußt haben würde, verzichten sie. Ich werde die gerechten Klagen der

Betroffenen aber bei unseren Vorgeseßten in jeder Weise unterstüßen, damit sie zu ihrem Rechte kommen. — Das ist meine Meinung von diesen Dingen, meine Herren, und ich bin zu jeder Stunde bereit, sie zu vertreten, sobald der Dienst mich nicht in Anspruch nimmt." —

Er trat, sich verbeugend zurück. An einer der Thüren im Hintergrunde bemerkte er eine Bewegung. Lauschte man? Es war ihm recht.

Die Offiziere verbeugten sich gleichfalls, und der Rittmeister sprach: „Der Herr Vicomte kehrt in einiger Zeit hoffentlich in die Garnison zurück?"

„In einigen Tagen — sicher!" versetzte Vial stolz. „Ich habe hier nur die Vertheilung der neuen Mannschaften zu leiten und dafür zu sorgen, daß wir nicht wieder durch ähnliche Nachrichten bestürzt werden wie durch die, welche uns über die —schen Dragoner zukamen. Wir sind, glaub' ich, fertig, meine Herren. Wollen Sie Ihren Abmarsch beeilen. Die Wege sind schlecht, und der General rechnet auf Ihr Eintreffen, da S. gegenwärtig ganz ohne Besaßung ist."

Als er zur Thür schritt, trat ihm durch diese ein Unteroffizier entgegen und mit einer hastigen Meldung zum Rittmeister. Die Aufregung des Mannes und seine ungewöhnlich laute Sprache machten Vial aufmerksam und ließen ihn zurückkehren. „Was gibt's?" fragte er.

„Ein Mensch, ein Schiffer, hat sich thätlich an drei Dragonern vergriffen und sie mit Waffen aus dem Hause getrieben," meldete der Rittmeister finster. „Der Unter-

offizier fragt an, ob er den Thäter ergreifen dürfe, einen
der gefährlichsten Schmuggler, wie es heißt, den man
freilich bisher noch nie auf der That ertappen konnte.“

Ueber Vial's schönes Gesicht zog etwas wie Ver=
achtung. „Ein Mann — drei Dragoner?“ fragte er
und setzte hinzu: „Nun wohl, was sind's für Leute?
Ruhige?“

Der Unteroffizier zuckte auf diese ihm verdeutschte
Frage die Achseln und meldete, daß sie bei den Kamera=
den für zänkisch gälten. Doch sei neuerdings und von
Ober=Rhoda, von wo der Zug heute Nachmittag einge=
rückt, keine Klage erhoben worden.

„Von Ober=Rhoda?“ versetzte Vial lebhaft. „Ich
habe von dort auf dem Hermarsche genug erfahren und
brauche keine weitere Aufklärung. Der Fall wird unter=
sucht werden, der Mann bleibt frei. — Guten Marsch,
meine Herren!“ — Und er schritt aus der Thür. —

Die geschilderte Scene darf unseren Lesern nicht für
allzu auffällig oder vielleicht gar für unwahrscheinlich gel=
ten. Wir wissen es von Augenzeugen, von Mithandeln=
den und Mitleidenden aus jenen Tagen, daß die deutschen
und Rheinbunds=Truppen in den überzogenen Gegenden
Nord=Deutschlands sich — Offiziere häufig eben so gut
wie die Soldaten — größtentheils auf das allertaktloseste,
roheste und brutalste benahmen, so daß man in der Hütte
und im Schlosse Gott dankte, wenn man für sie endlich
einmal wieder Franzosen oder — eine rühmliche Aus=
nahme — Westfalen ins Quartier bekam. Andererseits
wissen wir es eben so gut, daß diese deutschen Truppen

bei ihren französischen Kameraden nichts weniger als ge=
schätzt und geehrt waren und von keinem derselben als
seines Gleichen angesehen, vielmehr mißachtet und zurück=
gesetzt, mit einem Worte, als ein gutes Kanonenfutter
betrachtet und häufig auf das allerschonungsloseste und
verächtlichste behandelt wurden. — Gilt hier etwa jenes
alte Wort: Man liebt den Verrath, aber nicht den Ver=
räther?

Oder lag dem ganzen Verfahren, der häufigen Ver=
wendung der Rheinbunds=Truppen in Nord=Deutschland
vorzüglich, eine andere, schlaue Berechnung zum Grunde?
Wollte man etwa die beiden Hälften unseres Vaterlandes
so gründlich mit einander verfeinden, daß man in der
einen immer einen Wächter für die Ruhe der anderen im
Lande selber habe? Oder wollte man in jenen Theilen
Deutschlands, wo man die Ruhe weniger durch Verträge
hergestellt hatte, als durch eisernen Zwang zu erhalten
suchte, wo man die Küstenstriche ganz losriß und zu De=
partements des Kaiserreichs umgestaltete, wollte man, sa=
gen wir, dort vielleicht durch den Contrast wirken und die
Franzosen liebgewinnen lassen, weil sie Söhnen des Vater=
landes folgten, die man bis aufs Blut hassen gelernt?
Daß ein solcher Verdacht nicht ohne Grund, beweisen die
zahlreichen Fälle, wo, wie in unserer Erzählung, die Fran=
zosen wirklich die Rheinbunds=Truppen direct ablös'ten
und die Abziehenden mit den härtesten Vorwürfen oder
gar Strafen für ihr Auftreten belegten, während man
von der Weise dieses Auftretens doch längst auf das ge=
naueste unterrichtet sein mußte und durch anderweitige

Verwendung solcher Truppen alle Unannehmlichkeiten häufig hätte vermeiden können.

Wie dem allem aber auch sei, ob General Marbois Aehnliches beabsichtigte, als er die Dragoner sandte, und ob Renaud Derartiges bezweckte, da er sie in der angegebenen Weise ablösen ließ, oder ob es nur ein arger Mißgriff des Ersteren gewesen — in diesen Gegenden und bei diesem Volke schlug die Berechnung fehl, wurde der Mißgriff nicht wieder gut gemacht — fürs Erste selbst im Schlosse zu Nieder-Rhoda nicht.

Graf Hartmuth war in seinem unbegrenzten Hochmuth, in seinem Stolz auf Rang und Namen, in seinem Selbstgefühl als fast unbeschränkter Herr seiner Besitzungen, in allem, was so zu sagen mit ihm geboren und erzogen, was mit ihm alt geworden war, so tief verletzt durch Auftreten und Benehmen seiner ihm aufgedrungenen Gäste, daß es selbst Vial's glänzender Liebenswürdigkeit und Gewandtheit nicht gelingen wollte, den alten Herrn alsbald zu versöhnen und wieder freundlich zu stimmen. Der Graf beschränkte sich, die Entschuldigung des Offiziers und die Verheißung passender Genugthuung mit stolzer Höflichkeit schweigend anzuhören, beklagte in seiner Antwort, daß ein so flüchtiger Wechsel im Kommando solche beschwerliche Folgen habe veranlassen können, und zog sich mit dem Vorgeben zurück, er fühle sich zu angegriffen, um heute noch an der Geselligkeit Theil nehmen zu können. — Er hatte dem Franzosen noch nie einen auch nur halb so bedeutenden Eindruck gemacht, wie durch die Haltung des heutigen Abends.

Der Offizier sah sehr wohl ein, was den Behörden an der guten Stimmung gerade dieser Familie gelegen sein mußte, die, wie sehr sich auch die Verhältnisse geändert haben mochten, immerhin noch von großem Einfluß auf einen Theil des zahlreichen benachbarten Abels und auf die Bevölkerung aller derjenigen ihrer Besitzungen zu sein schien, welche tiefer im Lande lagen und sich der alten Herrschaft noch bei Weitem mehr unterthan fühlten, als die Bewohner der Küste und Grenze. Es beunruhigte ihn daher mindestens eben so sehr wie Graf Hartmuth's Zurückhaltung, was er über Gräfin Hebe's und des alten Vetters gutes Einvernehmen mit der barschen Einquartierung erfahren mußte. An die Wirklichkeit dieses guten Einvernehmens oder auch nur an die Gleichgültigkeit der Betreffenden gegen das Auftreten der Fremden zu glauben, wagte Vial nicht, und zwar um so weniger, je mehr Spuren des schonungs= und schrankenlosen Treibens der Dragoner ihm vor Augen kamen.

Vial war Süd=Franzose, eine rasche und flüchtige, glühende und leicht gereizte, unbeständige Natur, die selbst das dem Feinde geschehene Unrecht als solches empfand und, wo der junge Mann nicht durch andere, stärkere Interessen abgezogen wurde, auch gut zu machen suchte. Als Ordonnanz=Offizier des Kaisers war er aber auch häufig zu Sendungen und Diensten verwandt, die ihm ein genaues und vorsichtiges Beobachten zur Pflicht machten, und so wußte er längst, daß hinter dem „Vetter“ mehr stecken möchte, als es demselben der Gesellschaft hinzubieten beliebte. Er glaubte längst erkannt zu haben, daß die schöne Gräfin nicht bloß des Kokettirens wegen kokettirte, sondern bei Gelegenheit auch eine seltsame Theilnahme an der ernstesten Unterhaltung und ein wunderbares Interesse für Dinge zeigen konnte, die ihr hätten durchaus fern liegen sollen. Er hatte sie gesehen an jenem Abend, als General Renaud so offen über den Zustand der Armee und über die Stimmung in Deutschland sprach. Wie gebrechlich sie sein mochte, sie war vor allem doch nicht nur eine elegante, sondern auch eine feine Frau, die an Leuten, wie die Dragoner, in Wirklichkeit fast unmöglich Geschmack finden konnte. Und er mußte endlich, daß die Beiden mit dem Grafen Eberhard auf Dreiheiligen in steter Verbindung waren, daß sie dem Grafen Eugen nahe standen — zwei Männern, über deren Gesinnungen man im Lager der Franzosen neuerdings zweifelhaft zu werden begann.

Endlich, und das erschien dem jungen, lebhaften Manne fast als das Unerträglichste, — endlich, Gräfin Stephanie hatte sich ihm niemals kälter und gleichgültiger, niemals unzugänglicher gezeigt, als heute, trotzdem, daß er sie von den rohen Burschen befreit und obgleich sie hatte erfahren müssen, daß er direct für die ihr widerfahrene Beleidigung Rechenschaft verlangt. Sein scharfer Blick hatte nicht nur den Lauscher bemerkt, sondern in demselben auch eine lecke Kammerjungfer entdeckt, die neugierig das Gespräch mit den Offizieren der Dragoner von jener Hinterthür aus vernommen haben mußte. Aber dessen ungeachtet hielt sich die Gräfin ferner und fremder, als jemals sonst, und von den Fortschritten, die er dieser

Natur gegenüber gemacht zu haben glaubte, ließ sich heute keine Spur bemerken. —

Er war ihr heut überhaupt noch kaum nahe gekom= men. Anfangs hatten ihn seine Depeschen an Renaud länger aufgehalten, als er gerechnet, und da er endlich den uns bekannten kleinen, rothen Salon betrat, sah er sich zu jener angedeuteten, peinlichen Unterhaltung mit dem alten Grafen gezwungen und wurde, nachdem der= selbe sich zurückgezogen, bald vom Vetter, bald von Grä= fin Hebe in Gespräche verwickelt, die ihn Stephanien kaum begrüßen ließen. Es war dabei in Hebe's Wesen und Weise, in dem Klang ihrer Stimme und dem Blick ihrer Augen etwas, das den jungen Mann bisher noch nicht ähnlich wie heute Abend berührt hatte. Bei seiner frühe= ren Anwesenheit hatte sie ihn nur ein paarmal in eine flüchtige Unterhaltung gezogen, seine Aufmerksamkeit we= nig in Anspruch genommen. Was ließ sie denn heute nun so anhaltend und verlockend sich mit ihm beschäftigen, ihm ihre strahlendsten Blicke, den pikantesten Reiz ihrer Einfälle und Plaubereien zuwenden? Nur der Einfall selbst und die Lust am Plaudern? Die Langeweile oder weil der junge Vicomte heute der Einzige war, der ihr eine Unterhaltung bot, wie sie dieselbe nun einmal wünschte?

Das alles zog durch seinen Kopf, denn wir wissen, daß er die Dame nicht gleichgültig ansah, vielmehr sie einer ernstlichen Beobachtung unterziehen zu müssen glaubte. Allein sein Kopf behielt ihr gegenüber, in solcher Nähe, nur leider seine Herrschaft nicht. Der Zauber, der von

Hebe ausging, umspann den heißblütigen Franzosen in
einer Weise, daß er über demselben noch ganz andere
Dinge vergessen haben würde, als jenen Argwohn, dessen
wir oben gedacht. Ja — vergessen oder nicht vergessen —
Gräfin Hebe war ein Wesen, das Einem, dem sie sich
einmal zu widmen beliebte, nicht viel Raum zu etwas
Anderem übrig ließ, als zu dem Gedanken an sie selbst.
Das merkte er. Er vergaß schon heute neben ihr alles
Uebrige. — —

Als Vial die Dame vom Speisezimmer in den Salon und auf ihren Wunsch zum Sessel vor dem Kamin
zurückgeführt hatte, bot sie ihm die Hand zum Kuß.

„Herr Vicomte," sagte sie mit einem bezaubernden
Lächeln, „Sie sind seit heute ein Freund des Hauses, der
uns mit unseren einfachen Gewohnheiten und kleinen Lieb=
habereien wohl auslachen darf, aber sich ihnen fügen muß.
Wir haben die letzten Tage so gezwungen gelebt, daß wir
uns nach der alten Freiheit sehnen. Vetter Christian und
ich denken jetzt nur an unsere theure Partie Trictrac,
und —"

„Sie verbannen mich, Gräfin?" warf er in einem
Tone dazwischen, der vielleicht nur scherzhaft sein sollte,
aber fast klagend klang.

Ein lächelnder Blick traf sein in der That nichts we=
niger als heiteres Gesicht. „Ja, zu einer Blüthen=Insel,"
versetzte sie, — „oder vielmehr zu der Insel der Seligen,
nicht wahr, Vicomte?"

Sein Auge, das dem ihren folgte, fiel auf Stephanie,
die sich drüben eben vom Sophatisch abwandte und gegen

das Fenster zu ging. Es war selbst in dieser Bewegung
des jungen Mädchens etwas so Kaltes und Hohes, etwas
so Nachlässiges und doch auch wieder so Königliches, fast
als sähe sie sich im Gemach ganz allein und hätte keinen
Blick und keinen Gedanken für die Anderen.

Vial sah zu seiner Nachbarin zurück — die Augen
umspannen ihn wie mit goldenen Strahlen, das Lächeln
leuchtete so spöttisch, so herausfordernd, so — verheißend?
— und er antwortete leise und rasch: „Lassen Sie mich
noch leben, Gräfin! Die Insel der Seligen hat keine Menschen, glaub' ich, sondern nur — Monumente."

„Ketzer!" sagte sie mit leichtem Kopfschütteln. —
„Bitte, Vicomte, schieben Sie die Brände dort ein wenig
zusammen, sie flammen nur und wärmen nicht." — Und
als er sich gehorsam verbeugte und in dem schmalen Raume
ihr ganz nahe war, fügte sie flüsternd hinzu — es war
wirklich wie das Lispeln des Frühlingswindes im jungen
Laube, so weich waren diese Töne, und so sanft und warm
streifte ihr Hauch seine Wange —: „Nun wohl, Louis!
Bringen Sie doch Leben in diesen Stein, schöner Pygmalion! Er sehnt sich danach."

Vetter Christian hatte die Steine gesondert und schob
das Tischchen heran. Vial richtete sich auf, sein Gesicht
glühte, seine Augen begegneten flammend denen der Gräfin. Dann wandte er sich mit leichter Verbeugung ab und
ins Gemach. —

Stephanie hatte die herabgelassenen Vorhänge des
Fensters zurückgeschlagen und war in die Nische getreten,
wo sie, nachlässig in der Ecke lehnend, ruhig in die dunkle,

stürmische Nacht und auf den ganz einsamen Hof hinaus-
zublicken schien.   Das Herankommen des jungen Offiziers
entlockte ihr keinerlei Bewegung; nur ihre Augen drehten
sich ihm momentan zu und streiften ihn mit einem gleichgültigen Blick, worauf sie sich wieder der Dunkelheit
draußen zukehrten.

Er sah das alles wohl, und bei der reichen Beleuchtung des Gemachs war es selbst hier in der Nische noch
hell genug, um ihn die schlanke Gestalt, den schönen Kopf,
die kalten Züge des Gesichts vollständig, bis ins Einzelne,
erkennen zu lassen.   Er sah das an und mußte sich be-
zwingen, um nicht nach derjenigen zurückzuschauen, von
der er eben kam; der Contrast war zu groß!   Dort das
Leben in seinem vollsten Reichthum und seiner glänzend-
sten Fülle, und hier, wo zu den gleichen Reizen noch die
frischeste Jugend kam, nichts als — Eis und Schnee! Es
wehte ihn erkältend an.

„Sie sehen nach der Brandstelle, Gräfin?" fragte er,
sich zusammennehmend.   „Die Gefahr war nicht groß.
Aber Sie sind doch sehr erschreckt worden?"

Sie sah ihn wiederum eben so flüchtig und eben so
gleichgültig an.   „Nicht doch, Herr von Vial," versetzte sie
im ruhigsten Tone.   „Wir wohnen nach der anderen Seite
hinaus, und man hielt es nicht für nöthig, uns von dem
Vorfall zu benachrichtigen."

Er trat gleichfalls in die Nische und stand neben ihr.
„Sie sind kalt, Gräfin, oder zürnen Sie mir?" fragte er
gedämpft.

„Weßhalb?" gab sie kalt und ohne sich zu regen zurück.

„Weßhalb?" wiederholte er, halb und halb verdrossen und doch auch wieder ergötzt durch diese Weise, und er fühlte sich durch die Kälte so gut gereizt, wie durch die Schönheit seiner Nachbarin erregt. „Weßhalb, Gräfin? — Sie können es nicht mehr beklagen als ich, daß diese Ungehörigkeit überhaupt statt fand, unter der Sie alle hier zu leiden hatten. Und daß wir erst vorgestern zu- rückkehrten und davon erfuhren!"

„Sie waren verreis't, Herr Vicomte?" warf sie gleich- gültig hin, da sein Innehalten ein paar Worte von ihr zu erheischen schien.

„Wir waren auf einer Inspectionsreise, Gräfin. Ge- neral Renaud fand bei der Rückkehr von hier die Ordre vor, das Kommando aller Truppen diesseits der Elbe — doch was rede ich da!" unterbrach er sich lebhaft. „Was geht das Sie, was geht das mich an! Genug, Gräfin, ich kam vorgestern mit ihm zurück, und anstatt Sie selbst in S. zu finden, wie Sie uns damals hatten hoffen las- sen, fanden wir solche Nachrichten! — Ich habe dieses Kommando verlangt, ich bin herbeigeflogen und ich habe Rechenschaft gefordert für das Benehmen dieser Barbaren, die Sie in dieser Zeit auf Ihre Gemächer beschränkten, Gräfin —"

Es war der erste Blick, der lebhafter aus ihrem stol- zen Auge zu ihm hinüber kam und ihn innehalten ließ, und sie sprach auch mit erregterem Tone: „Ja wohl, mein Herr, so hörte ich. Wer hat Sie aber dazu er- mächtigt?"

Er schaute sie einen Augenblick prüfend an, bevor er

mit leichtem Kopfschütteln entgegnete: „In der That Grä=
fin, mein Benehmen muß sehr tabelnswerth oder unge=
schickt gewesen sein, oder man muß Sie noch ernster be=
leibigt haben, als ich bisher erfuhr, daß Sie Ihre frühere
Güte gegen mich so gänzlich —"

„Gleichviel, mein Herr!" unterbrach sie ihn auf's
neue, denn sie war jetzt wirklich und sichtbar erregt, ihre
Augen blickten zürnend und ihre ganze Haltung war aus
der bisherigen Kälte und Nachläſſigkeit herausgetreten.
„Wer berechtigte Sie zu dieſem Auftreten, frage ich? Iſt
es nicht genug, daß wir hier die Ungezogenheiten frecher
Menschen erdulden mußten, sollen wir dieſe Ungezogen=
heiten jetzt auch noch landkundig werden ſehen, und durch
Ihre unverlangte Einmischung zur Fabel für die Geſell=
schaft werden?"

Er schaute sie wieder mit einem flüchtigen — oder
heißen wir's beſſer: vorsichtigen Blicke prüfend an. Ein
Lächeln zuckte blitzgleich durch sein Geſicht, war aber, zu=
mal er mehr im Schatten ſtand, ſelbſt für seine Nach=
barin schwerlich wahrnehmbar, und im nächſten Augenblick
sprach er vollkommen gefaßt und ſogar in einem gewiſſer=
maßen verletzt klingenden Tone: „Aber, Gräfin, Sie er=
zählen mir da etwas von Gespenstern, scheint mir!"

„Gespenster?" verſetzte sie gereizt. „So glauben Sie,
daß Ihre Einmischung nicht dazu dient, die hier vorge=
fallenen Inconvenienzen nur mehr und in größeren Krei=
sen bereden zu laſſen?"

„Das glaube ich allerdings, Gräfin," sagte er mit
leichtem Kopfneigen.

„Und wer will jene — verhindern, mit ihren Helden=
thaten gegen uns zu prahlen und sich über die Einmischung
des Herrn Vicomte von Vial zu moquiren, die zum min=
desten Stoff —"

„Ich, der Vicomte von Vial!" unterbrach er sie stolz
und sicher, •und er war schön, wie er so sprach und sie
dabei anblickte, daß sich selbst ihr hochmüthiges Auge senkte.
„Auf Vial's Wort, Mademoiselle," setzte er in gleichem
Tone hinzu, „ich wäre begierig, denjenigen kennen zu ler=
nen, der in meinem Reden und Handeln etwas Anderes
zu suchen wagte, als ich selber damit kund zu geben
wünschte." — Und mit leichtem Achselzucken und einer
ein wenig wegwerfenden Handbewegung schloß er: „Diese
Burschen da wenigstens werden mir dazu schwerlich Ge=
legenheit bieten."

. Sie erwiderte nichts und hob auch nicht die Augen
auf. Eine leise Befangenheit, die ihr unglaublich reizend
stand, hatte sich über ihr ganzes Wesen gebreitet und ließ
ihre stolzen Züge in solcher Sanftmuth und Milde, in
solcher, man hätte sagen mögen: jungfräulichen Scheu er=
scheinen, daß ihre Schönheit erst dadurch zur vollen Gel=
tung gelangte und einen tiefen Eindruck auf den leicht=
blütigen Franzosen machte.

„Sie sind hart gegen mich, Gräfin," sagte er in gänz=
lich verändertem Tone und um vieles leiser. „Wenn Sie
wüßten, mit welcher Sehnsucht ich an unseren damaligen
Aufenthalt in diesem Schlosse mich erinnerte, wie glücklich
mich der Befehl machte, hieher zurückzukehren und das
Kommando über die hier vertheilten Truppen zu übernech=

men — so glücklich, daß der Zorn davor verschwand, den das Treiben jener Unwürdigen erregte! — Und nun war ich da, ich stellte die Ordnung her und bot Ihnen alle Genugthuung, die in meinen Kräften stand. — Ich hoffte ein Wort der Zufriedenheit von Ihren Lippen zu hören und in dem freundlichen Blick Ihrer Augen Ihre Beruhigung zu erkennen und das — Wohlwollen, das Sie mir neulich —"

Er hielt, wer weiß, ob absichtlich oder übermannt von der, seine Stimme beherrschenden Bewegung, inne und ließ seine dunklen Augen mit einer Art von schwermüthigem Vorwurf auf ihr ruhen, die noch befangener als vorhin, gesenkten Blickes und mit leicht gerötheten Wangen neben ihm lehnte und anscheinend keine Silbe der Erwiderung auf diese Worte und Töne fand, welche sich so weit von dem entfernten, was ihre Umgebung bisher ihr zu bieten gewagt. Erst nach einer geraumen Weile erhob sie ihre Augen zu einem halb scheuen, halb ein wenig finstern, flüchtigen Blick auf seine erregten Züge, und indem sie sie wieder unter die langen Wimpern zurückzog, sagte sie gedämpft und doch mit hörbar spöttischer Stimme: „Sie machen aus all diesen Dingen viel mehr, als sie dessen werth sind, Herr Vicomte. Und dieses Verlangen nach mir — ah!"

Sie hatte das Köpfchen dem Fenster zugekehrt und hielt ihre Augen, wie gesagt, unter den langen, goldenen Wimpern verborgen, so daß sie das Lächeln nicht sah, welches trotz der Betonung ihrer Worte aufs neue blitzgleich durch sein Gesicht zuckte. Aber seine Antwort ver-

nahm sie, so leise sie auch war, denn er sprach sanft und
fast innig: „Sie sind hart, wiederhole ich! War ich denn
frei? Der Dienst mit seinen Geschäften endet nie, und
dann — Ihre Tante versteht es, jemand auch wider seinen Willen festzuhalten und, was viel schlimmer ist, ihn
niemals aus ihren Augen zu lassen.“

Stephanie wandte leicht den Kopf und ließ einen
dunkeln Blick zu den Beiden hinübergleiten, welche vor
dem Kamin ihre Partie so harmlos wie möglich abzuspie-
len schienen. „Ich hasse sie!“ sagte sie tief aus der
Brust heraus.

„Ihre Tante? Sie träumen!“ meinte er gleichsam
verwundernd und kopfschüttelnd.

Sie warf ihm einen finstern Blick zu. „Nein, ich
hasse sie!“ murmelte sie dann. „Sie hat für uns alle
nichts als Spott und Hochmuth und herrscht von ihrem
Sessel aus auf das unerträglichste. — Auch Sie — nehmen Sie sich in Acht! Sie spielt mit Ihnen und benutzt
Sie auf die eine Weise, wie uns Uebrigen auf eine
andere.“

Er schüttelte den Kopf. „Ihr Kopf ist zu jung und
Ihr Herz zu reich und schön für solche düstere Vorstellun-
gen und Gefühle,“ flüsterte er innig. „Ihr Reich ist das
der Liebe, und Sie sind die Herrin alles Glücks und aller
Gnade. Theilen Sie niemals aus — Stephanie?“ setzte
er so leise hinzu, daß das Wort kaum ihr Ohr traf, wie
nahe seine Lippen demselben auch waren.

Sie erwiderte nichts, ihre Wangen waren nur noch
ein wenig geröthet, und der Blick, der aus den flüchtig

erhobenen Augen zu ihm hinüberstreifte, war wie abwe:
send. Er ließ seine Linke niedergleiten und gleichsam zu:
fällig ihre Finger umfassen, die auf dem Fensterbrette ruh:
ten. Sie zitterten ein wenig, diese Finger, aber sie ent:
zogen sich ihm nicht, im Gegentheil meinte er sogar einen
leichten Druck zu spüren, und da sie noch immer schwieg,
flüsterte er: „Glauben Sie's, daß ich Sie anbete, Köni:
gin der Herzen? Wann — wann kann ich einmal zu Ihnen
reden, von Ihnen, von unseren — Feinden?"

Es war, als erwachte sie aus einem tiefen Traume,
so zuckte sie zusammen, so rasch und fast unvorsichtig ent:
zog sie ihm ihre Finger, so rasch gleichfalls wechselte in
dem ihn streifenden blauen Auge die Träumerei mit dem
ihm gewohnten kalten Stolze. Und dann sagte sie auch
mit dem gewöhnlichen nachlässigen Tone: „In der That,
Herr Vicomte, dafür, daß wir keine Schwärmer sind,
haben wir, glaub' ich, lange genug in das Dunkel ge:
sehen. Kommen Sie zum Tische."

Sie sprach das, wie gesagt, so durchaus kalt und
nachlässig, daß er bei etwas geringerer Eigenliebe kaum
noch über das, was in ihr vorgegangen, hätte in Zweifel
sein dürfen. Sie schien gar nicht auf ihn und seine sie
persönlich betreffenden Worte geachtet zu haben, und da
sie dieselben verstand, war ihre Ablehnung hörbar genug.

Allein theils legte er es sich anders aus, theils kam
er nicht mehr, wenn er dergleichen auch verstanden, zum
Nachdenken darüber. Denn in dem Augenblicke, als sie
ins volle Licht traten, ward Gräfin Hebe's silberhelles
Lachen vom Kamin her laut, und sie sprach auf Deutsch:

„Ah, Vetter, Ihr glaubt also wirklich, daß diese Partie
noch gewonnen wird? Es sieht freilich aus, als möchten
sich diese armen Würfel verschwören gegen mich. Aber
Ihr wißt wohl, Vetter — meine Finger sind mächtiger
als sie! Aufgepaßt — ich fange an! Doppelfünf! —
Werft besser, Vetter Christian, wenn Ihr könnt!"

Vial verstand von diesen Worten zu wenig, um sie
besonders auffällig zu finden. Auch wurde er in diesem
Moment durch den eintretenden Kammerdiener benachrichtigt, daß draußen eine Ordonnanz mit einer Meldung
harre, und ging rasch hinaus. Als er alsbald zurückkehrte, zeigte sein Gesicht eine leichte Verstimmung, und
Gräfin Hebe fragte freundlich: „Was gibt's, Herr Vicomte? Doch nichts Böses, hoffe ich?"

Er strich die schwarzen, lockigen Haare von der Stirn
zurück. „Wie Sie's nehmen, Gräfin," entgegnete er.
„Ein alter Schiffer drunten im Dorfe hatte sich gegen
seine Einquartierung gröblich aufgelehnt — man nannte
ihn mir zugleich als den ärgsten Schmuggler der ganzen
Küste. Ich wollte ihn einziehen lassen, aber man meldet
mir eben, daß er verschwunden ist."

„Das scheint mir kein Grund zum Verdruß!" bemerkte Comtesse Hebe lächelnd und ließ die Würfel auf
das Brett fallen. „Fünf und drei, Vetter — brillant!
— Was sollte Ihnen der arme Teufel? Heraus bringen
Sie nichts, und daß man ihm nichts beweisen kann, dafür wird er schon —"

Ein dumpfer Knall, der die Scheiben der Fenster
klirren machte, ließ sie wie alle Uebrigen zusammenfahren

und unwillkürlich nach dem Fenſter blicken, deſſen Vorhänge noch von vorhin zurückgeſchlagen waren. Gegen
das Dorf zu zeigte der Himmel eine ſcharfe Röthe, auf
dem Hofe drunten wurde es laut. Vial eilte hinaus. —

Es war allerdings ein zweiter Brand an dieſem Tage,
aber er war für das Schloß noch gefahrloſer als der erſte.
Karſten Herbart's Haus war bei der Unterſuchung mit
einem Dutzend Douaniers und Soldaten, die einem Pulver-
vorrathe nahe gekommen ſein mußten, in die Luft geflogen.
Die Flammen des Daches und Gebälkes verwehten vor
dem Sturm unſchädlich über das kahle Feld hin.

Die beiden alten Bewohner waren ſpurlos verſchwun-
den. Man hatte kein ſich entfernendes Boot bemerkt —
auch ſchien der Sturm zu ſchwer für ein ſo leichtes Fahrzeug — und auch gegen den Wald hin hatte ſich niemand geflüchtet. —

Zehntes Kapitel.

Land und Leute.

Herz, laß dich nicht zerspalten
Durch Feindes List und Spott!
Gott wird es wohl verwalten,
Er ist der Freiheit Gott.
Laß nur den Wütrich droben,
Dort reicht er nicht hinauf.
Einst bricht im heilgen Leben
Doch deine Freiheit auf.

                          Th. Körner.

Es war, als ob das Krachen von Karsten Herbart's auffliegendem Hause im ganzen Lande vernommen worden wäre, so schnell hatte sich die Kunde davon verbreitet und einen so jähen und doch nachhaltigen Eindruck brachte sie hervor.

Es war zwar das Wahrscheinlichste, daß die Doua= niers, welche zur Untersuchung des „Schmugglernestes" abgeschickt waren, während die ihnen beigegebenen Solda= ten den Widerstand des Besitzers brechen und ihn verhaf= ten sollten, einem von dem alten Burschen aufbewahrten Pulvervorrath zufällig zu nahe gekommen. Denn Einer, den man, wenn auch schwer verbrannt, doch noch lebend aus den brennenden Trümmern retten konnte, erzählte, daß sie Stall und Keller, Boden und Küche vergeblich durchsucht und eben aus der Stube in eine angrenzende kleine Kammer hätten treten wollen, als sie plötzlich mit den aufschlagenden Flammen emporgerissen wurden. Eine nähere Beobachtung hatte natürlich gar nicht statt finden können, allein es erschien den Franzosen schon bedeutsam und verdächtig genug, daß der Schiffer überhaupt nur eine Masse Pulver im Hause gehabt hatte, die ähnliche Wirkungen hervorbringen konnte. Sie sahen auch hieraus wieder, daß der Schmuggel sich nicht harmlos mit dem zollfreien und heimlichen Einbringen von allerlei steuerbaren oder gänzlich verbotenen Waaren beschäftigte, sondern daneben — vielleicht sogar hauptsächlich — ganz anderen, gefährlicheren Zwecken diente, und das Land zu dem Kampfe vorbereitete, den, wie wir von Renaud erfuhren, selbst die Feinde bereits als unvermeidlich vor sich sahen.

Da der rauhe alte Mann aber doch Zeit gewonnen zu haben schien, sein werthvollstes Eigenthum nach und nach auf die Seite zu bringen — man hatte bei der Durchsuchung nur den nothwendigen Hausrath, in der Küche auffällig wenig Geschirr und gar keine Lebensmittel-Vorräthe gefunden — so blieb unerklärlich, weßhalb er gerade eine solche Quantität Pulver, die er nicht umsonst erhalten haben konnte und deren Absatz ihm einen bedeutenden Gewinn bringen mußte, nicht gleichfalls fortgeschafft hatte. Gefunden, hätte sie nicht nur den Feinden gedient, sondern auch den Verdacht gegen ihn zur Gewißheit er-

hoben: vernichtet, zerstörte sie nun zugleich seinen Besitz,
an dem er doch, wie man wußte, bisher auf das hart=
näckigste gehangen. Man erfuhr nicht allein die letzte Ant=
wort, die seine Schwester auf die Drohung des Grafen
gegeben, sondern auch, daß er nach seiner vor einigen
Jahren erfolgten Rückkehr diesen kleinen väterlichen Besitz
dem Gutsherrn mit allen möglichen Mitteln und unver=
hältnißmäßigen Kosten abzuringen gewußt und seitdem
trotz der unausgesetzten Händel mit der Herrschaft behalten
hatte. Und doch, müssen wir hinzusetzen, hielt man den
Schiffer für einen wohlhabenden Mann, den man überall
anderwärts gern aufgenommen haben würde und der
überall anderwärts auf das ruhigste leben konnte.

Im Lande und im Volke, ja, auch bei den Höherge=
stellten, und selbst hier und da unter den Fremden glaubte
und argwöhnte man freilich einen anderen Sachverhalt.
Man erfuhr in Nieder=Rhoda so gut wie überall, wo man
sich für den Fall interessirte, daß die Sache nicht ganz
so glatt abgelaufen war, wie wir sie von Vial dargestellt
hörten. Im Gegentheil war es einer der ersten Befehle
des neuen Kommandeurs gewesen, den „Burschen, der es
gewagt, sich gegen die Truppen des Kaisers aufzulehnen,“
in Haft und Strafe zu nehmen, nachdem man den nächsten
Douanenposten herbeigerufen und das Dorf nicht nur
förmlich besetzt, sondern auch gegen Strand und Wald
hin Posten ausgestellt, so wie Patrouillen abgeschickt haben
würde, denn es war ein Gerücht verbreitet gewesen, daß
in dieser Nacht von irgend einer Seite her, sei es gegen
die Douanen allein, sei es gegen die Fremden überhaupt,

etwas unternommen werden sollte. Und Vial war, wenn auch humaner oder vielmehr polirter als seine Vorgänger, doch nicht ganz so sorglos, wie man aus seiner Strafrede vielleicht zu folgern berechtigt sein könnte.

Dieser Verhaftungsversuch war gänzlich fehlgeschlagen, hatte sogar für die damit beauftragten paar Mann noch schlimmere Folgen gehabt, als das brutale Auftreten der entflohenen Einquatierung. Die Berserkerwuth war in Karsten Herbart, den man zwar zum Ausgange bereit, aber noch im Zimmer gefunden, aufs neue und zu einem bei Weitem gewaltigeren Ausbruche gekommen. Wirklich angegriffen, hatte der Mann seinen Riesenkräften vollen Lauf gelassen, den führenden Corporal mit dem Kolben seiner eigenen, ihm entrissenen Flinte zu Boden geschmet= tert, die Flinten der beiden begleitenden Leute wie Rohr= halme zerbrochen und sie selbst mit lähmendem Entsetzen aus dem Hause fliehen lassen, ihnen die Stücke der Ge= wehre nachschleudernd. Man war dann — die inzwischen angelangten Douaniers und eine größere Zahl Soldaten — förmlich militärisch gegen das gefährliche Häuschen vor= marschirt, hatte es umstellt und 'endlich vorsichtig betreten — ohne, wie wir schon wissen, auf neuen Widerstand zu stoßen. Denn Karsten Herbart war in der kurzen Zwischen= zeit verschwunden. Von seiner alten Schwester hatten schon die zuerst Erschienenen und so rauh Empfangenen nichts mehr gesehen. — Gleich darauf war dann das Haus mit den meisten Eingedrungenen in die Luft geflogen.

So war der Hergang gewesen, und man glaubte überall an die Absicht des alten Schiffers, den Feinden

nicht sowohl seinen an und für sich unbedeutenden und
für dieselben gänzlich nutzlosen Besitz zu entziehen, als
vielmehr ihnen einen nicht leicht zu vergessenden, em-
pfindlichen Schlag zu versetzen, und ihnen auf so furchtbare Weise kund zu geben, wessen sie sich zu dem erbitterten und gereizten, rauhen Volke dieser Landstriche zu
versehen hätten, wenn sie dasselbe unter dem eisernen
Drucke zu halten versuchten, der nie fühlbarer geworden
als in den letzten Zeiten. Zu einer anderen Zeit und
anderwärts, ja, selbst hier noch vor wenigen Wochen,
würde man das Geschehene als die unsinnige That eines
unbändigen und thörichten Tollkopfes angesehen haben,
die für ihn selber den meisten Nachtheil mit sich gebracht,
indem sie ihn sowohl zum besitz- und heimatlosen Vagabunden als ihm auch einen ferneren Aufenthalt in der
Gegend unmöglich machte. Jetzt sah man darin nicht nur
die Rache an den Feinden und eine ernste Drohung für
sie, sondern auch eine Art Signal für alle Vaterlandsfreunde, daß der „Anfang des Endes“ nahe sei und der
allgemeine Aufstand nicht lange mehr auf sich warten lassen
möchte. Und es war seltsam genug und mußte ein ernstes
Nachdenken bei Feind und Freund erregen, daß zugleich
mit der Nachricht von dem in Nieder-Rhoda Geschehenen
sich die erste Kunde von Moskau's Brand, von dem be-
gonnenen Rückzuge und den entsetzlichen Verlusten der
Franzosen leise umherschleichend zu verbreiten begann.

Woher diese Kunde kam, das wußte niemand. Sie
war eben da und schlich umher und erfüllte die Feinde
mit scheuer Sorge, mit finsterm Hasse, mit drohender, ge-

waltthätiger Härte, und die Patrioten mit unbeschreiblichen Gefühlen und Hoffnungen. Sie verbargen sich eben so wenig wie die Feinde, daß ein Kampf bevorstand, in welchem es für beide Seiten nur Sieg oder Tod gab.

Von den Feinden kam diese Kunde nicht, wie die wirklich schon statt gefundene Ausbreitung derselben ihnen auch lange Zeit hindurch gar nicht bekannt wurde. Man barg Hoffnungen und Befürchtungen, Erbitterung und Haß fester in der Brust als je. Die Bulletins und Bekanntmachungen wußten nur von Siegen und Fortschritten zu berichten, von der trefflichen Gesundheit des Kaisers, von dem ausgezeichneten Zustande der Armee, von den großen Plänen des Ersteren, von der Unwiderstehlichkeit der letzteren. Die Privatbriefe, wenn die Feldpost überhaupt einmal welche brachte, verkündeten nichts Anderes, alle Grenzen und alle Verkehrswege mit dem Auslande waren fester verschlossen als je, und dennoch erhielten sich die Gerüchte nicht nur, sondern wurden immer bestimmter und sicherer, breiteten sich stets weiter aus und fanden ihre Bestätigung auch in dem Verfahren der Behörden und Besatzungen der Franzosen selber. Die Truppenmärsche, von denen man in diesen Gegenden seit dem Frühling und dem Aufbruche der zur Armee berufenen Theile nichts mehr gesehen hatte, begannen aufs neue. Die bisherigen Besatzungen, zumeist aus Westfalen und anderen Rheinbunds-Truppen bestehend, zogen der Armee nach gegen Rußland zu, zum Ersatz der Verluste. Munition und Kriegs-Material aller Art wurde aus den Magazinen fort und den gleichen Weg geführt, während man

zugleich rastlos und mit aller Kraft an der Wiederher=
stellung neuer Vorräthe arbeitete und an Pferden endlich
zusammen= und forttrieb, was man in dem schwer heim=
gesuchten Lande nur irgend noch erlangen konnte.

Ueberhaupt bekam es das Land nicht leichter, sondern
schwerer, als es bisher es gehabt. Den abziehenden Trup=
pen folgten andere, Franzosen oder Italiener, die in den
Landstrichen blieben und nicht, wie bisher stets, nur ein paar
Städte besetzt hielten, sondern augenblicklich auch noch über
das ganze Land, zumal über diese Küstenstriche, vertheilt wur=
den und die Last der Einquartierung, welche man sonst
nur bei Durchmärschen einzelner Theile oder größerer
Massen zeitweilig empfunden hatte, zu einer dauernden
machen zu sollen schienen. Dazu kam, daß man sich mit
den früher anwesenden Rheinbunds=Truppen, wenn man
vernünftige und humane Leute zwischen ihnen traf, ver=
möge der beiden Seiten gemeinsamen Sprache doch ver=
ständigen konnte, während dies den gegenwärtigen Be=
satzungen gegenüber nur noch den Gebildeten möglich war.
Und eine solche Verständigung wurde für die armen Quar=
tiergeber täglich erwünschter, ja, nothwendiger, weil die
Fremden in einer Weise auftraten, wie man sie gerade
von den Franzosen selbst entweder niemals oder nur bei
dem ersten Einfalle von 1806 und 1807 kennen ge=
lernt hatte.

Die Form des Druckes und das ganze Auftreten der
Gebieter mochte hier und da polirter und so zu sagen
humaner sein, als wir es von Rheinbunds=Truppentheilen
erfuhren, auf bevorzugten Plätzen verschwand derselbe an=

scheinend sogar ganz oder zeigte sich kaum merklich, im
Ganzen und Großen aber hatte man an den neuen Gästen
keine besseren, sondern schlimmere erhalten. Der Druck
wurde unträglicher, die Forderungen unerschwinglicher von
Tag zu Tag; auf dem Lande besonders war kein Be=
sitzender mehr seines Besitzes, kein Familienvater mehr der
unverletzten Ehre und Unschuld der Seinigen sicher. Die
Wohlhabenderen ruinirte man durch immer größere Re=
quisitionen, die Aermeren brachte man durch alle möglichen
Quälereien zur Verzweiflung, so daß sie hier und da,
wie wir schon Aehnliches vernahmen, trotz des beginnenden
Winters immer häufiger aus ihren Häusern davon und
in die Wälder liefen. Jede Widersetzlichkeit und der
geringste Ungehorsam wurde auf das strengste bestraft;
die vermehrten und stärker besetzten Douanenposten gingen
dem Schmuggel, von mobilen Colonnen unterstützt, immer
schärfer zu Leibe, gefangene Schmuggler verfielen unwei=
gerlich dem Tode, und endlich, was in diesen Küstenge=
genden am allerhärtesten und grausamsten traf, nahm man
eine große Anzahl der Fischerböte fort und stellte die ihren
Besitzern zurückgelassenen unter eine schier unerträgliche
und furchtbar peinliche Controle der Douanen. Kurz, das
System, das wir Renaud im Anfange unserer Erzählung
als das vernünftigste, erwünschteste und segensreichste auf=
stellen und vertheidigen hörten, wurde selbst von den billig
Denkenden unter den Fremden nicht mehr angestrebt oder
auch nur als erwünscht hingestellt. Die Milde war gänz=
lich zu Ende, und man hielt offen das ganze Land unter
der Herrschaft der Waffen.

Die Leser dieser Schilderung, welche, so übertrieben
sie diesem und dem erscheinen mag, dennoch nicht ein Haar
breit mehr zur Anschauung bringt, als was einzelne Theile
unseres Vaterlandes und besonders die Küstenstriche desselben in jener schmachvollen Zeit wirklich zu dulden hatten, — würden jedoch sehr irren, wenn sie aus dem Mitgetheilten schließen wollten, daß diese Zustände in Wirklichkeit und im ganzen Lande nun auch eben so scharf
hervorgetreten wären, wie sie es hier auf dem Papiere
und in der Erzählung thun. Es geht damit, wie in allen
ähnlichen Fällen. Eine Darstellung concentrirt so zu sagen
alle Farben, alle Lichter und Schatten auf dem engsten
und knappsten Raum und vereint zu einem Bilde alle einzelnen Züge, die in Wirklichkeit vielleicht weit aus einander
liegen, von dem Darsteller einzeln und von zerstreuten
Puncten zusammengebracht werden müssen.

So groß und weit verbreitet, ja, so allgemein der
Druck der Fremdherrschaft in diesen Monaten dort zu
Lande auch war, so allgemein er lähmend und zugleich
erbitternd empfunden wurde, dennoch bedarf es keiner besonderen Auseinandersetzung, um die Leser begreifen zu
lassen, daß er nicht überall in gleich schwerer Weise zur
Ausübung und Anschauung kam, von allen Betroffenen
nicht gleich tief empfunden und noch weniger zur Schau
getragen wurde. Es gab, wie wir zum Ueberfluß oben
schon ausdrücklich angaben, selbst in diesen Küstenstrichen
Plätze genug, es gab in den Städten und auf dem flachen
Lande Häuser und Familien im Ueberfluß, wo anscheinend
alles im alten Gange des Friedens und der Ruhe, wo

im Grunde und für gewöhnlich keine besonderen und stö-
renden Spuren der allgemeinen Calamität auf den Pfaden
des täglichen Lebens und Verkehrs sichtbar wurden. Da
waren nicht nur immer noch manche Anhänger der fremden Regierung und Vergötterer des Kaisers, und neben
ihnen die zahlreiche Classe der Indifferenten und Feigen,
der guten ruhigen Bürger, sondern auch alle diejenigen,
welche reich genug waren, um die gegenwärtigen Zustände
noch ertragen zu können, und zu stolz, um dem Feinde
die Unerträglichkeit seines Regiments so oder so zu erkennen zu geben. Am fühlbarsten wurde alles Schwere
dort, wo die neuen Maßregeln den Erwerb des Einen
willkürlich schmälerten, wie bei den Fischern, oder fast
gänzlich vernichteten, wie bei zahlreichen Handeltreibenden,
oder wo die Einquartierungslast auf die armen Teufel
fiel, die kaum selber zu leben hatten, und wo endlich, wie
auf dem Schauplatz unserer Erzählung, die Grenze nahe
und der Kampf für und gegen den Schmuggel zu allem
Uebrigen noch hinzukam.

Die Besitzungen der drei Grafen Rhoba, des Großvaters, Sohnes und Enkels, wurden, zumal sie auf eine
weite Strecke hin die Grenze selber bildeten, durch alles
Mitgetheilte nicht am leichtesten betroffen. Es verstand
sich im Grunde von selbst, daß die Schmuggler, so weit
sie nicht drüben in dem, noch seinem alten Fürstenhause
unterworfenen Lande daheim waren, sich zum großen Theil
aus den Dörfern recrutirten, welche hier an der Seeküste
entlang und hinter den ausgedehnten Waldungen näher
bei einander gelegen waren, als man es sonst in diesen

Landstrichen zu finden pflegt. Man wußte überdies von
dem Geiste des Mißvergnügens und Trotzes, der hier
überall die Bewohner erfüllte und besonders in den eigent=
lichen Stranddörfern zuweilen in offener Feindseligkeit
vorzüglich gegen die Douanen zu Tage trat.

Man glaubte sich des alten Grafen zu Nieder=Rhoda
sicher, da er bisher immer als einer der entschiedensten
Anhänger des neuen Regiments aufgetreten war. Man
beachtete den Grafen Eugen zu Rhobenfelde wenig, denn
er hatte sich bis vor Kurzem wenigstens zu leichtlebig,
heiter und gleichgültig gegen Feind und Freund gezeigt,
als daß man in ihm etwas Anderes gesucht hätte, als
einen jungen reichen Mann, der sein Leben auf seine
Weise genoß und Andere das ihre nach ihrem Willen ge=
nießen ließ. Neuerdings wollte zwar Dieser und Jener
eine Veränderung wahrgenommen haben, die den Herrn
verdächtig erscheinen ließ, allein die Beobachtungen hatten
es doch nur mit vereinzelt hervortretenden Zügen und
anscheinend unbedeutenden Vorfällen und Aeußerungen
zu thun haben können, und andererseits stand Graf Eugen
gerade mit seiner Einquartierung anscheinend besser als
irgend ein Anderer. —

Ueber die Gesinnungen des Grafen Eberhard in Drei=
heiligen endlich glaubte man zwar am wenigsten in Zwei=
fel sein zu dürfen, allein auch hier war es doch mehr
Glauben als Wissen. Der Herr war einerseits sicher zu klug
und vorsichtig, um sich Blößen zu geben, und anderer=
seits traute man ihm zu wenig Energie, und in Folge
seiner Kränklichkeit, seines Alters und seiner meist schwer=

müthigen Stimmung auch nicht einmal die Fähigkeit zu, jemals, und sei es auch nur im Geheimen, vom Reden und Denken zum Handeln überzugehen. Die Gesinnung allein konnte man an ihm nicht wohl strafen, ohne zugleich drei Viertheile aller Bewohner des Landes zu gleicher Strafe heranzuziehen. Und endlich schonte man in ihm bisher noch immer den Herrn eines Terrains, dessen Beobachtung und Beherrschung er durch hunderterlei Mittel und auf unzähligen Wegen den Beamten und Truppen zu erschweren vermochte.

So kam es denn, daß, so viel auch die hiesigen Dörfler hie und da leiden mochten, in diesen drei Herrenhäusern außer der Last der Einquartierung von einem wirklichen Drucke wenig empfunden wurde, zumal seit in Nieder-Rhoda und Dreiheiligen die erste Besatzung durch die von Pial herbeigeführten neuen Mannschaften abgelöst war. Ja, man schien nicht nur innerlich zufriedener, sondern auch äußerlich umgänglicher zu leben, als früher, man kam zu einander; selbst Graf Eberhard zeigte sich ein paarmal in Nieder-Rhoda wenigstens im Hause seines Vaters, und auch Sophie Magdalene hatte einmal auf ein paar Minuten vorgesprochen. — Zu, wenn auch nicht großen, Gesellschaften vereint, traf sich die Nachbarschaft doch zuweilen hier und da. Die Offiziere, die sich von hüben und drüben kameradschaftlich besuchten und überall wenigstens artig aufgenommen wurden, erhielten den Verkehr in Gang, und von der bösen Zeit ließ sich hier in Wirklichkeit so wenig spüren, wie von den Sorgen und

Befürchtungen der Einen, von den Ahnungen und Hoff=
nungen der Anderen. Alles und alle waren still.

Sie haben sich in das Unvermeidliche gefügt! dachte
Bial, ich habe mich getäuscht, als ich hinter ihnen und
ihrem Treiben mehr und Anderes suchte, als häusliche
und Familien=Interessen!

„Man that den Leuten Unrecht," schrieb er in seinen
Berichten an Renaud einmal über das andere, „sie sind
keine Revolutionäre, sondern haben genug mit ihren eigenen
Affairen zu thun, um sich von allen übrigen zurückzuhalten.
Der Graf Eugen ist vordem Offizier gewesen und hat sich
ausgezeichnet. Er hegt noch gewisse Vorurtheile seines
früheren Standes, und Ansichten, wie sie in der preußischen
Armee jener Tage gäng und gäbe waren. Er schwärmt
für die Königin Louise, er findet, daß sie vom Kaiser
schlecht behandelt worden. Er wird in einem großen
Kriege vielleicht wieder gegen uns dienen, aber vom In=
triguiren hält er sich fern, er versteht auch nichts davon.
Er ist Lebemann und jetzt, glaub' ich, in einer Art von
unglücklicher Leidenschaft, durch die er sich jedoch nur wie
ein Cavalier beherrschen läßt. —

„Graf Eberhard ist ein — zu Zeiten langweiliger —
Träumer, der in der Vergangenheit mehr lebt, als in der
Gegenwart. Er lebt so zu sagen, mit seinen Todten, mit
seiner Frau, seinem Kinde, seiner Schwester, denen er ein
treues Andenken bewahrt. Wir haben auch ihm Unrecht
gethan, mein General, besonders in jener Affaire mit dem
Jäger, hinter dem unsere Polizei=Dummköpfe Gott weiß
wen suchten. Man spricht hier auf das allerruhigste über

ihn, und Graf Eberhard lacht uns sogar aus — etwas,
wozu er ein Recht hat, denn wir waren lächerlich. —
Sympathieen für uns haben wir bei dem Herrn nicht zu
erwarten, allein auch nicht das Gegentheil. Das sehe ich
bei jeder Begegnung besser ein, dieser Charakter ist nicht
versteckt. Und was mir bei ihm unklar bleibt, erklärt mir
Gräfin Hebe auf das bereitwilligste, die ihren Bruder auf
das herzlichste liebt und — Sie kennen das ja, General!
— auf das unbarmherzigste verspottet.

„Comtesse Hebe, General! — Wir dürfen uns gra=
tuliren, daß diese Dame so wenig Gelegenheit hatte, sich
auf einem weiteren Schauplatz, in der großen Welt zu
bewegen, an höheren Interessen Theil zu nehmen und
Geschmack an der Politik und ihren Intriguen zu finden.
Es ist ein Geist, wie mir noch keiner begegnete, von einer
unendlichen Feinheit und Schärfe, ein Kopf voll von Bos=
heit, Heiterkeit, Witz und Perfidie, niemals verlegen um
eine neue Wendung, eine neue Intrigue, einen, wenn es
so verlangt wird, furchtbaren und siegreichen Schlag; —
eine verlockende und verführende, unwiderstehliche Circe ist
sie, und wäre sie in einem unserer Salons daheim, wie
jetzt zum Glück nur in demjenigen ihres Schlosses zu
Nieder=Rhoda, so würde sie bald die gefährlichste Feindin oder
die nützlichste Freundin Sr. Majestät des Kaisers sein — ich
glaube jedoch, das Letztere, denn sie ist nicht blind genug, um
nicht Frankreichs Ruhm und Größe freudig anzuerkennen!

„Hier hat sie etwas Anderes zu thun. Es gilt,
glaub' ich, die Anerkennung eines Kindes von dem alten
Grafen zu erlangen, das ein anderer Bruder, der vor

einigen Jahren fiel, hinterlaffen hat. — Das ift auch der
Grund ihres geheimnißvollen Verkehrs mit den Grafen
Eberhard und Eugen. Ich fehe das immer klarer, denn
fie hat mich einer Mittheilung gewürdigt und meine ge=
legentliche Unterftützung gewünfcht. Und diefe Intrigue
beherrfcht fie fo, daß diefelbe jedes andere Intereffe über=
täubt. An den Zeit=Ereigniffen, an dem, was fonft um
fie her vorgeht, nimmt fie jetzt gar keinen Theil. — Wir
haben uns in niemand mehr geirrt, als in diefer reizen=
den Dame. Aus Langeweile mag fie nach manchem grei=
fen, was ihr fonft fern liegt. Ift fie aber mit ihren eige=
nen Affairen befchäftigt, oder weiß man ihr irgend etwas
zur Unterhaltung hinzufchieben, fo bekümmert fie fich um
nichts, was uns unbequem werden könnte. Sie begna=
bigt mich gegenwärtig mit einer Theilnahme, die mir um
fo fchmeichelhafter ift, da fie mir bei einiger Klugheit
meinerfeits Gelegenheit gibt, diefes Herz ganz kennen zu
lernen, und zu entdecken, was fich fonft darin regen möchte.

„Endlich der Gaft des Haufes, der fogenannte Vetter,
General! — Es ift allerdings mehr hinter ihm, als man
nach der erften Begegnung und nach feinem gewöhnlichen
Auftreten fchließen möchte. Es fteckt fogar eine gute Por=
tion Witz und Bosheit in diefem — Hofnarren, allein
von Politik und von fogenannten patriotifchen Beftre=
bungen ift er fern, wie Unfereiner von den metaphyfifchen
Träumereien diefer deutfchen Köpfe. Er liebt den Genuß,
er fchätzt fich felbft, feine Abftammung und feinen Stamm,
er haßt diefen Affen von Kammerdiener, er fchmeichelt oder
quält den alten Grafen, um Diefes oder Jenes von ihm

zu erlangen, er neckt sich mit Comtesse Hebe und unter=
stützt sie, wo er kann. Er ist unschädlich.

„Nur dieser Kammerdiener und sein Herr, der alte
Graf, würden mir Sorge einflößen, wäre der Erstere nicht
Franzose und nicht nur ohne Anhang in seiner Umge=
bung, sondern vielmehr überall verhaßt, und zählte der
Letztere weniger Jahre, würde er nicht vor allem durch
seine Standesvorurtheile beherrscht. Beide sind durch die
—schen Dragoner, welche ich ablös'te und die, wie ich
stets von neuem wiederhole, allerdings auf das rücksichts=
loseste im Schlosse und der ganzen Gegend haus'ten, tödt=
lich verletzt, der Graf ist noch immer kalt und gemessen,
und, ich sage es wieder, wäre er jünger, stände er seiner
Familie und seinen Unterthanen, seinen Nachbarn näher,
so würden wir die Folgen jener unbegreiflichen Taktlosig=
keit ernstlich zu empfinden haben. Jetzt ist es damit etwas
Anderes, und seine Abneigung kann uns gleichgültig sein.
Er stört nicht einmal die Geselligkeit mehr.

„Denn wir sind heiter, mein General, wir plaudern
und tanzen und ich bekomme täglich mehr Respect vor der
Bildung, der Haltung, dem guten Ton in diesem Kreise.
Man kann zuweilen sich nach Paris versetzt zu sehen
glauben. Die Kälte freilich und die Schlittenfahrten fehlen
uns dort, aber sie sind ein pikanter Zug der hiesigen Ge=
selligkeit und bieten viel Unterhaltung.

„Daß wir über dem Vergnügen nicht den Ernst und
Dienst vergessen, glauben Sie wohl, mein General. Sie
haben in dem Vorhergehenden die Resultate meiner Beob=
achtungen, die ich niemals aussetze und für deren Unbe=

fangenheit und Richtigkeit ich bürgen zu können glaube.
— Der Dienst ist jetzt leicht. Es ist ringsum alles still.
Sie murren vielleicht innerlich, aber sie gehorchen, denn
sie fühlen sich gebändigt, und selbst von jenem Wahnsin=
nigen, den Sie damals in der Heide aufsuchten, hört man
nichts mehr. Graf Eugen sagte mir lachend, der säße
jetzt daheim und hörte nicht mehr die Stimme der Luft=
geister, sondern das Schreien seiner Enkel, die er nunmehr
statt seiner Herde zu hüten habe.

„Das ist alles, General. Kommen Sie und sehen
Sie selbst — es ist hier charmant. Gräfin Hebe trägt
mir auf, Ihnen zu melden, daß Sie die Einladung zum
Balle nicht ablehnen könnten, ohne ihren ernstlichsten Zorn
zu erregen. Und auch ich, General, bitte Sie, zu kommen.
Sie sehen dann mit Einem Blick alles, was in diesem
Lande von Einfluß und Bedeutung sein könnte." — —

General Renaud glaubte diesen Schilderungen wenig=
stens in Bezug auf die beschriebenen Persönlichkeiten, voll=
ständig, denn er kannte Vial's Beobachtungsgabe und
hatte gerade aus dieser Rücksicht den jungen Mann 'zu
dem Kommando erwählt, das er der Lage der Dinge nach
für eines der wichtigsten und zugleich nothwendigsten in
dem ganzen ihm untergebenen Bezirke hielt. Ein zweiter
Grund war freilich auch die Energie des Offiziers ge=
wesen, mit der er, wo es Noth thut, rücksichtslos durchzu=
greifen verstand, und ein dritter endlich die ganze Persönlich=
keit, die bestechende äußere Erscheinung, die Gewandtheit und
Liebenswürdigkeit, mit einem Worte, die glänzenden gesell=
schaftlichen Vorzüge seines Adjutanten, der nicht allein

in Nieder-Rhoda, sondern in der ganzen Gegend wieder
gut machen sollte, was durch den Stellvertreter Renaub's,
den General Marbois, bei der Absendung der Dragoner
gefehlt worden war. Gerade diese Vorzüge verstand niemand besser zu würdigen als Renaub, der selber ein ge-
wandter und glänzender Gesellschafter und Mann der
großen Welt, Vial's Triumphe auf diesem Felde in Kreisen kennen gelernt hatte, welche damals die ersten der
ganzen Welt waren und sich bei Anerkennung besonderer
Vorzüge oder überhaupt irgend einer Größe so schwierig
wie möglich erwiesen. Die Erfolge seines jetzigen Adjutanten waren damals so auffällig gewesen, daß der Kaiser
wieder einmal einschritt und den bisherigen Günstling zu
einiger Abkühlung in den „rauhen Norden" schickte, eine
Heilmethode, die zu jener Zeit öfters in Anwendung kam.
Ja, hier und da munkelte man, daß General Renaub selber
zu seinem jetzigen Kommando als ein ähnlicher Patient
des Kaisers gelangt sei.

Aber auch in Bezug auf das, was der Adjutant über
den Zustand des Landes meldete, hatte der Chef Grund,
ihm zu glauben. Alle Berichte stimmten darin überein,
daß von der bewegten und gereizten Stimmung zu Anfang des Herbstes, von dem kaum noch verhüllten auf-
rührischen Treiben jener Tage, das denn endlich die neuen,
strengen Maßregeln hervorgerufen, wenig oder nichts mehr
zu bemerken sei, daß man fast nie mehr auf jene Widersetz-
lichkeiten und offenen Anfeindungen stoße, wie sie vor
Kurzem noch zumal den Dienst der Douanen zu einem
beinahe unmöglichen gemacht hatten. Selbst die Strand-

dörfer schienen ruhig, von Karsten Herbart's That war nicht mehr die Rede und der Mann verschollen. Von neuen Prophezeiungen des Schäfers hörte man nichts. Es wurde ringsum stiller von Tag zu Tag.

Die Veränderung war sehr groß, sie war so groß, daß jemand, der die früheren und jetzigen Zustände wirklich gekannt und mit einander verglichen hätte und ein wenig mißtrauisch gewesen wäre, an der Wahrheit dessen, was jetzt vor Augen war, zu zweifeln berechtigt gewesen sein dürfte. Bei den Franzosen gab es jedoch solche Mißtrauische kaum, und Renaud selbst fand alles ganz natürlich. Niemand kannte so gut wie er die eisernen Bande, die um das Land geschlungen waren, niemand kannte wie er den furchtbaren Druck, zu dem er sie angeschraubt hielt. Ruhten die Schrauben doch so zu sagen in seiner Hand allein. — Sie beugen und fügen sich, dachte er; sie merken's, daß uns weder zu widerstehen noch zu entgehen ist. Die heißen Köpfe sind kühl und wach geworden! — Es war der alte Fall, was man wünscht, das glaubt man, und dieser Täuschung entging selbst der hochbefähigte, einsichtige General nicht.

Allein, wie der General sich in diesen Annahmen täuschte, so irrte er auch großentheils in seinem Vertrauen auf die Zuverlässigkeit von Vial's übrigen Beobachtungen, und auf die ihm erwünschten persönlichen Erfolge des gewandten und liebenswürdigen Mannes. Ja, wäre der Offizier noch so gewesen, wie Renaud ihn kannte, wie auch wir ihn kennen lernten, wie er selbst sich beurtheilen zu dürfen glaubte, so möchte alles nach Wunsch und Berechnung weiter gegangen und Vial nicht nur Herr der Situation geblieben sein, sondern auch wirklich die Fäden in seine Hand bekommen haben, an denen er die Menschen in seiner Umgebung sich bewegen zu lassen gedachte. Aber damit war es nichts mehr, ja, es war niemals auch nur ähnlich gewesen, und der Offizier war in den Wochen, welche er jetzt mit Ausnahme einer kurzen Abwesenheit unausgesetzt in dem Schlosse verlebt hatte, nach und nach in eine Lage gekommen und in Verhältnisse gedrängt worden, deren Mißlichkeit er selber nicht verstand, von denen General Renaud sich nichts träumen ließ.

Gräfin Hebe war über das Spiel, welches der junge Franzose gegen sie versuchte, nicht einen Augenblick im Unklaren gewesen und auf das allerbereitwilligste darauf eingegangen. Ein solches Treiben war es, das dieser wunderbaren Natur am besten gefiel; sie fand darin, wie sie wohl gelegentlich einmal einem Vertrauten bekannte, eine Art Vergütung für die Langeweile ihres sonstigen Lebens. Sie nahm seine Huldigungen so freundlich wie möglich auf und zeigte sich durch dieselben bald betrübt, bald beglückt; sie sah nur seine feurigen oder schmachtenden Blicke und schien niemals zu bemerken, wenn der Anbeter einmal aus seiner Rolle fiel. Sie beobachtete vor allem aber mit dem boshaftesten Entzücken, daß das Spiel zuweilen Wahrheit wurde, daß der Offizier hin und wider dem Zauber ihrer Persönlichkeit unwillkürlich und auf eine Weise unterlag, wie es für der Gräfin Zwecke nicht besser, für die des Franzosen und seines Chefs nicht übler sein konnte. Und noch boshafter wurde ihre

Lust, wenn sie weiter sah, wie der Vicomte sich dann zuweilen dieses unerwünschten Einflusses bewußt wurde und
alle möglichen Anstrengungen machte, sich ihm zu entziehen und wieder Herr seiner selbst und der Situation
zu werden. —

Es spielte eben eine solche Scene in dem uns schon
bekannten behaglichen Familienzimmer. Er stand neben
dem Blumentische und schien Blicke und Gedanken nur für
diejenige zu haben, welche ihm gegenüber tief in ihrem
weichen Sessel lehnte. Das Füßchen wiegte einmal wieder auf und ab, die schlanken Finger zupften spielend die
Fäden eines Stückchens Goldstoffes aus einander; die
Augen erhoben sich von Zeit zu Zeit bald zu einem sanft
lächelnden, bald zu einem glänzend aufstrahlenden oder
gar herausfordernden Blicke. Zuweilen warf sie auch
irgend einen Laut, eine Frage hin, um seine Unterhaltung in Gang zu erhalten, oder sie schaute einmal ins
Zimmer, auf die anderen Anwesenden; auf Stephanie,
die anscheinend kalt und theilnahmlos am zweiten Fenster
saß und ihre Augen nur selten zu einem flüchtigen Blicke
von der Stickerei erhob, welche ihre Finger beschäftigte;
auf das stille, junge Wesen, das wir noch nie anders als
in diesen selben dunkeln und einfachen Gewändern, mit
der gleichen ruhig ernsten Miene und den aufmerksamen
und doch so stillen Augen sahen; auf Eugen endlich und
auf den Vetter, welch Letzterer mit seinem fidelsten Grinsen
und der unbefangensten Unverschämtheit eine Anekdote
nach der anderen erzählte, von denen die zweite stets noch
weniger glaubwürdig war als die erste, während seine

Blicke dabei mit dem verschiedenartigsten Ausdrucke durch
das Gemach und über die Menschen hinspazierten. Denn
seine Augen trieben diese Beschäftigung so zu sagen auf
das behaglichste und beeilten sich keineswegs.

Comtesse Hebe sah das alles und sie sah auch, wie
der Alte sich hin und wider mit seiner ihre Lachlust reizenden Vertraulichkeit an die schweigsame Stephanie wandte
und ein paarmal sogar eine Art Unterhaltung führte, indem er sich selber die Antworten gab, zu denen das Mädchen sich nicht herablassen mochte, und sich darin nicht im
entferntesten durch den stolzen oder verächtlichen Zug stören
ließ, der den schönen Mund der Dame umschwebte.

Comtesse Hebe sah zurück und mit einem leuchtenden
Lächeln zu ihrem Nachbar auf, der seit einigen Augenblicken geschwiegen und seine Augen wieder einmal mit
einem lauernden Blicke auf ihrem Gesichte hatte ruhen
lassen, welcher jetzt aber rasch den Ausdruck des Träu-
mens annahm.

„Ah, Vicomte," sagte sie, „wäre ich eine Dame für
den Tanzsaal, wie ich jetzt nur ein Gegenstück zu jenem
armen, halb versteinerten Könige des Märchens bin, so
wüßte ich wohl, wie ich Ihnen für Ihre Bemühungen
lohnen möchte! — Das Fest wird reizend!" — Und indem sich ihr Auge aufs neue zu ihm erhob und ihn nun
gleichfalls träumerisch anlächelte, setzte sie leiser und im
weichsten Tone hinzu: „Ich habe noch niemals so glühend
gewünscht, nur eine Stunde einmal sein und leben und
mich freuen zu können, wie alle Welt!"

„Gräfin!" murmelte er gleichsam gepreßt.

„Ja, glauben Sie's nur, Vicomte," fuhr sie in glei=
chem Tone fort, „es ist ein Schmerz, wenn man sich so
gefesselt sieht, wie ich — ein Schmerz, der so lange er
uns vertraut ist, doch nie überwunden wird, und niemals
schärfer hervortritt als dann, wenn man einmal glücklich
sein möchte mit den Glücklichen. — Ah, Vicomte, ich fühle
mich noch zuweilen kindisch jung! Ich konnte meine Ju=
gend nicht verwerthen wie ihr Anderen. Das Capital ist
noch da und sogar gesammelte Zinsen! — Ich möchte —
ja, was möchte ich alles! Es muß entzückend sein, so hin=
zufliegen mit jemand, der uns theuer ist, zu lauschen auf
ihn und zu flüstern zu ihm! — Einsam in der Menge,
ungestört im Wirbel! — Jetzt —" und sie schüttelte leicht
den Kopf — „jetzt werde ich sitzen und mit den Müttern
der Nachbarschaft kluge Reden führen, mich über Toilet=
ten moquiren und Kammerjungfern verwünschen, mit ver=
geblicher Sehnsucht den Freunden nachblicken, mit denen
ich so gern froh wäre, gähnen mit Grazie, und endlich
mich freuen auf das Souper! — Ein schöner Unterhal=
tungsstoff — nicht wahr, Vicomte? Man schläft wenig=
stens ausgezeichnet darauf und wird nicht durch phanta=
stische oder liebliche Bilder in Aufregung erhalten!"

Er beugte sich und suchte die lang herabschwebende
Ranke einer Passionsblume in das dichte Netz der übrigen
zurückzuschlingen. Seine Hand bebte dabei. „Gräfin,"
flüsterte er, „Sie sind grausam! Sie wissen wohl, aber
Sie wollen es nicht wissen, daß ich niemand sehe außer
Ihnen, daß niemand einen Lohn für mich hat als Sie!
— Sie sind schön und fern wie die Sterne am Himmel!"

Ein halb zärtliches, halb träumerisches Lächeln folgte ihm, da er sich aufrichtete. „Geduld, mein heißer Kopf!" sagte sie dazu. „Die Sterne kommen zuweilen auf die Erde. Man muß nur die Stunde erwarten!" — Und indem der Ausdruck ihrer Züge wechselte und ein fast schelmischer wurde, fuhr sie lauter fort: „Ich weiß für Sie und mich schon den rechten Lohn, Vicomte. Sie sind einmal wieder Pygmalion und bringen dort meiner armen Nichte ein wenig Luft und Leben — ist es nicht schön, eine Knospe erwachen zu sehen? Und ich lasse mir von General Renaud erzählen, welchen neuen Sieg wir mit unserem Feste feiern. Nicht wahr, Sie haben heute Morgen von ihm gehört? Er kommt bestimmt? Was schreibt denn dieser liebe General? Lassen Sie mich ein wenig in Ihre Karten sehen. Sie wissen, ich liebe es, wenn ich meinen theuren Papa oder sonst jemand von den lieben Meinigen hin und wider durch eine besondere Nachricht überraschen kann."

Wäre Vial wie sonst und völlig Herr seiner selbst gewesen, so hätten ihm die raschen Uebergänge in Hebe's Wesen so gut wie in ihren Worten, vor allem aber diese letzte, ungewöhnlich offene und fast naive Frage nothwendig auffallen und reichen Stoff zum Nachdenken geben müssen. Allein Comtesse Hebe wußte, was sie that und wagte. Das Spiel schlug dem jungen Manne einmal wieder über dem Kopfe zusammen; er war in diesem Augenblicke von seiner Gegnerin so beherrscht, daß er alles Andere außer ihr aus den Augen verlor, daß alles, was sie sagte, ihm nur des Tones und Blickes wegen bemerkenswerth blieb, mit denen sie es aussprach. Es gibt Frauen, welche weniger auf die Sinnlichkeit als auf die Phantasie desjenigen zu wirken wissen, den sie beherrschen wollen. Für Frieden und Selbständigkeit eines Kopfes sind diese die gefährlichsten. Und Gräfin Hebe war eine solche Frau.

Die Antwort auf ihre Frage, die ihm gegenwärtig durchaus unverfänglich erschien, wurde ihm aber für jetzt erspart, denn Eugen lachte eben ungewöhnlich heiter, und als Hebe und Vial hinüberschauten, sahen sie auch das junge Mädchen am Tische zwar unhörbar, aber so herzlich lachen, daß die Gräfin, den Vetter fixirend, munter hinüberrief: „Nun, Vetter Christian, was gibt's? Lassen Sie auch uns an Ihren Schnurren Theil nehmen."

Sein Kopf sank einmal wieder so tief zwischen die Schultern, daß die Locken der Perücke aufstießen, und nähertretend, sagte er in einer Art von verletztem Tone, indem er dabei bald Hebe, bald Vial, bald einmal die drei Anderen mit einem Blicke streifte, dem er sichtbar etwas besonders Ernstes zu geben wünschte: „In der That, Cousine, es war etwas durchaus nicht Komisches, was ich erzählte, und ich weiß nicht, was diese jungen Leute da —"

„Wir Alten wollen es gut machen, Vetter," fiel Comtesse Hebe lächelnd ein. „Erzählen Sie!"

„Ich protestire, Cousine! Eine Anekdote erzählt sich stets nur schlecht zweimal," meinte er, zu Hebe und Vial auf's fidelste hinübergrinsend. „Sie wollen jedoch etwas hören, und ich kann Ihnen dienen. Es ist etwas Anderes, aber — foi de gentilhomme! — nicht weniger ernst und ganz besonders à propos, wie mir erscheinen will. Wir haben ja auch einen Ball und Eis und Schnee, wie damals, und die zärtlichen Herzen sterben nicht aus. Nur bemerke ich: französisch geht es nicht, doch werde ich mich bestreben, dem Herrn Kommandanten nicht ganz unverständlich zu bleiben." — Und indem er seine deutschen Sätze fortan zum Theil in einem, schon damals ziemlich veralteten Französisch wiederholte, erzählte er mit sich steigerndem Tone und eben so sich steigernden Gesten:

„Also, ich muß zuerst bemerken, daß ich vor Zeiten — es sind vielleicht vierzig Jahre — ein damals noch mir gehörendes Gut im F.'schen bewohnte und ausnehmend vergnügt lebte."

Hier kam die französische Wiederholung, eingeleitet und beendigt durch eine zierliche Verbeugung, die von dem sich in die Lippen beißenden Offizier so gut wie möglich erwidert wurde.

„Eines Tages im Carneval hatten wir am Hofe zu F. eine maskirte Schlittenfahrt mit folgendem großen Ball. Ich hatte mich verspätet und kam auf dem Schlosse der Dame, die ich engagirt hatte und abholen mußte, so spät an, daß wir nur noch rechtzeitig in die Residenz gelangen konnten, wenn wir über den großen See fuhren, der uns von ihr trennte und jetzt allerdings mit einer festen Eisdecke überspannt war. Ich wußte freilich, daß ein paar offene Stellen vorhanden, allein ich hoffte, sie leicht vermeiden zu können, und so fuhren wir los. Ich war dazumal ein Sappermentskerl!

„Es ging prachtvoll auf der ebenen Bahn, die Pferde
liefen, der Schlitten flog. Die Vorreiter galopirten so
ein fünfzig Schritt voraus. Da sah ich sie beide links
und rechts aus einander schwenken. „Aufgepaßt!“ schrieen
sie zurück. — Ja, aufgepaßt! Es war schon zu spät, denn
wie wir im Schuß waren, ließ sich an ein Aufhalten
nicht denken. Aber ich war ein Sappermentskerl, sag' ich!
— „Unbesorgt, meine Gnädige!“ sage ich zu meiner Nachbarin, fasse die Zügel fest in die Linke, befehle dem hinten aufsitzenden Reitknecht zwischen die Pferde zu hauen,
daß sie in Carriere weiter gehen, reiße mit der Rechten
— ich weiß selbst nicht, auf welchen Antrieb, die Uhr
heraus und sehe nach der Zeit, und hinein geht es mit
Pferden, Schlitten und Insassen — wir waren als spanische Tänzer costumirt, meine Herrschaften! — in das
verfluchte Windloch und unter dem Wasser fort, daß es
um uns saus'te.

„Aber ich war ein Mann von Courage und Geistesgegenwart,“ fuhr Vetter Christian unerschütterlich fort und
betrachtete seine lachenden Zuhörer mit einem majestätischen Ernst, der von diesem Gesicht und diesen Augen
schon allein genügt hätte, eine unbesiegliche Heiterkeit her-
vorzurufen. — „Ich wußte, wie schon gesagt, mehrere
solche offene Stellen und hatte die Direction zur nächsten
genommen und hielt sie fest. Und wir schossen weiter und
erreichten sie; die gehorsamen Pferde erhoben sich und traten auf's feste Eis, rissen uns hinauf und fort. Ich sah
nach der Uhr: „Zwei Minuten unter Wasser, meine Gnädige!“ rief ich und steckte sie ein. Wir waren so schnell

hingeschossen, daß die Vorreiter noch zurückgeblieben und wir nicht einmal naß wurden. Das Wasser hatte keine Zeit durch die Kleider zu bringen."

Er hielt inne und machte gegen die unaufhaltsam lachende Gesellschaft eine tiefe Rundverbeugung. Als er sich wieder erhob, steckte er die Rechte pathetisch in die Weste und sagte zu Hebe gewendet: „Nun urtheilen Sie selbst, Cousine — wenn Sie auch selber lachen, ist das so lächerlich? Und das vorige Stücklein war es noch weniger!"

Sie lachte noch immer, daß sie keines Wortes mächtig war, denn nicht nur die Erzählung selbst, sondern auch und noch mehr das, was wir den Lesern nicht deutlich machen können — Ton und Geberde, die ganze Vortragsweise und die ganze Persönlichkeit des Alten waren hinreißend gewesen, und es verging eine ganze Weile, bis sie sich die Augen trocknete und noch immer lachend sprach: „Vetter, wo treiben Sie nur alle diese verwünschten Geschichten auf! Diese hab' ich noch nie gehört. — Zwei Minuten unter Wasser!" —

„Ah, Cousine," versetzte er in beleidigtem Tone, und die kleinen grauen Augen blickten zuerst sie, dann Vial, dann wieder sie mit einem nicht wohl näher zu bezeichnenden, eigenthümlichen Blick an, — „es ist betrübt für den Erzähler, wenn er selber die Pointe seiner Mittheilung klar machen muß! Nicht wahr, mein Herr Kommandant? — Meine Kaltblütigkeit, die Zeit zu berechnen — dieses: Zwei Minuten unter Wasser! — das ist diese Pointe nicht! Aber wohl ist es die Geistesgegenwart, die

mich des zweiten Windlochs nicht vergessen und es nicht
verfehlen ließ. Unter Wasser kommt Mancher — aber wieder heraus, das ist der Witz! — Ich habe schon genug gekannt, denen das nicht gelungen ist." — Er wandte sich ab. —

Comtesse Hebe schüttelte lachend den schönen Kopf.
„Ah, Vetter, nur nicht zu stolz!" rief sie ihm nach, der
zum Tisch und mit einer leisen Frage zu dem jungen
Mädchen trat, das sich noch immer dort auf der gleichen
Stelle hielt. — „Es gibt noch mehr kluge Leute!" — Und
zu ihrem Nachbar zurückblickend, redete sie in verändertem
Tone und gedämpft: „Nicht wahr, Vicomte, das sind
eigentlich zu große Thorheiten, um darüber zu lachen?
Aber was wollen Sie! Wir sind hier gar ländlich und
nicht verwöhnt. — Und nun — Sie wollten mir von
euren Siegen erzählen —"

Er zuckte die Achseln, und man sah es seinem Gesicht und seinen Augen an, daß er sich zwang, auf dieses
Thema gerade einzugehen. „Von Siegen weiß ich leider
nichts," erwiderte er leise. „Renaud ist sparsam mit seinen Nachrichten. Doch scheinen die Verluste der Armee
groß zu sein, da immer neue, anderwärts kaum entbehr-
liche Truppen nachgezogen werden. So soll ich auch die
Kompagnieen, die bisher in den anderen Dörfern und
bei Ihren Verwandten vertheilt waren, nach S. aufbre-
chen lassen und allein diese Küstendörfer besetzt halten.
Renaud weiß noch nicht, ob und was er mir zum Ersatz
schicken kann.

„Sagen Sie selbst, Gräfin," fügte er hinzu, und er
war wirklich ernst geworden, „wie soll das enden? Jetzt

halten wir das Land nieder. Währte es schon lange genug, um es auch unbesetzt ruhig bleiben zu laffen? Ich
soll vorsichtig sein, will Renaud, ich soll nichts davon verlauten lassen. Aber mein Gott, den Abmarsch kann ich
endlich doch nicht verbergen! Und selbst, wenn ich ihn von
hier aus nothdürftig zu ersetzen suche — wen täuscht das?
Die Zahl ist jedermann zugänglich, und daraus weiter zu
schließen, — wem können wir's verwehren?"

Die Gräfin lächelte ihm zärtlich und zugleich stolz zu.
„Ah, Vicomte," versetzte sie, „wer würde gegen die Fran-
zofen etwas zu unternehmen wagen — hier zumal, zwischen unseren Bauern, die Gott danken, wenn man sie
in Ruhe säen und ernten läßt? Gegen euch — die Sieger
der Welt! Die paar Hitzköpfe, die sich fanden, sind ab-
gekühlt, und im Uebrigen — fehen Sie sich doch um! Wo
ist noch Widerstand? Ihr habt unsere Herzen besiegt,"
fügte sie mit einem sanften Blick hinzu. „Da folgen die
Köpfe von selber! — Ah!" brach sie ab, da in diesem
Augenblick die Thür geöffnet wurde und Graf Hartmuth
zwischen den zurückgeschlagenen Vorhängen erschien, während zugleich in einer anderen Thür sich der Kammerdiener zeigte und mit tiefer Verbeugung meldete, daß das
Mittagsmahl bereit, — „ah, da ist mein Papa! Vorwärts Vicomte, bieten Sie Ihren Arm meiner Nichte.
Das arme Kind hat so wenig Freude! — Eugen, komm'
zu mir, ich möchte doch auch ein bischen von dir haben,"
schloß sie ihre rasch wechselnde Rede und ließ sich von dem
herbeieilenden Neffen beim Aufstehen unterstützen und hing
sich an seinen Arm.

Unterdeß war Vial zu Stephanien getreten, die seine Aufforderung mit kurzem Nicken annahm, langsam ihre Arbeit fortlegte, langsam sich erhob und seinen Arm nahm, alles mit der Nachlässigkeit und Kälte, die sie selbst vorhin, während der Erzählung des Vetters, kaum einen Augenblick verlassen hatte. Das alles währte so lange, daß inzwischen die Uebrigen schon das Gemach verlassen hatten.

Da mit einem Male zuckte es durch das Gesicht des Mädchens mit einer raschen und heftigen Bewegung, und sie murmelte: „Merken Sie denn gar nicht, Vicomte, daß man mit Ihnen spielt? Sind Sie denn ganz blind? Sagen Sie es gerade heraus — lassen Sie mich gegen die Tante im Stich?"

Sein Auge ruhte brennend auf ihr, aber es war nur ein einziger Blick, dann zog es wie ein fast zärtliches Lächeln über sein Gesicht und er flüsterte: „Thörichtes Kind! Begreifen Sie doch, daß ich leider noch mehr zu thun habe, als zu lieben! — Mein Herz für Sie, mein Kopf aber —"

Er brach ab vor der heftigen, fast zornigen Bewegung, die er seine schöne Begleiterin machen sah und noch mehr fühlte. Sie betraten jetzt auch gleichfalls den Speisesaal und schlossen sich den Uebrigen an. Stephanie sah hochmüthiger aus, als je.

www.ingramcontent.com/pod-product-compliance
Lightning Source LLC
Chambersburg PA
CBHW060530030726
47498CB00004B/1137